Romero Dorr

Das Geschenk eines neuen Glücks

Über die Autorin

Carmen Romero Dorr, geboren 1981 in Madrid, studierte Journalismus und arbeitet als Lektorin für einen spanischen Publikumsverlag. Die Geschichte ihrer deutschen Großeltern, die während des Zweiten Weltkriegs von Berlin nach Madrid auswanderten, hat sie zu ihrem Romandebüt *Das Geschenk eines neuen Glücks* inspiriert, das von der spanischen Presse begeistert aufgenommen wurde.

CARMEN
ROMERO DORR

Das Geschenk eines neuen Glücks

Roman

Aus dem Spanischen
von Ursula Bachhausen

LÜBBE

Dieser Titel ist auch als E-Book erschienen

Die Bastei Lübbe AG verfolgt eine nachhaltige Buchproduktion. Wir verwenden Papiere aus nachhaltiger Forstwirtschaft und verzichten darauf, Bücher einzeln in Folie zu verpacken. Wir stellen unsere Bücher in Deutschland und Europa (EU) her und arbeiten mit den Druckereien kontinuierlich an einer positiven Ökobilanz.

MIX
Papier aus verantwortungsvollen Quellen
FSC® C014496

Vollständige Taschenbuchausgabe

Deutsche Erstausgabe

Titel der spanischen Originalausgabe: »El último regalo de Paulina Hoffmann«
Originalverlag: Planeta

Umschlaggestaltung: Johannes Wiebel | punchdesign, München
Satz: Dörlemann Satz, Lemförde
Gesetzt aus der Garamond
Druck und Verarbeitung: GGP Media GmbH, Pößneck
Printed in Germany
ISBN 978-3-404-18547-4

2 4 5 3 1

Sie finden uns im Internet unter luebbe.de
Bitte beachten Sie auch: lesejury.de

Für meine Großmutter, die nicht mehr da ist,
und meinen Vater, der immer da war

Wenn wir nicht durch das, was wir verlieren und wonach wir uns sehnen, was wir uns wünschen und nicht haben können, stark werden könnten, dann könnten wir nie stark *genug* werden, oder? Was sonst macht uns stark?

John Irving, DAS HOTEL NEW HAMPSHIRE

DIE WOHNUNG

Berlin, August 2016

1

Seit sie den Bund mit vier Schlüsseln und einem Anhänger in Form eines blau emaillierten P vor ein paar Wochen in der Kanzlei des Notars zum ersten Mal gesehen hat, kreisen Alicias Gedanken nur noch um ihn.

Sie steigt aus dem Taxi, das sie vom Flughafen hergebracht hat. Das vanillefarbene Haus, die grünen Bäume, das geschäftige Viertel, alles ist neu für sie, in allem scheint eine ihr noch unbekannte Bedeutung zu stecken.

»Was soll diese Geheimniskrämerei, Oma?«, murmelt sie.

Kastanienallee 14, erster Stock links.

Mit einem tiefen Seufzer öffnet Alicia die schwere Holztür und verschwindet im Halbdunkel des Hausflurs.

2

Die Wohnung ist Neuland, ein unerforschtes Terrain. Jetzt hier zu sein ist, als würde sie an ein Fenster treten, das Paulina für sie aufgestoßen hat, oder den Anfang einer ihrer Geschichten von früher hören. Beim Aufwachen muss sich Alicia erst einmal orientieren. Es ist schon fast zehn, sie hat lange geschlafen und lebhaft geträumt. Natürlich von Paulina. Sie hat ihre Stimme gehört und auf der Zunge den Geschmack von heißer Schokolade gespürt.

Am Tag zuvor ist sie in Madrid in einen dieser Billigflieger gestiegen, in denen Passagiere wie Vieh zusammengepfercht werden, und hat knapp drei Stunden lang versucht, sich auf den Roman von John Irving in ihrem Handgepäck zu konzentrieren. Aber es war aussichtslos. Ihre Gedanken schweiften immer wieder zu dieser Stadt, zu diesem Haus, zu dem, was sie erwartete. Wie getrieben tastete sie alle paar Minuten in ihrer Handtasche nach dem Schlüsselbund.

Die Wohnung ist großzügig geschnitten, mit geräumigen Zimmern, was durch die hell gestrichenen Wände und das hereinflutende Morgenlicht noch betont wird. Sonnenstrahlen sickern durch die Blätter einer großen Kastanie vor dem Balkon und werfen muntere Sprenkel auf den Dielenboden. Wenn sich die Zweige im Wind wiegen, huschen die Lichtpunkte spielerisch über das Holz.

Gestern Nachmittag ist Alicia einen Moment stehen geblieben und hat die Fassade betrachtet, bevor sie das Haus betreten hat. Es ist ein typischer Gründerzeitbau, wie es sie in Prenzlauer Berg so oft gibt, mit einem hübschen Innenhof, in dem die Bewohner ihre Fahrräder abstellen. Gleich nebenan ist ein Café –

das Café Blume –, vor dem bunte Stühle und Tische stehen. Auf der Straße waren Väter und Mütter mit Kinderwagen, Händchen haltende Pärchen und Frauen mit Mobiltelefonen unterwegs.

Die Wohnung ist spärlich eingerichtet. Außer dem großen Bett im Schlafzimmer gibt es nur wenige, mit Kennerblick ausgewählte klassische Jugendstilmöbel: ein eleganter Büfettschrank, ein Tisch, ein paar Stühle mit gedrechselter Rückenlehne. Ganz nach Omas Geschmack, denkt Alicia, als sie an diesem Morgen durch die Wohnung schlendert.

Sie macht ein paar Fotos und schickt sie ihrem Vater. Bereits gestern hat sie ihm ein paar erste Bilder geschickt, doch auf denen sei kaum etwas zu erkennen, hat er sich beschwert. In der Küche findet sie ein Schildpatt-Tablett, das ziemlich alt wirkt, und geht damit ins Wohnzimmer. Ein Kaffee und Rührei mit Toast, das ist jetzt genau das Richtige.

Sie hat sich kaum hingesetzt, als sie von Marcos eine WhatsApp-Nachricht bekommt mit einem Foto von Jaime im Garten ihrer Schwiegereltern in El Escorial. Der Kleine sitzt mit einem breiten Lächeln auf seinem Kinderstuhl, vor ihm ein Teller mit klein geschnittenem Hähnchen. Vermutlich ist er frisch gebadet, denn er trägt einen blauen Schlafanzug und sein Haar schimmert feucht. Alicia verspürt im Magen eine Leere, ein flaues Gefühl: Es sind Schuldgefühle, wieder einmal.

Gestern war sie so erledigt, dass sie gerade mal auspacken und in aller Eile einen Supermarkt aufsuchen konnte, um das Nötigste einzukaufen. Heute früh jedoch verspürt sie seit dem Aufwachen ein eigenartiges Gefühl. Sie ist zum ersten Mal in dieser Wohnung und hat nicht die leiseste Ahnung, was sie für ihre Großmutter bedeutet hat, aber sie spürt deutlich Paulinas Anwesenheit. Als stünde sie gleich hinter ihr und passte auf, dass sie auch ja ihr Frühstück aufisst, wie damals, als Alicia noch ein Kind war.

3

Schon seit mehr als einem Monat ist ihre Oma nicht mehr da. Eines Morgens lag sie einfach tot in dem Bett, in dem sie so viele Jahre allein geschlafen hat, seit sie schon in jungen Jahren zur Witwe wurde. Nächtliches Herzversagen, meinte der Arzt. Sie habe nicht gelitten. Bis zu diesem Zeitpunkt war sie, trotz ihrer fast vierundachtzig Jahre, bei bester Gesundheit und völlig unabhängig gewesen. Ein solcher Tod sei doch ein Glück, wenn man bis zum Schluss ein so schönes Leben gehabt habe, wiederholten Freunde und Bekannte bei der Beerdigung gebetsmühlenartig. Was ist das denn bitte für ein bescheuerter Trost, dachte Alicia, wenn ein so wichtiger Mensch von einem Tag auf den anderen aus ihrem Leben verschwunden ist?

Ihre Oma war ihre Vertraute gewesen, ihre Freundin, ihre Beschützerin, ihr Vorbild, ihre Komplizin. Sie war für das Mädchen, das schon früh zur Halbwaise geworden war, fast eine Mutter gewesen. An unzähligen Nachmittagen hatte sie auf Alicia aufgepasst und ihr beigebracht, die ersten Enttäuschungen zu überwinden und Kummer mit Humor zu nehmen. Sie hatte in ihr die Liebe zu Büchern geweckt und ihr eingeschärft, sich nicht unterkriegen zu lassen, sondern ihr Glück zu suchen. Wie oft hatte sie Alicia bei sich aufgenommen, wenn sie als Jugendliche und sogar später noch, als Erwachsene, mit ihrem Vater oder einem Freund Streit gehabt hatte. Die Wohnung ihrer Oma war für Alicia immer ein sicherer Hafen gewesen.

Als Alicia erfuhr, dass sie mit Jaime schwanger war, hatte sie die Neuigkeit ihrer Oma noch vor ihrem Vater mitgeteilt. Auch als sie als Anwältin ihren ersten großen Prozess gewann, erzählte sie als Erstes Oma Paulina davon. Nur derjenige, der weiß, wie sehr man sich ins Zeug gelegt hat, um etwas zu erreichen, kann eine solche Leistung tatsächlich würdigen. Und als ihr Leben vor etwas mehr als einem Jahr komplett aus den Fugen geriet, war ihre Oma die Einzige, der sie vorbehaltlos die Wahrheit sagte (mit Ausnahme von Marcos natürlich, aber bei dem hatte sie keine andere Wahl). Jeder braucht einen Menschen, der ihn grenzenlos liebt, absolut und bedingungslos. Für Alicia war dieser Mensch ihre Großmutter. Sie wuchs in dem Wissen auf, dass Paulina immer für sie da sein würde, was auch geschehen sollte.

Aber jetzt ist sie nicht mehr da.

Sie war zu ihrer Oma immer offen gewesen. Die Entdeckung, dass diese Aufrichtigkeit nicht auf Gegenseitigkeit beruhte, ist für sie ziemlich verstörend. Vielleicht war die innere Verbundenheit doch nicht so groß. Insgeheim ärgert Alicia sich über ihre Großmutter, ist regelrecht sauer auf sie. Aber nun kann sie nicht mehr zum Telefonhörer greifen oder einfach bei Paulina vorbeischneien, um sie zur Rechenschaft zu ziehen.

Wenige Tage nach der Beerdigung versammelte sich die Familie in der Kanzlei des Notars zur Testamentseröffnung. Paulina war in den letzten fünfzig Jahren eine reiche Frau gewesen, und als gute Deutsche hatte sie alles bis ins kleinste Detail geregelt. Ihre Kinder Elisa und Diego wollten die Angelegenheit so schnell wie möglich hinter sich bringen. Die Aufteilung des Erbes stand bereits fest, und sie wollten lediglich die Formalitäten hinter sich bringen, um sich ihrer Trauer widmen zu können.

Aber Paulina Hoffmann hatte noch eine letzte Überraschung für ihre Familie.

»Eine Wohnung in Berlin?« Alicias Vater brach als Erster das Schweigen.

»Ja, in der Kastanienallee 14. Ihre Mutter hat sie vor fünf Jahren erworben«, erwiderte der Notar.

»Das ist in Prenzlauer Berg, das kenne ich«, sagte Alicias

Tante Elisa. »Ganz in der Nähe habe ich ein paarmal in einer Galerie ausgestellt. Aber ich verstehe das nicht.«

»Wann war Oma denn in Berlin? Warum sollte sie sich da eine Wohnung kaufen? Und warum hat sie uns nichts davon erzählt?«, wollte Alicia wissen.

»Keine Ahnung, Liebes. Du kennst doch Oma. Sie war immer sehr eigenständig und hatte für ihr Alter eine geradezu unglaubliche Energie«, sagte Diego.

»Ob sie die Wohnung als Kapitalanlage gekauft hat?«, fragte Elisa. »Eine Immobilie in Berlin dürfte während der Wirtschaftskrise hierzulande eine gute Investition gewesen sein.«

»Wohl kaum. Ich kann mir nicht vorstellen, dass unsere Mutter mit neunundsiebzig Jahren auf einmal im Ausland in Immobilien investiert hat«, antwortete Diego. »Vielleicht hatte sie einfach Sehnsucht nach der Stadt. Immerhin ist sie dort aufgewachsen.«

»Trotzdem seltsam, dass sie nichts gesagt hat …«, warf Alicia ein.

»Sie hatte schon immer einen eigenen Kopf.« Elisa seufzte. »Und was machen wir jetzt mit einer Wohnung in Deutschland?«

»Das hat allein die Enkelin zu entscheiden. Die verstorbene Señora Hoffmann hat verfügt, dass sie die Wohnung bekommen soll«, erklärte der Notar.

Sofort richteten sich alle Blicke auf Alicia, in der Hoffnung, sie würde vielleicht etwas erklären können.

Aber das konnte sie nicht. So sehr sie ihr Gedächtnis nach einem Hinweis durchforstete, ihr fiel nichts ein. Hatte ihre Großmutter, und sei es nur ganz beiläufig, irgendwann einmal eine Berlin-Reise erwähnt? Sie hätte schwören können, dass dem nicht so war. Allerdings hatte Paulina nie viel dafür übriggehabt, jeden ihrer Schritte zu rechtfertigen. Wie oft war sie nach Málaga gefahren, ohne irgendwem Bescheid zu geben. Wann immer es ihr in Madrid zu kalt war oder sie sich langweilte, nahm sie im Bahnhof Atocha einfach den Zug und stand kurz darauf in ihrem herrlichen Haus hoch oben im Stadtteil El Limonar, mit Blick auf das Mittelmeer. Das war typisch für sie.

Dennoch war es eigenartig, dass Paulina etwas so Wichtiges verschwiegen haben sollte. Eine Reise ans Meer war wohl kaum vergleichbar mit dem Kauf einer Wohnung in einem anderen Land, ohne darüber auch nur ein Sterbenswörtchen verlauten zu lassen. Was sollte die Geheimniskrämerei? Und warum hatte Oma gewollt, dass ausgerechnet sie die Wohnung bekam? Alicia fasste einen Entschluss: Sie würde im August nach Berlin fahren, wenn Jaime zwei Wochen bei seinem Vater verbrachte.

Der Notar holte einen Umschlag aus seiner Aktenmappe und überreichte ihn ihr.

Darin waren Unterlagen zu der Wohnung und ein Bund mit vier Schlüsseln und einem Anhänger mit einem blau emaillierten P.

Aber keine Antworten auf ihre Fragen.

DAS SPIEL

Madrid, 1991

1

Paulina Hoffmann sitzt mit ihrer Enkelin im Wohnzimmer, das von einer riesigen Bücherwand aus Holz dominiert wird. In dem von wenigen Tischlampen schwach erleuchteten Raum ist es still und warm. Durch die dicken Mauern des Wohnhauses in der Calle Velázquez dringen weder Kälte noch Lärm. Es ist, als wären die beiden in dem vertrauten Halbdunkel dieses Zimmers die einzigen Menschen auf der Welt. Die Außenwelt ist weit weg.

Es ist ein gewöhnlicher Winternachmittag. Unten auf der Straße braust der hektische Berufsverkehr durch den Regen. Alicias Vater ist nicht unter den Abertausenden Menschen, die von der Arbeit heimkehren. Er hat bis abends in seiner Praxis zu tun, und so bleibt die Kleine bis zum Abendessen bei ihrer Großmutter. Diese Stunden am Nachmittag, die nur ihnen gehören, sind den beiden besonders kostbar.

Großmutter und Enkelin haben das gleiche kastanienbraune Haar, die gleichen blauen Augen und die gleiche helle Haut. Die Züge von Paulina Hoffmann, die 1932 in Berlin zur Welt kam, haben eine Generation übersprungen und sind bei ihrer einzigen Enkelin wieder zum Vorschein gekommen.

Heute sehen sie sich wieder einmal gemeinsam Fotos in einem alten granatroten Lederalbum mit abgestoßenen Ecken an. Vor Alicia auf dem Tisch liegt ein kleiner Metallspiegel, in dem sie vergnügt ihr Abbild mit dem des Mädchens vergleicht, das ihr von den Schwarz-Weiß-Porträts aus einer anderen Zeit, ja beinahe einer anderen Welt, entgegenlächelt. Auf einem Tablett stehen noch die Reste des Nachmittagsimbisses. Wer hat schon Zeit, aufzustehen und sie durch den langen Flur in die Küche zu tragen, jetzt, da die beiden in die – für die Kleine magische, für die alte Frau immer notwendigere – Welt der Erinnerungen eingetaucht sind?

Das Mädchen hält in der Hand ein Foto, das eine Familie vor dem imposanten Gebäude der Staatsoper Unter den Linden zeigt: ein distinguiertes Ehepaar – die Gattin mit hohen Absätzen und einem schräg aufgesetzten Hut, der ihr etwas Unergründliches verleiht – posiert mit drei kleinen Kindern vor dem großen preußischen Kulturtempel. Wie bei alten Porträtaufnahmen üblich, auf denen nur besondere Gelegenheiten verewigt wurden, wirken alle Familienmitglieder ausgesprochen adrett. Die Jungen mit einem akkuraten Scheitel, das Mädchen mit einer großen Schleife auf dem Kopf. Auf der Rückseite des Fotos steht in bereits verblasster Schrift: *Familie Hoffmann, Berlin, 1936.*

Paulina Hoffmann weiß nicht mehr, an welchem Tag oder zu welchem Anlass dieses Foto gemacht wurde. Sie war damals erst vier Jahre alt, und es lebt schon lange niemand mehr, den sie danach fragen könnte. Aber in diesem Augenblick macht die Familie einen glücklichen Eindruck. Paulina besitzt nur ein knappes Dutzend Bilder ihrer Eltern und Brüder, ohne die sie ihre Gesichter schon vor Jahrzehnten vergessen hätte. Aber da sind sie. Ihr Vater, hochgewachsen, dunkelhaarig, mit Bart, ihre Mutter und die, wie sie, goldblonden Brüder, die mit großen Augen in die Kamera schauen. Seither ist viel Zeit vergangen, vieles ist passiert. Jahrelang hat sich Paulina bemüht zu vergessen, doch neuerdings drängt es sie immer häufiger, in diese weit zurückliegende Vergangenheit einzutauchen, die ihr vorkommt wie das Leben einer anderen. Sie will verstehen, wer sie wirklich ist. Woher sie kommt. Warum sie getan hat, was sie getan hat.

Großmutter ist eine schlanke Frau mit heller Haut und beileibe noch nicht alt. Obwohl sie fast ihr ganzes Leben lang in Madrid gewohnt hat, wird sie bis heute gelegentlich für eine Touristin gehalten. Sie hat ihren deutschen Akzent nie ganz verloren, zum Teil sicher auch, weil sie es nicht wollte. Trotz der rauen Sprache verleiht er ihrer Stimme einen sanften, melodischen Klang.

Alicia mustert konzentriert die Züge des dunkelhaarigen Mädchens auf der Fotografie. Es fällt ihr schwer, in dem Kinderbild die Frau zu erkennen, die jetzt neben ihr sitzt. Die Ähnlichkeit mit ihr selbst ist jedoch unverkennbar, auch wenn sie sich mit der Arglosigkeit ihrer neun Jahre für bedeutend älter hält als die kleine Paulina, die an der Hand ihrer Brüder fröhlich in die Kamera blickt und nicht ahnt, dass ihr junges Leben schon bald aus der Bahn geraten soll.

Die zweite Fotografie zeigt zwei junge Männer in einer vermutlich braunen Uniform. Der Jüngere ist fast noch ein Kind. Beide tragen links eine Armbinde mit einem Adler, einem Hakenkreuz und drei deutschen Wörtern, von denen nur die Initialen zu erkennen sind, ein D, ein V und ein W, der Rest ist verschwommen. Mit ihrem hellblonden Haar, das unter den Mützen hervorblitzt, verkörpern die Jungen das arische Ideal wie aus dem Bilderbuch. Das Foto stammt vom November 1944.

»Wer ist das?«, fragt das Mädchen, obwohl sie die Antwort kennt.

»Otto und Heinz, meine Brüder«, erklärt die Großmutter wieder einmal. Sie hat entdeckt, dass das schmerzliche Vorhaben, zu ihren frühesten Erinnerungen, ihren Wurzeln zurückzukehren, für sie erträglicher wird, wenn sie daraus eine Art Spiel mit ihrer Enkelin macht. Wenn sie das Grauen in ein für die Ohren des Mädchens taugliches Märchen verwandelt. »Sie waren sehr tapfere Soldaten«, lügt sie. »Sieh doch nur, wie gut sie aussahen.«

»Die Uniformen sind schön«, sagt Alicia und sucht im Spiegel nach Paulinas Blick.

Dabei sind sie alles andere als schön. In Wahrheit handelt es sich nicht einmal um Soldatenuniformen, sondern um die Kluft der Hitlerjugend, auf die mit unbeholfenen Stichen die Armbinde des Deutschen Volkssturms genäht wurde. So jämmerlich war die Ausrüstung der gegen Kriegsende an die Front gebrachten Truppen. Jungen im Schulalter und Greise mit schmerzenden Knochen. Als Kanonenfutter verheizt, um doch noch die deutsche Niederlage abzuwenden. Manche dieser Kindersoldaten hatten die Nazidoktrin praktisch mit der Muttermilch aufgesogen und waren als gefährliche Fanatiker in den Kampf gezogen. Doch bei den Jungen auf der Fotografie scheint dies nicht der Fall gewesen zu sein. Trotz ihres Bemühens, ernst zu wirken, können sie die Angst in ihren hellen Augen nicht verbergen. Beide klammern sich so verkrampft an ihre Gewehre, als fürchteten sie, sie könnten aus Versehen losgehen.

Aber von alldem weiß die Enkelin noch nichts. Sie erkennt nicht, dass diese jungen Burschen in Wahrheit starr vor Entsetzen waren. Wie sollte es auch anders sein? Diese Kinder hatten kaum zu leben begonnen und sollten schon töten.

Sobald Alicia älter wird und beginnt, Fragen zu stellen, endet das Spiel mit dem Fotoalbum. Paulina wird ihr die Bilder zwischen den granatroten Lederdeckeln nicht länger zeigen, und die Enkelin wird die alten Geschichten einfach vergessen.

2

Paulina Hoffmann wartet immer an derselben Ecke des Pausenhofs auf das Ende des Unterrichts. Als junge Frau hatte sie es sich nicht leisten können, ihre Kinder in die Deutsche Schule zu schicken, die ihre Enkelin nun besucht. Doch als ihr Sohn Diego zum Witwer wurde, hat sie bereitwillig einen nicht unerheblichen Anteil an der Erziehung seiner erst vierjährigen Tochter übernommen. Seither ist die Großmutter eine große Stütze. Sie besucht Sprechstunden und Schulfeste, hilft bei den Hausaufgaben und lässt nebenbei – warum sollte sie es nicht zugeben? – die irreale, unbefleckte Erinnerung an ihre eigenen frühen Lebensjahre wieder aufleben, an die Zeit, bevor alles zerstört wurde.

Vor Kurzem haben Großmutter und Enkelin zusammen eine bunte Laterne gebastelt. Beim Martinsumzug trug die kleine Alicia sie stolz vor sich her, und bei jedem ihrer Schritte schimmerte das Seidenpapier im Schein der Flamme.

Mit solchen Unternehmungen erobert sich Paulina ein Stück ihrer eigenen Kindheit zurück, und wenn sie vor dem großen Gebäude an der Calle Concha Espina wartet, in das sie ihre Kinder selbst so gern geschickt hätte, regt sich in ihr zugleich ein Gefühl des Triumphs und die wehmütige Erinnerung an etwas endgültig Verlorenes.

Alicia wirkt ernst, als sie angelaufen kommt. Offensichtlich bedrückt sie etwas. Paulina knöpft ihr den Anorak zu und schlingt ihr sorgsam den Schal um den Hals. Es ist einer der kältesten Tage des Jahres. Hand in Hand streben sie zum Ausgang.

Schweigend gehen sie nach Hause, wo sie den Nachmittag miteinander verbringen werden, bis Alicias Vater aus der Praxis kommt. Die Kleine ist der grauhaarigen Frau wie aus dem Gesicht geschnitten, und Paulina weiß, dass es besser ist, sie nicht zu drängen, bis sie ihr von selbst erzählt, was sie auf dem Herzen hat.

Sie bereiten sich zwei große Tassen heiße Schokolade zu und setzen sich ins dämmrige Wohnzimmer. Schon seit vielen Jahren weiß die Großmutter, dass etwas Süßes Sorgen oder Trauer erträglicher macht. Es ist ein uralter Trick, das Gehirn mit etwas Serotonin zu täuschen. Ein wohlfeiler, aber trügerischer Trost.

»Meine Freundin Katja geht von der Schule ab. Ich werde sie nicht wiedersehen. Dabei ist sie doch meine beste Freundin«, rückt Alicia schließlich mit der Sprache heraus.

Katja ist ein ebenso sanftes und schüchternes Mädchen wie sie. Wenn man es genau nimmt, ist sie nicht nur Alicias beste Freundin, sondern auch ihre einzige.

»Geht die Familie wieder zurück nach Deutschland?«

»Ja. Sie hat mir heute gesagt, dass sie nach Weihnachten nach Frankfurt ziehen. Ich werde sie schrecklich vermissen. Mit wem soll ich dann auf dem Schulhof spielen? Warum passiert das ausgerechnet mir? Warum kann nicht irgendein anderer aus der Klasse nach Deutschland gehen?«

Ein anderes Mädchen würde in diesem Moment sicher zu weinen beginnen, aber nicht Alicia. Später einmal, wenn sie älter ist, wird sie der Typ Frau sein, den vermeintlich nichts so leicht umhaut. Alle werden sie für stärker halten, als sie tatsächlich ist.

Die Deutsche Schule wird von vielen Kindern besucht, deren deutsche Eltern eine Zeitlang in Madrid arbeiten und nach zwei oder drei Jahren nach Berlin, München oder, wie in Katjas Fall, nach Frankfurt zurückkehren. Doch Alicia fällt es nicht leicht, neue Freunde zu finden. Es fällt ihr sogar ungewöhnlich schwer. So schwer, dass ihr besorgter Vater schon mehrere Termine beim Schulpsychologen hatte. Alicia hat zwar keine Probleme mit ihren Mitschülern, sich aber lange Zeit mit niemandem angefreundet. Sie lebte in einer eigenen Welt und verbrachte die Pause allein auf dem Schulhof. Daher war es ein Segen, als Katja vor ein paar Jahren in ihre Klasse kam. Und nun ist es ein umso schwererer Schlag, dass sie wegziehen muss, zumal Alicia nicht zum ersten Mal einen geliebten Menschen verliert.

Seit dem Tod von Alicias Mutter sind mehr als fünf Jahre vergangen, doch Paulina fürchtet noch immer, dass die scheinbar glückliche Kleine plötzlich zusammenbrechen könnte. Die Mama zu verlieren, wenn man kaum alt genug ist, um sich an sie zu erinnern, kann in einem so kleinen Herzen eine tiefe Wunde hinterlassen. Paulinas Schwiegertochter Paloma ist ein offener, liebevoller Mensch gewesen. Ihr sinnloser Tod bei einem Verkehrsunfall hat Paulinas Sohn und ihre Enkeltochter so vieler kostbarer Momente beraubt.

Jetzt, kurz vor ihrem zehnten Geburtstag, fragt Alicia kaum noch nach der zärtlichen, heiteren Frau, die sie immer gekitzelt hat, wenn sie aus der Badewanne kam, und ihr abends Märchen erzählte. Paulina ist sich nicht sicher, ob die scheinbare Normalität und das Schweigen ein gutes oder ein schlechtes Zeichen sind.

Wenn sie darüber nachdenkt, dass Alicia all die Liebe womöglich vergessen hat, befällt sie tiefe Traurigkeit. Kinder können sich kaum an jene ersten Jahre erinnern, die für die Eltern alles sind. In keinem anderen Moment des Lebens empfängt der Mensch so viel liebevolle Zuwendung, doch sie versinkt schon bald im Nebel des unfertigen Gedächtnisses.

Obwohl, wer weiß? Vielleicht ist nicht alles verloren. Immerhin erinnert auch sie sich nicht mehr an den Geruch oder die Stimme ihrer Mutter und verspürt dennoch eine unvergleichliche Wärme, wenn sie eine ihrer Fotografien betrachtet.

Paulina hat es sich zur Aufgabe gemacht, dass Alicia sich niemals einsamer fühlen soll als andere Kinder. Sie soll niemals darüber klagen müssen, ihr fehle etwas. Aber nun geht auch Katja fort.

Eine andere Großmutter würde die Angelegenheit kleinreden und der Enkelin sagen, dass sie sicher eine neue Freundin finde. Aber nicht sie. Paulina weiß, dass dieses Ereignis für ihre Enkelin eine kleine Katastrophe ist.

»Als ich ein bisschen jünger war als du jetzt, ist meine beste Freundin auch von der Schule abgegangen«, sagt sie. »Ich habe sie nie wiedergesehen. Ich weiß genau, wie du dich fühlst. Aber damals war es eine andere Zeit, es war viel komplizierter. Wenn Katja und du wirklich Freundinnen seid und ihr euch so gut versteht, wie du denkst, dürft ihr euch davon nicht auseinanderbringen lassen. Du kannst ihr Briefe und Postkarten schreiben und Fotos schicken. Du kannst sie sogar besuchen, wenn du mal im Sommer nach Deutschland fährst. Mach das Beste daraus und bleib mit ihr in Kontakt. Ich konnte das nicht, mein Schatz.«

»Wie hieß deine Freundin? Hast du ein Foto von ihr?«, fragt die Enkelin.

»Sie hieß Anna, und nein, ich habe kein Foto. Aber ich weiß noch, dass sie lange, glänzend schwarze Zöpfe hatte und dass sie mir einmal ihre Lieblingspuppe geliehen hat. Ich hätte alles dafür gegeben, wieder von ihr zu hören. Aber wir haben uns aus den Augen verloren.« Einmal mehr verharmlost Paulina die Vergangenheit zu einem für Alicias Kinderohren geeigneten Märchen.

In sich gekehrt hängen Großmutter und Enkelin ihren Gedanken nach. Heute werden sie das Fotoalbum nicht hervorholen.

Und dann stellt ihr Verstand Paulina eine Falle. Plötzlich meint sie zu wissen, wie sie ihre Enkelin ablenken kann.

»Oje!«, ruft sie. »Da fällt mir gerade ein, dass wir etwas Wichtiges vergessen haben.«

»Was denn, Oma?«, fragt die Kleine, die den Köder natürlich geschluckt hat.

»Weißt du, was heute für ein Tag ist?«

»Der fünfzehnte Dezember.«

»Und was machen wir beide immer in dieser Jahreszeit?«

»Weihnachtskekse backen!«

Und schon eilen die beiden in die Küche. Die Großmutter bereitet den Plätzchenteig nach einem Rezept zu, das sie von ihrer Mutter gelernt hat. Es gibt Geschmacksnoten, die von Generation zu Generation weitergereicht werden. An ihnen hängen Erinnerungen an vergangene Momente und Menschen, die nicht mehr da sind. Paulinas Plätzchen sind etwas Besonderes. Ihr Geheimnis ist die geriebene Zitronenschale, die erst ganz zum Schluss in den Teig kommt.

Doch als Paulina an diesem Nachmittag mit dem Messer in die runzelige gelbe Schale sticht, trifft sie der durchdringende Zitrusduft wie ein Keulenschlag und versetzt sie für einen Augenblick zurück ins Berlin des Jahres 1938. Als wären all die Jahre nicht vergangen und sie wäre noch immer sechs Jahre alt, sieht sie auf einmal wieder den Mahagonitisch mit der Spitzendecke im Esszimmer ihres Elternhauses vor sich. Das Geschirr mit dem blauen Dekor. Die Zuckerdose, der ein Henkel fehlt. Den Blick ihrer Mutter. Und sie spürt wieder diesen bohrenden Schmerz im Magen.

Unter einem Vorwand zieht sie sich in ihr Schlafzimmer zurück, um die Fassung zurückzuerlangen, auch wenn sie die Kleine dafür ein paar Minuten in der Küche allein lassen muss.

Das Gedächtnis weiß, was wir vergessen haben. Heimtückisch treibt es ein falsches Spiel mit uns und bringt uns im unpassendsten Moment zu dem zurück, was wir dringend hinter uns lassen wollten.

3

Paulina will ihr Möglichstes tun, um gegen das unerträglich ungerechte Schicksal anzukämpfen, das eine so junge und glückliche Familie zerstört hat. Sie weiß nur zu gut, was es heißt, schon in jungen Jahren den Menschen an seiner Seite zu verlieren, wenn man gerade erst das Fundament für ein gemeinsames Leben gelegt hat und kurz darauf die Aufgabe allein weiterführen soll, auch wenn man keine Ahnung hat, wie.

Da ihre Tochter Elisa ständig auf Reisen ist und mal in einer Galerie in Mailand ausstellt, mal irgendwo in Europa an einer Universität ein Kunstseminar gibt, ist sie die Einzige, die beispringen kann. Es ist für Paulina kein Opfer, sich um ihre Enkelin zu kümmern. Mit dem klugen, findigen, unendlich neugierigen Mädchen hat sie viel Freude und empfindet es als Privileg, Alicia die Welt zu erklären, in ihre großen Augen zu blicken und zu beobachten, wie ihr wacher Geist Informationen wie ein Schwamm aufsaugt und sich ihre sprühende Intelligenz entwickelt.

Eines Nachmittags gehen die beiden gemeinsam zu einer Auktion. Paulina interessiert sich für die Gemälde des Konvoluts und erklärt ihrer Enkelin unterwegs, wie das System der Gebote funktioniert. Sie erreichen das Auktionshaus, das von dunklen Möbeln, Landschaftsporträts in vergoldeten Rahmen und Vitrinen mit Schmuck und Uhren überquillt. Im Untergeschoss, wo bereits die ersten Bieter warten, sind mehrere Stuhlreihen aufgebaut. An einer Wand sind die zu versteigernden Objekte aufgereiht.

»Ist es das da?«, fragt die Kleine an der Hand ihrer Großmutter.

»Ja. Gefällt es dir?«

Das Mädchen tritt auf das Gemälde zu und betrachtet es konzentriert.

»Ich weiß nicht.«

»Wenn du älter bist, wird es dir bestimmt gefallen.«

»Warum willst du es kaufen? Es sieht doch genauso aus wie die, die du schon hast.«

»Dieses Bild ist etwas Besonderes.«

»Aha …«, sagt Alicia. Paulinas Enkelin trägt ein rotes Kleid und hat das Haar zu einem Zopf frisiert. Ihr Blick fällt auf das Schild mit dem Ausgangspreis für die Auktion. »Das ist aber teuer! Die wollen anderthalb Millionen Peseten dafür haben!«

»Das stimmt allerdings. Ich hätte nie gedacht, dass es so hoch notiert würde.«

»Und trotzdem willst du es unbedingt kaufen? Papa hat gesagt, das ist so teuer wie ein Auto.«

Die Großmutter lacht.

»Dein Vater ist mein Sohn, und ich liebe ihn, aber manchmal ist er zu pragmatisch.«

»Was heißt ›pragmatisch‹?«

»Psst, sei still. Es geht los.«

Das Gemälde ist das wertvollste Objekt des Konvoluts, und Paulina Hoffmann vermutet, dass es bis zuletzt aufgehoben wird. Es sind mehr als vierzig Jahre vergangen, seit sie es zuletzt gesehen hat, und dennoch hat sie plötzlich das Gefühl, als wäre die Zeit stehengeblieben und sie würde ins Jahr 1950 zurückversetzt, zu jenem Nachmittag in der Galería Biosca.

Ihr Blick wandert über das Graublau des Himmels und das Braun der harten, trockenen Erde. Paulina bewundert die nahezu perfekte horizontale Linie, die die beiden großen bunten Farbflecke trennt, und das Talent des Malers, der die Landschaft so naturgetreu gestaltet hat. Seit Jahren hat sie aufmerksam die Ausschreibungen des Auktionshauses verfolgt, in der Hoffnung, dieses Gemälde würde früher oder später zum Verkauf angeboten.

Alicia rutscht gelangweilt auf ihrem Stuhl herum.

»Es dauert nicht mehr lange, keine Sorge. Wenn du brav bist, gibt es gleich ein leckeres Stück Kuchen«, flüstert die Großmutter.

»Das nächste Objekt ist ein Ölgemälde aus dem Jahr 1950 mit dem Titel *Erde*. Das Mindestgebot liegt bei 1.590.000 Peseten«, verkündet der Auktionator.

Paulina Hoffmann hebt die Hand, und nach einem kurzen Gebotsduell mit einem Herrn aus der letzten Reihe erhält sie den Zuschlag. Nach Absprache der Lieferdetails und dem versprochenen Sahnetörtchen kehren Großmutter und Enkelin nach Hause zurück. Eine Dreiviertelstunde, bevor Diego seine Tochter abholen soll, wird Paulina plötzlich unruhig und geht zum Telefon. So schnell es ihre Finger erlauben, wählt sie die Nummer der gynäkologischen Praxis ihres Sohnes.

»Gut, dass ich dich noch antreffe, Diego.«

Sie will sich ihre Beklommenheit nicht anmerken lassen, doch ihre Stimme verrät sie.

»Was ist los, Mama? Ist etwas mit Alicia?«

»Nein, nein, es ist nichts«, wiegelt sie ab. »Sie ist nur ein bisschen müde. Wenn du einverstanden bist, kann sie gern hier schlafen.«

»Mama …«

»Ja?«

»Es geht um das Bild, oder? Ich nehme an, du hast es gekauft, das hat dich bestimmt mitgenommen. Du willst nicht allein sein, stimmt's?«

Paulina Hoffmann verflucht die Intelligenz ihres Sohnes und seinen manchmal irritierenden Hang, kein Blatt vor den Mund zu nehmen. Nicht wie sie selbst, die eher verschlossen ist. Sie bleibt ihm die Antwort schuldig.

»Ehrlich gesagt, kommt es mir sogar ganz gelegen, hier noch ein Weilchen Patientenakten durchschauen zu können«, erbarmt er sich ihrer. »Ich hole sie morgen früh ab und bringe sie in die Schule.«

Als sie den Telefonhörer auflegt, durchflutet Paulina ein tiefes Gefühl der Liebe für ihren Sohn, der so anders ist als sie.

Stunden später, als die Kleine längst schläft, versucht sie vergebens, sich auf einen Krimi zu konzentrieren. Obwohl sie sonst gern Detektivgeschichten liest, schweifen ihre Gedanken immer wieder ab. Nicht einmal ein gutes Buch kann sie in dieser Nacht vor dem tiefen, schwarzen Loch ihrer Erinnerungen bewahren.

Sie betritt das Zimmer ihrer Enkelin und rüttelt sie sanft aus dem Schlaf.

»Willst du bei mir schlafen?«

»Na klar«, antwortet ein verschlafenes Stimmchen.

Im Bett umfängt Paulina den warmen, kleinen Körper und spürt bei jeder Bewegung des Mädchens, wie Alicias weicher Haarschopf über ihre Arme streift. Sie muss an sich halten, damit sie die Kleine, die sie nie verlassen soll, nicht zu fest an sich presst. Um nichts in der Welt möchte sie den süßen, unschuldigen Schlaf stören, der vom dunklen Ernst des Lebens noch nichts weiß.

»Verlass mich nicht, mein Schatz«, murmelt sie.

Paulina Hoffmann braucht ihre Enkelin sehr.

4

Im Morgengrauen fährt Paulina mit einem Schrei aus dem Schlaf. Sie schaltet die Nachttischlampe an, und um die Kleine nicht zu wecken, die in süßem Schlummer neben ihr liegt, streift sie einen marineblauen Bademantel über – keinen Morgenrock wie ihn alte Frauen tragen, das wäre nicht ihr Stil – und verlässt das Schlafzimmer. Seufzend öffnet sie im Wohnzimmer das Fenster. Zu ihren Füßen liegt das Salamanca-Viertel in nächtlicher Stille. Die Straße im Licht der Laternen ist menschenleer. Nur vor dem Hotel Wellington steigt ein Paar aus einem Taxi und betritt Hand in Hand das luxuriöse Gebäude.

Paulina zündet sich eine Zigarette an. Sie nimmt einen tiefen Zug, pustet den Rauch langsam aus und schaut den eigenwillig schönen Rauchkringeln nach, die sich in der kalten Nachtluft auflösen. Alle kennen sie nur als Nichtraucherin, aber für Momente wie diesen hat sie immer ein Päckchen Zigaretten in der Nachttischschublade. Tränen kullern über ihre Wangen, während sie nachspürt, wie das Nikotin in ihre Lungen strömt.

Sie hat wieder einmal einen ihrer alten Träume gehabt, die ihr noch immer Herzrasen bescheren. Schon als Kind hatte sie die Gabe oder das Pech, sich haargenau an das zu erinnern, was während des Schlafs in ihrem Kopf vor sich geht. Nun wird sie in den nächsten zwei, drei Tagen die Bilder vor ihrem geistigen Auge mühsam unterdrücken müssen. So ist es immer. Tagsüber gelingt es ihr, die Gespenster der Vergangenheit fernzuhalten, aber tückisch, wie sie sind, suchen sie sie in der Nacht heim, wenn Paulinas Wachsamkeit nachlässt und sie ihnen nicht entkommen kann.

Es geschieht in einem großen Haus am Meer. Der Himmel

ist sternenklar, und es herrscht absolute Stille. Die anderen schlafen. Sie ist allein im Garten und spürt in ihrem dünnen Sommernachthemd die Wärme auf der Haut. Ein Hauch von Jasmin liegt in der Luft. Plötzlich hört sie ein Geräusch, es kommt vom Pool. Barfuß geht sie die Stufen hinab und spürt die feuchten Steine unter ihren Sohlen. Als sie näher kommt, sieht sie jemanden im Wasser. Sie läuft los, und als sie den Rand des Beckens erreicht, erkennt sie, dass zwei Menschen auf dem Bauch im Wasser treiben. Sie tragen braune Uniformen und halten sich an der Hand. Es sind Otto und Heinz, ihre Brüder! Sie springt ins Wasser, um ihnen zu helfen, doch mit einem Mal sind die Leichen verschwunden. An ihrer Stelle treibt nun der Körper eines erwachsenen Mannes, der bedeutend größer und kräftiger ist als die beiden Jungen.

Sie erwacht jedes Mal, bevor sie den Mann umdrehen und sein Gesicht sehen kann, aber sie weiß natürlich, wer er ist und warum er sie seit so vielen Jahren in bangen Nächten und ihren schlimmsten Albträumen heimsucht.

Ihr Leben lang hat sie vergebens versucht, sich von ihm zu befreien.

DAS ERBE

Berlin, August 2016

1

Alicia hat ursprünglich vorgehabt, bei Nachbarn und Ladenbesitzern in Prenzlauer Berg Erkundigungen einzuholen, ob sich irgendwer an ihre Großmutter erinnerte. Sie wollte den Notar aufsuchen, der den Kaufvertrag aufgesetzt hatte, und die Schränke nach einem Hinweis durchforsten, warum Paulina Hoffmann die Wohnung in der Kastanienallee gekauft hatte. Aber nun, in Berlin, ist ihr eher danach, durch die Stadt zu schlendern und zu versuchen, ihre Gedanken zu ordnen. Letzten Endes kommt es ihr ganz gelegen, dass sie in den zwei Wochen ohne Jaime etwas Sinnvolles zu tun hat.

Sie beschließt, Marcos anzurufen und nach ihrem Sohn zu fragen. Sie weiß, er würde es lieber sehen, wenn sich ihr Kontakt auf Handy-Botschaften beschränkte, aber in seiner Verachtung für sie schreibt er nur einsilbige Nachrichten, und sie muss genauer wissen, was der Kleine macht. Zu erfahren, dass er wohlauf und satt ist und schon den Schlafanzug anhat, reicht ihr nicht. Marcos und sie waren sich von Anfang an einig, dass die Scheidung sich nicht negativ auf ihre Rollen als Mutter und Vater auswirken sollte. Diese Übereinkunft gibt ihr wohl das Recht anzurufen, wenn es nötig ist. Und sie muss ihn selbst anrufen, denn mit ihren Schwiegereltern zu reden steht außer Frage. Sie ahnt, dass die Familie ihres Exmannes nicht gut auf sie zu sprechen ist.

»Ja?«, antwortet er knapp.

»Hallo, Marcos. Ich bin's.«

»Aha.«

»Ich wollte bloß wissen, wie es Jaime geht.«

»Es geht ihm ausgezeichnet.«

»Das weiß ich. Aber erzähl mir ein bisschen mehr. Ich muss einfach wissen, was er macht.«

»Ich habe dir gestern ein Foto geschickt.«

»Quäl mich nicht, Marcos. Erzähl mir bitte ein paar Details.«

Ihr Exmann ist einen Moment still, bevor er antwortet.

»Okay. Also, wir sind gestern Nachmittag angekommen. Unterwegs war viel Verkehr, aber er war brav im Auto. Er hat ein bisschen im Pool geplanscht, und wir waren im Dorf, um ein Eis zu essen. Der Rest geht dich nichts an, weil der Kleine im Bett war. Heute waren wir mit meiner Mutter einkaufen, und jetzt bleibt er hier, und ich fahre wieder. Er isst gut, und so weiter.«

Sie fasst sich ein Herz und fragt: »Hat er irgendwas Drolliges gemacht?«

»Eine ganze Menge, ja, aber damit muss es gut sein, tut mir leid. Bis bald, Alicia. Wenn du morgen was von mir willst, schick mir lieber eine WhatsApp.«

Marcos legt auf.

»Verdammt«, sagt sie zu sich selbst, »das kann ja heiter werden.« Ein Teil von ihr würde am liebsten schnurstracks nach Berlin-Schönefeld fahren und den ersten Flug nach Hause nehmen. Es ist ihr ein geradezu körperliches Bedürfnis, Jaime zu sehen, ihn in den Arm zu nehmen, mit ihm zu reden. Aber dass der Kleine für zwei Wochen bei seinem Vater ist, muss sie wohl oder übel aushalten, so schwer es auch ist. Sie ist zum ersten Mal für so lange Zeit von ihm getrennt.

Alicia macht gerade eine harte Zeit durch: Ihr ist nur zu bewusst, dass sie ihren Exmann, dessen einziger Fehler es war, sie zu heiraten, mit ihren Lügen verletzt hat, und sie ist davon überzeugt, eine schlechte Mutter zu sein. Ihr dreijähriger Sohn ist zweitausendreihundert Kilometer entfernt, ihre Ehe gescheitert, und nach Paulinas Tod ist sie obendrein noch ein Stück mehr verwaist.

Sie hat das Gefühl durchzudrehen, wenn sie noch einen Augenblick länger in der fast leeren Wohnung bleibt. Dabei ist sie noch keine vierundzwanzig Stunden hier.

»Ich habe noch vierzehn Tage«, ruft sie sich leise in Erinnerung.

Schnell unter die Dusche, und dann nichts wie raus hier.

Es ist ein herrlicher Tag und angenehm mild. Das kleine Thermometer am Küchenfenster zeigt 21 Grad. Es ist ein altes Messgerät aus Holz und Messing, mit Ziffern und dem Wort *Thermometer* in Frakturschrift. Vermutlich hängt es schon hier, seit das Haus erbaut wurde.

Alicia erinnert sich daran, was ihre Großmutter über ihre Schulzeit erzählte. 1941 hatten die Nazis die Fraktur- und die Sütterlinschrift als angebliche Judenlettern verboten. Viele Kinder kannten jedoch keine andere Schrift und mussten neu schreiben lernen. Auch Schulbücher und Hefte mussten ersetzt werden, was zu einem gewaltigen Durcheinander führte. Mit acht oder neun Jahren fand Alicia die Vorstellung witzig, aber nun wird ihr bewusst, dass in Wahrheit überhaupt nichts lustig daran war.

Sie schlüpft in eine Jeans, ein paar alte New-Balance-Schuhe und ein graues T-Shirt mit kurzen Armen. In die große schwarze Ledertasche, die ihr am Vortag als Reisetasche gedient hat, wirft sie eine dünne Jacke, Sonnenbrille, Brieftasche und Handy. Ihr ist klar, dass ihre Nerven blank liegen, aber dieses Wissen hilft ihr auch nicht weiter. Vielleicht hatte ihr Vater recht, und es war doch keine so gute Idee, allein herzukommen.

Hastig verlässt sie die Wohnung.

2

Nach etwa einer halben Stunde Fußmarsch erreicht Alicia den Alexanderplatz und damit den Teil der Stadt mit den meisten Sehenswürdigkeiten. Sie sieht den riesigen neobarocken Dom mit seinen blaugrünen Kuppeln, überquert die Spree, um auf die Museumsinsel zu gelangen, und spaziert durch den Lustgarten mit seiner ausgedehnten Grünfläche. Trauben von Jugendlichen und Touristen sitzen auf dem Rand des großen Brunnens in der Mitte der Parkanlage und genießen die Sonne, die hier ein seltener Luxus ist.

Sie betritt eine Konditorei, nimmt an einem der Tische am Fenster Platz und bestellt ein Stück Schwarzwälder Kirschtorte. Ihre Großmutter liebte diese Torte und kaufte sie immer zu ihrem Geburtstag im Café Embassy am Paseo de la Castellana. Bis vor Kurzem hätte Alicia diese Pause genutzt, um trotz ihres Urlaubs die Mails der Kanzlei zu lesen oder einen Rückruf zu tätigen, aber seit ihrer Kündigung hat sich dieser früher so wichtige Teil ihres Lebens in Rauch aufgelöst, als sollte ihr das eigene Versagen vor Augen geführt werden.

Als sie weiterspaziert, kommt sie bald zur Prachtstraße Unter den Linden. Es gibt Straßen, die mehr sind als bloße Linien auf einem Stadtplan. Auf diesem breiten Boulevard ist, ähnlich wie auf den Champs-Élysées in Paris oder der Gran Vía in Madrid, das Herz und die Geschichte Berlins spürbar. Es ist ein Leichtes, sich vorzustellen, wie dieser Ort in den wilden zwanziger Jahren aussah, als es im Scherz hieß, die größte Sorge der Berliner sei es, genug Zeit zu finden, um sich in den brodelnden Kaffeehäusern oder den verruchten Varietés mit ihrem ausschweifenden Treiben und ihrer Musik zu vergnügen. Unvermeidlich drängt sich jedoch auch der Gedanke an die finstereren Zeiten auf, die kurz darauf anbrechen sollten – damals wurde die Straße mit riesigen roten Hakenkreuzfahnen und von Reichsadlern gekrönten Standarten zum Schaufenster der Nazi-Symbolik.

Alicia ist vor fünfzehn Jahren schon einmal mit ihrer Freundin María und ein paar Kommilitoninnen in Berlin gewesen und bemerkt überrascht, wie gut sie sich noch im Stadtzentrum orientieren kann. Es war eine vergnügte Reise, mit verrückten Nächten in Techno-Clubs, die es, zumindest damals, nirgends sonst auf der Welt gab. Sie kann sich noch gut daran erinnern, wie sie im Tresorraum eines ehemaligen, jahrzehntelang zur Ruine verkommenen Kaufhauses in der Nähe der früheren Mauer bis zum Morgengrauen getanzt hat. Wie sich alles seither verändert hat. Diese unverfängliche Vergnügungsreise ist meilenweit von dem gewaltigen Chaos entfernt, das heute in ihrem Kopf herrscht.

Sie schlendert weiter und bleibt wenige Minuten später an der Stelle stehen, wo 1936 das Foto der Familie Hoffmann aufgenommen worden war. Hier wollte sie hin, seit sie das Haus verlassen hat. Die Stelle erscheint ihr ein passender Ausgangspunkt für ihre eigentümlichen Ferien zu sein, für diese einsamen Tage, die ihr vermutlich kaum über ihre Trauer hinweghelfen werden.

Vor ihr erhebt sich das majestätische Gebäude, das sie von dem alten Foto kennt, eins der traditionsreichsten Opernhäuser der Welt, in dessen großem Saal einst Mendelssohn und Strauss mit langen Ovationen bedacht wurden. Jahrzehnte später dienten Wagners Klänge den Nazis als Hintergrundmusik, als sich das Regime bemühte, den Opernbetrieb als Symbol seiner Stärke nahezu während des gesamten Krieges aufrechtzuerhalten.

Die letzte Aufführung fand im August 1944 statt. Was mochten die in Galarobe gekleideten Zuschauer wohl empfunden haben, die dieser Abschiedsvorstellung beiwohnten, nur sechs Tage nach der Befreiung von Paris durch die Alliierten? Angst,

Schuld, vielleicht Reue? Oder waren sie so verblendet, wirklichkeitsfremd und ignorant gegenüber den Folgen ihrer Verbrechen, dass es für sie nicht mehr war als der Ausklang einer Spielzeit?

Alicia erinnert sich, in einem Buch gelesen zu haben, der berühmte Dirigent Herbert von Karajan habe für diese Gelegenheit Mozart gewählt. Sie stellt sich vor, dass die Klänge von *Figaros Hochzeit* in dem Barockbau mit seinen Sitzen aus rotem Samt bei der letzten Aufführung geklungen haben mussten wie die wahnwitzige musikalische Untermalung eines Albtraums.

DAS UNGEHEUER

Berlin, 1938–1939

1

Die ehemaligen Studienfreunde Doktor Hoffmann und Doktor Löwe betreiben gemeinsam eine Praxis in der Schliemannstraße. Die beiden sind typische Hausärzte, die auf der Straße von jedermann gegrüßt werden – die Männer neigen leicht den Hut, die Mütter lächeln ihnen dankbar zu. Sie behandeln kleine Bengel mit Ziegenpeter, junge Frauen in guter Hoffnung und alte Leute mit Rheuma. Sie sind, im weißen Kittel und mit Stethoskop, die Zeugen des wahren Lebens, die Ersten, die erfahren, wenn jemand stirbt oder ein Kind zur Welt kommt.

Ihre Töchter sind gleich alt, sechs Jahre. Sie sind unzertrennlich. Die Mädchen lieben es, in die Praxis zu kommen, auch wenn sie es nicht oft dürfen, weil sich in dem Wartezimmer mit den mit Samtimitat gepolsterten Stühlen immer hustende und seufzende Kranke drängen. Aber wenn sie einmal dort sind, ist es herrlich. Die Sprechstundenhilfe schenkt ihnen jedes Mal Honigbonbons. Sie können auf die Untersuchungsliege klettern, die ihnen enorm hoch erscheint, um – was auch sonst – Arzt zu spielen, und dürfen sogar ihre neugierigen Näschen in den faszinierenden Lederkoffer für die Hausbesuche stecken und sich darin die Instrumente ansehen.

Paulina und Anna kennen sich seit jeher. Schon als Säuglinge saßen sie mit ihren ersten Spielzeugen – einer Rassel, einem Plüschbären – auf einer rotgrünen Decke, wenn sich die beiden Elternpaare zum Sonntagskaffee trafen. Gemeinsam begannen sie zu krabbeln und machten später ihre ersten Schritte, und fast gleichzeitig lernten sie zu brabbeln und zu sprechen. Sie sind wie zwei kleine, zur selben Zeit gepflanzte Bäumchen. Herr Hurwitz, der Bäcker, nennt sie immer »die Zwillinge«.

Sie wohnen in derselben Straße, und an Winterabenden schauen sie so lange aus dem Fenster, bis sie die andere an der Balkontür gegenüber erblicken. Dann verabschieden sie sich winkend bis zum nächsten Tag, wenn sie sich auf dem Bürgersteig wiedertreffen, um gemeinsam zur Schule zu gehen.

Die beiden Mädchen sind so gute Freundinnen, dass sie einmal abends sogar ihre Lieblingsspielzeuge getauscht haben, diese kuscheligen Fetische, die alle Ängste vertreiben können und die man im Bett in die Arme schließt, bevor man in den Schlaf fällt.

Anna schlief mit Paulinas Stoffbären.

Und Paulina deckte sanft Annas Lieblingspuppe zu.

Am nächsten Morgen gaben sie sich das Versprechen, sich niemals zu trennen. Sie würden zwei Brüder heiraten, zusammenwohnen und einander immer helfen. Eine innigere Verbundenheit zwischen zwei kleinen Mädchen ist kaum vorstellbar.

Ihre ersten Lebensjahre verlaufen wie eine glückliche Abfolge von immer gleichen Tagen, aber das wird nicht so bleiben. Der dicke Schutzpanzer, der sich bisher um ihr Leben gelegt hat, bekommt nach und nach Risse, und durch die Ritzen dringt die erbarmungslose Welt der Erwachsenen.

2

Die Freundinnen haben in ihrer Klasse immer in derselben Bank gesessen, bis Fräulein Weber Anna eines Morgens, zusammen mit zwei anderen dunkelhaarigen, verschüchtert dreinblickenden Mädchen, in die letzte Reihe schickt.

Kurz darauf ersetzt Doktor Hoffmann das Türschild mit den Namen beider Ärzte durch eines, auf dem nur sein eigener steht. Sie dürften nicht mehr zusammenarbeiten, erklärt er seinen Kindern beim Abendessen; wenn sie größer seien, würden sie es schon verstehen.

Aber Paulina versteht es nicht. Sie will in der Klasse neben Anna sitzen und wieder mit ihr auf die Untersuchungsliege mit dem weißen Leintuch klettern. Sie begreift auch nicht, warum es ihrer Mutter anscheinend auf einmal nicht mehr recht ist, wenn Anna und sie miteinander spielen. Sie quengelt, weil sie die Freundin wieder einladen will, und hält die Erwachsenen für sehr ungerecht. Aber nach einer Weile ahnt sie, dass ihre Proteste, so vehement sie sie auch vorträgt, dieses Mal nichts nützen werden. Immerhin scheinen ihre Eltern und ihre Lehrerin ebenso traurig zu sein wie sie selbst.

Eines Tages kommt der Direktor mit einem Kübel Seifenlauge in den Klassenraum und befiehlt den drei Mädchen aus der letzten Reihe, ihre Pulte zu »entgiften«. Mit Schwämmen in den kleinen, nervösen Händen müssen sie die Tische wiederholt abschrubben – »Ganz sauber, kleine Juden!«, brüllt er –, bis er endlich zufrieden ist. Paulina erwartet, dass das immer gutmütige Fräulein Weber einschreitet, aber weit gefehlt. Sie steht stocksteif vor der Tafel und schaut der demütigenden Szene schweigend zu.

Am nächsten Tag kommt Anna nicht in die Schule.

Die Lehrerin sagt der Klasse, dass sie nicht zurückkommen wird. Sie sagt auch noch eine Reihe anderer Sachen, aber es ist gut möglich, dass eine Sechsjährige wie Paulina sie nicht ganz versteht.

Als ihre Mutter sie von der Schule abholt, wirkt das Mädchen ernst: Ganz offensichtlich bedrückt sie etwas. Ihre Mutter knöpft ihr den Mantel zu und schlingt ihr den Schal um den Hals. Es ist einer der kältesten Tage des Jahres, und beim Sprechen bilden sich Atemwölkchen in der Luft.

»Werde ich Anna wiedersehen?«, fragt Paulina zu Hause angekommen.

Ihre Mutter sieht sie schweigend an, in ihrem Blick liegt der verzweifelte Wunsch: Bitte, frag nicht.

Abermals bekommt der Panzer einen Riss.

Paulina ist intelligent. Sehr intelligent sogar. Sie hat bereits gelernt, dass es besser ist, so zu tun, als verstünde sie nicht – sogar sich selbst gegenüber. So wie sie es getan hat, als Fräulein Weber ihr erzählt hat, ihre Freundin würde nicht zur Schule kommen. Es ist das Beste für sie und für die Erwachsenen, die ihr die Dinge, die um sie herum geschehen, oft nicht erklären können. Paulina bemerkt es an ihrem verkrampften Kiefer und an der Art, wie sie ihrem Blick ausweichen.

»Ich habe Weihnachtsplätzchen gebacken«, sagt die Mutter und bringt eine große Schale voller Gebäck mit Zitronenaroma aus der Küche.

Paulina isst an diesem Nachmittag viele Kekse. Sehr viele. Das trübe Nachmittagslicht fällt auf den Tisch mit der Spitzendecke und das Geschirr mit blauem Dekor. Schweigend schaut die Mutter ihr zu, wie sie gierig fast die ganze Schale leer futtert, und schimpft nicht einmal, dass sie kaum etwas für ihre Brüder übriggelassen hat.

In der Nacht muss sich Paulina mehrmals übergeben. Sie liegt in ihrem Bett und weint still. Am nächsten Tag ist sie krank und kann ebenfalls nicht in die Schule gehen.

3

Paulina sitzt am Esszimmertisch und zeichnet lustlos, während ihre Mutter geschäftig die Betten macht und die Zimmer aufräumt. Schon den ganzen Morgen fällt ein kalter Nieselregen, der sich an der Balkontür niederschlägt. Alle paar Minuten steht das Mädchen auf und tritt ans Fenster. Sie berührt die beschlagene Scheibe und sieht hoffnungsvoll zur anderen Straßenseite hinüber, ob Anna womöglich auch gerade aus dem Fenster schaut.

Wenige Stunden zuvor sind Otto und Heinz, in dicke, warme Mäntel gemummelt und wie immer sehr in Eile, mit ihren schweren Ranzen zur Schule gerannt. Es ist ihnen ebenso schwergefallen, das warme Bett zu verlassen, wie Paulina, die heute wegen ihrer Bauchschmerzen zu Hause bleiben soll. Ihr Vater ist schon früh in seine Praxis aufgebrochen. Seit Doktor Löwe nicht mehr da ist, hat er alle Hände voll zu tun. Mutter und Tochter sind allein zu Hause.

»Ich muss fürs Mittagessen einkaufen gehen, Paulina. In spätestens zehn Minuten bin ich zurück. Kann ich dich allein lassen? Ich sage der Nachbarin Bescheid. Sie kümmert sich um dich, falls du etwas brauchst.«

»In Ordnung, Mutti.«

Als Paulina die Tür ins Schloss fallen hört, schaut sie abermals aus dem Fenster und fasst einen Entschluss.

Sie schlüpft in ihre Schuhe und tritt auf den Treppenabsatz hinaus. Leise zieht sie die Tür hinter sich zu und läuft aus dem Haus. Sie überquert die Straße und betritt das Haus, in dem ihre Freundin wohnt. So schnell es ihre kleinen Beine erlauben, rennt sie die Treppen hinauf und klopft an die Wohnungstür der Familie Löwe.

»Ich mache auf!«, sagt eine Kinderstimme auf der anderen Seite.

»Nein, Anna, ich habe dir doch schon erklärt, dass du besser nicht an die Tür gehst.«

Rasche Schritte nähern sich.

Um diese Zeit müsste Doktor Löwe eigentlich seine Patienten behandeln, aber nun sitzt er in seiner Wohnung fest. Als er die Tür öffnet, sieht er sich Paulina gegenüber, die mit ernster Miene vor ihm steht.

»Was tust denn du hier?«

»Ich will Anna besuchen.«

»Du darfst nicht herkommen, Paulina. Haben deine Eltern dir das nicht erklärt?«

Die schmale Gestalt ihrer Freundin taucht am anderen Ende des Flurs auf. Sie hüpft fröhlich über den Teppich heran, und für einen Augenblick ist es, als wäre alles wieder wie früher.

Annas Vater schließt rasch die Tür, und die Mädchen fallen sich um den Hals. In ihrer Umarmung liegt die ganze Unschuld ihrer sechs Lebensjahre, die fest darauf baut, dass sich das Leben niemals ändern wird.

»Ich habe dich vermisst«, sagt die eine.

»Ich muss dir ganz viel erzählen«, erwidert die andere.

Gemeinsam eilen sie in Annas Zimmer.

Der Vater sieht zu, wie sie Hand in Hand davonlaufen, und kann ein Schluchzen nicht unterdrücken, aber er reißt sich rasch zusammen und folgt ihnen ins Zimmer seiner Tochter. Dort breiten die beiden gerade stürmisch Annas Lieblingsspielzeuge auf dem Bett aus, als wüssten sie – ganz gewiss wissen sie es –, dass dies ihre letzte Gelegenheit ist, ein Weilchen zusammen zu sein und ihre Freundschaft unbeschwert zu genießen. Doktor Löwe lässt ihnen die Freude dieser letzten Minuten und sagt ihnen nicht, dass er unverzüglich Paulinas Mutter Bescheid geben wird.

Wenig später hören die Mädchen die Stimme von Frau Hoffmann im Flur. Sie blicken sich tief in die Augen.

»Sie werden uns nie trennen«, sagt Anna entschlossen.

»Natürlich nicht, wir können sie bestimmt überzeugen«, erwidert Paulina.

Kurz darauf verabschieden sich die Erwachsenen verlegen in der Diele, bevor sie die Wohnungstür öffnen. Es ist nicht gut, wenn die Nachbarn sie zusammen sehen.

»Es tut mir sehr leid, Mädchen«, sagt Annas Vater.

»Uns tut es leid«, antwortet Paulinas Mutter und schaut ihn an.

Schweigend überqueren Mutter und Tochter die Straße und steigen die Treppe zu ihrer Wohnung hinauf. Im Wohnzimmer nehmen sie auf einem Sessel Platz, und Paulina lässt sich wortlos wiegen, obwohl sie schon ein großes Mädchen ist.

4

In diesem Winter geht vieles zu Ende. Der Panzer ist inzwischen so rissig, dass er Paulina kaum noch zu schützen vermag. Eines Nachts, als sie unter ihrer warmen Bettdecke liegt, wird sie von Geräuschen auf der Straße aus dem Schlaf gerissen.

Schreie, hastige Schritte, Weinen.

Erschreckt verlässt sie ihr Zimmer, um ihre Eltern zu suchen. Ihre Brüder sind ebenfalls aufgewacht, sie stehen im Flur und reiben sich verschlafen die Augen. Otto ist zehn, der kleine Heinz gerade acht Jahre alt geworden. Die drei Kinder in ihren Flanellschlafanzügen gehen zum Esszimmer, wo sie Licht brennen sehen.

»Ich hätte nie gedacht, dass es einmal so weit kommt«, hören sie ihre Mutter sagen, bevor sie eintreten. Sie trägt den weichen Wollmorgenrock, den Paulina so schön findet. Mit leerem Blick lehnt sie sich schwer gegen den Büfettschrank. Gläser und Tassen klirren.

»Was ist denn los, Mutti?«, fragt Otto.

»Was ist das für ein Lärm?«, fügt Paulina hinzu und versenkt ihr Gesicht im herrlichen Stoff des Morgenmantels.

Schwarzer Rauch steigt hinter den Dächern auf. Sie öffnen kurz die Balkontür, um besser sehen zu können, und die zu dieser frühen Morgenstunde schneidende Kälte fährt jäh in die gut geheizte Wohnung. Am Ende der Straße sehen sie Männer in Uniform, die Parolen grölen.

»Offenbar brennt es irgendwo«, sagt der Vater. »Ich schätze, es ist in der Nähe vom Kollwitzplatz.«

Als es am nächsten Tag hell ist, verlässt die Familie das Haus. Mit düsterer Miene tauschen sich die Erwachsenen über ihre Eindrücke aus, stets darauf bedacht, dass die Kinder sie nicht hören können. Paulina und Heinz streiten wie die Kesselflicker. Sie haben einen Brummkreisel dabei, mit dem sie auf dem Platz spielen wollen, und beide möchten ihn tragen. Wenn Kinder Angst haben, benehmen sie sich, als wären sie kleiner, als sie tatsächlich sind.

Am Kollwitzplatz erkennen sie sofort, dass sie keine Gelegenheit bekommen werden, mit dem Kreisel zu spielen. Es herrscht ein ziemliches Gedränge. An mehreren Geschäften sind die Schaufensterscheiben zu Bruch gegangen, und einige Läden wurden verwüstet. Unterwegs hat die Familie den Bäcker, Herrn Hurwitz, gesehen, der auf dem Bürgersteig schweigend Glassplitter aufkehrte.

Der Anblick der großen Synagoge ist ein Schock. Die Backsteinfassade ist über und über rußverschmiert, und die hohen, bis zum Vortag noch so schönen bunten Fenster sind in unzählige schwarze Splitter zersprungen.

»Angeblich wurde das Feuer nur gelöscht, weil es auf den Lebensmittelladen nebenan überzugreifen drohte. Anderswo in Berlin haben sie sie ausbrennen lassen. Die meisten Synagogen der Stadt sind nur noch Schutt und Asche«, sagt der Vater.

Paulina blickt sich erstaunt um. Einige Anwohner – die Besitzerin der Fleischerei, der Alte, den sie jeden Morgen auf dem Weg zur Schule trifft – schlendern mit Genugtuung durch das Chaos und grüßen einander mit erhobenem Arm. Wie ist es möglich, dass sie angesichts dieser Katastrophe so froh aussehen? Sie kann es nicht verstehen, aber sie weiß, dass sie ihre Eltern nicht zu fragen braucht. In letzter Zeit bekommt sie häufig keine Antwort.

Deshalb zieht sie an der Hand ihrer Mutter und sagt: »Ich will wieder nach Hause.«

5

Der Schatten eines großen Ungeheuers legt sich über alles, was Paulina kennt. Sie kann weder sein Gesicht noch seinen Körper erkennen, nur den großen Fleck, der ihre Welt verdunkelt. Der Schatten wächst und wächst und greift zunehmend um sich. Erst fällt er auf das heimische Wohnzimmer, in dem sie mit Anna als Baby auf einer Decke spielte, dann überschattet er den Schulhof, auf dem immer seltener Lachen und Lieder zu hören sind, und die Straßen in Prenzlauer Berg. Schließlich breitet er sich über ganz Berlin, ganz Deutschland, die ganze Welt aus. Vielleicht reicht er sogar bis nach Spanien, wo ihre Tante Sophie wohnt.

Der riesige Schatten des Monsters löscht das Sonnenlicht aus, und zurück bleibt eine düstere, gedrückte Stimmung. Anfangs ist der Unterschied kaum merklich, aber bald schon ändern sich die Dinge radikal, und nichts ist unter dem gewaltigen, drohenden Schemen mehr, wie es war.

Immer öfter wird Paulina nachts von einem Traum heimgesucht. Wenn sie aufwacht, flüchtet sie sich rasch ins Zimmer von Otto und Heinz, die jedes Mal erst maulend protestieren, bevor sie in ihrem Bett ein Stück zur Seite rutschen und sie unter ihre Decke schlüpfen lassen.

Vor ein paar Monaten verschwand Anna ganz aus ihrem Leben. Auch wenn sie schon seit Monaten nicht mehr zusammen zur Schule gingen oder nachmittags miteinander spielten, sahen sie sich bis zu diesem Tag zumindest manchmal im Kiez oder hinter dem Fenster. Doch eines Tages hörte Paulina, wie ihre Eltern, die sich unbeobachtet glaubten, darüber sprachen, Anna befände sich inzwischen möglicherweise in England. Es sei der

Familie Löwe hoffentlich gelungen, sie mit einem Kindertransport dorthin zu schicken. Dass sie zusammen mit Dutzenden, Hunderten, Tausenden Kindern das Land vielleicht habe verlassen können. Paulina kann sich nichts Schlimmeres vorstellen, als sich von ihrer Familie trennen zu müssen, aber der Tonfall der Erwachsenen ließ keinen Zweifel daran, dass die Flucht in ein fernes Land das Beste sei, was ihrer Freundin passieren könnte, selbst wenn sie ganz allein und schutzlos wäre.

Die heimlich belauschte Unterhaltung nährt für einige Jahre ihre Fantasie. Zum Traum mit dem Ungeheuer gesellt sich ein weiterer, in dem sie Anna wiedertrifft und sie gemeinsam in London durch Geschäfte, Museen und Bonbonläden streifen. In ihrer Vorstellung besitzt die Stadt fast etwas Magisches. Sie ist das Gegenstück des immer graueren Berlins, voller bunter Lichter, und das Leben besteht aus einer Abfolge herrlicher, unbeschwerter Tage. Es ist eine Stadt, in der nicht die Angst regiert.

Die Erinnerung an ihre letzte Begegnung mit Anna wird Paulina ihr Leben lang verfolgen. Sie war mit ihrer Mutter in der Kastanienallee unterwegs und erkannte die Silhouette ihrer Freundin schon von Weitem. Anna ging an der Hand ihres Vaters und drückte beschützend ihre Puppe an die Brust. Die beiden waren verändert, es schienen nicht mehr dieselben Menschen zu sein. Sogar ihr Gang war anders als früher. Von plötzlicher Panik ergriffen, schlug Paulinas Mutter rasch die entgegengesetzte Richtung ein und tat so, als hätten sie es furchtbar eilig.

Dieses Bild von Anna prägt sich Paulina ein. Fortan erinnert sie sich nicht mehr an die fröhliche Freundin mit den glänzenden Zöpfen, sondern an das erschreckte Mädchen, das mit gesenktem Blick ihre Puppe an sich drückt.

DER EINDRINGLING

Berlin, August 2016

1

Manchmal ist es nicht leicht zu sagen, ob wir zu kompliziert oder erstaunlich einfach gestrickt sind. Jedenfalls würde das Kribbeln, das Alicia verspürt, eher zu einem Teenager passen als zu einer Mittdreißigerin, die von sich eigentlich denkt, sie habe alles schon einmal erlebt. Ein banales Ereignis hat mit einem Mal die Unruhe überlagert, in die sie Paulinas deutlich spürbare Gegenwart in der Wohnung erst gestern noch versetzt hat. Vor lauter Grübeln hat sie stundenlang nicht in den Schlaf finden können.

Hallo, Alicia! Ich bin's, Iván Múñoz. Du weißt sicher, dass ich jetzt in Berlin wohne. Wenn du Lust hast, könnten wir uns heute treffen. Ich habe den ganzen Tag frei. Lieben Gruß, lautet die Nachricht, die sie heute Morgen von einer deutschen Handy-Nummer erhalten hat.

Natürlich wusste sie, dass Marías Bruder seit geraumer Zeit als Korrespondent der Zeitung, für die er arbeitet, in Berlin lebt, aber ihr wäre im Traum nicht eingefallen, sich mit ihm zu verabreden. Vermutlich macht sich ihre Freundin Sorgen um sie und hat Iván gebeten, mit Alicia auszugehen und María anschließend ausführlich Bericht zu erstatten, was für einen Eindruck sie gemacht hat. Das ist so typisch für María, immer nett und fürsorglich. Alicia hat schon oft gedacht, dass ihre Freundschaft unausgewogen ist und sie von María mehr bekommt, als sie ihr zurückgibt.

Sehr gern, ich habe nichts vor. Wenn du willst, könnten wir zusammen essen gehen. Sag mir, wann und wo, und ich werde da sein, schreibt sie zurück, bevor sie duschen geht.

Natürlich will María wissen, ob es ihr gut geht. Sie ist mit

Abstand ihre beste Freundin, wenn man für einen Moment außer Acht lässt, wie albern dieser Ausdruck im Mund einer Erwachsenen klingt. Sie haben sich im Jurastudium kennengelernt, wo sie Mitschriften tauschten, stundenlang in der Cafeteria saßen und plauschten und es sich noch länger bei Trinkgelagen auf der Wiese des Campus gut gehen ließen. Es waren tolle Jahre, in denen die Zukunft noch rosig aussah und sie Großes vorhatten. Mit Mitte dreißig sind für sie beide nun die Weichen gestellt und solche Vergnügungen auf der Skala der Prioritäten etliche Stufen nach unten gerutscht.

Gleichwohl fragt sich Alicia bisweilen, ob es wirklich so viel Wichtigeres gibt, als das Leben in vollen Zügen auszukosten. Ob es nicht ein Fehler von ihr war, fraglos zu akzeptieren, worauf es ankommt und worauf nicht. Denn diese Nachmittage auf dem Rasen der Universität vor fünfzehn Jahren gehören zu den wenigen Erinnerungen, die ihr noch immer ein Lächeln auf die Lippen zaubern.

Das vergangene Jahr mit der Scheidung und dem Tod ihrer Oma war das schlimmste ihres Lebens. Unzählige Male hat sie sich an Marías Schulter ausgeweint – vielleicht zu oft, überlegt sie nun mit einer leisen Reue. Alicia hätte es sich eigentlich denken können, dass die Freundin mit ihrem Bruder Iván reden würde, aber in letzter Zeit hatte sie mental unter zu großem Druck gestanden, um so weit vorauszuschauen.

Unter der Dusche rasiert sich Alicia Beine, Achseln und Bikini-Zone, was Iván wohl kaum zu schätzen wissen wird, wenn sie essen gehen. Aber es gibt ihr ein Gefühl der Sicherheit, wenn alles sorgfältig epiliert ist und sie vorzeigbare Unterwäsche trägt. Sie zieht sich ein paarmal um, bis sie mit ihrem Spiegelbild zufrieden ist. Es soll auf keinen Fall aussehen, als hätte sie sich extra in Schale geworfen. Schließlich entscheidet sie sich für dasselbe T-Shirt wie am Vortag sowie Jeans und Sandalen mit einem kleinen Keilabsatz. Sie hätte sich gern die Fußnägel lackiert, aber sie hat keinen Nagellack mitgebracht. Das dunkelgraue T-Shirt – das Shirt mit dem tiefsten Ausschnitt, das sie dabei hat – unterstreicht den durchscheinenden Teint ihrer Haut. »Okay«, sagt sie zu sich selbst, »ich sehe gar nicht so übel aus.« Ein Blick auf ihr Handy verrät ihr, dass sie in zwanzig Minuten in einem Restaurant ganz in der Nähe sein soll. Sie verlässt die Wohnung. Es ist Sonntag, draußen ist es ruhig und sonnig.

2

Schon in ihrer Studienzeit hatte sie ein Auge auf Marías mürrischen großen Bruder geworfen, für den die Freundinnen seiner kleinen Schwester jedoch Luft waren. Während sie noch Studentin war und ihrem Vater versprechen musste, vor zwei Uhr nachts zu Hause zu sein, schrieb Iván schon für eine angesehene Zeitung. Sie fand ihn ungeheuer interessant. Einmal feierten sie in den Osterferien, als Marías Eltern ans Meer gefahren waren, eine Party in deren Wohnung, in der auch Iván noch immer wohnte, weil seine Allüren als Starreporter im krassen Widerspruch zu seinem kümmerlichen Volontärsgehalt standen. Er hatte an jenem Abend nichts vor und kam, nachdem er eine Weile die Arbeit an einem enorm wichtigen Artikel vorgeschützt hatte, ins Wohnzimmer und schenkte sich einen Drink ein.

Die Mädchen waren hin und weg. Mit dem erfahrenen, zwar nicht übermäßig gutaussehenden, wohl aber attraktiven, geistreichen und sarkastischen Mittzwanziger, der sie normalerweise einfach ignorierte, konnten ihre mit neunzehn Jahren noch milchbärtigen Kommilitonen nicht mithalten.

Spaßeshalber spielte Alicia den *Advocatus Diaboli* und widersprach allem, was er von sich gab. Sie glaubte, auf diese Weise Desinteresse zu signalisieren, weiß aber inzwischen, dass ihr Bedürfnis, sich von den übrigen Bewunderinnen abzuheben, wohl ziemlich offensichtlich war. Etliche Stunden, viele Gläser Wein und ein paar Joints später begaben sich die Partygäste in eine Diskothek, doch Alicia schützte Müdigkeit vor und erklärte, sie wolle sich lieber in Marías Zimmer hinlegen. Es war ein gewagtes Spiel, aber den Versuch war es wert. Und es verlief vielversprechend, zumindest anfangs.

Kaum waren Iván und sie allein, wussten sie nicht, was sie machen sollten. Alicia fürchtete schon, ihre schlimmsten Befürchtungen könnten sich bewahrheiten und sie würde als Opfer ihres eigenen Mutes in Marías Zimmer enden und sich schlaflos hin und her wälzen, während die anderen tanzten und munter weiterfeierten.

»Trinken wir noch einen Absacker?«, fragte sie keck.

»Wenn du darauf bestehst …«

Sie gingen in die Küche, um sich nachzuschenken. Fast auf Tuchfühlung mit ihr lehnte Iván sich ans Fensterbrett.

»Warum bist du nicht mit den anderen gegangen?«, fragte er.

»Ich hab doch gesagt, ich bin müde.«

»Sehr müde?«

»Ein bisschen.«

»Schade.«

»Warum?«

»Ich hätte da so eine Idee, was wir machen könnten.«

»Was denn?«

Sie standen gefährlich nahe beieinander, seine Hand streifte ihren nackten Arm. Alicia weiß nach all der Zeit nicht mehr, wer von ihnen den ersten Schritt machte, denn sie waren beide ziemlich betrunken, aber kurz darauf lag sie bereits auf der Arbeitsplatte, deren kalten Marmor sie noch heute an der Wange zu spüren meint, und er umklammerte ihre Hüften. Es war fantastisch, oder zumindest erinnert Alicia sich nach all den Jahren so daran, obwohl ihre damals noch spärliche Erfahrung ihr keine großen Vergleiche erlaubte. Immerhin hatte sie ihre Jungfräulichkeit erst kurz zuvor an einen Kommilitonen verloren, der ebenso unbeholfen gewesen war wie sie selbst.

Sie schliefen nicht im selben Zimmer, um María nicht mit der Nase darauf zu stoßen, was vorgefallen war, und am nächsten Tag tat Iván so, als wäre nichts passiert. Als Alicia barfuß und in Jeans in der Küche frühstückte, in der sie erst wenige Stunden zuvor nackt gelegen hatte, fand sie es sogar aufregend, dass sie ein gemeinsames Geheimnis hatten. Doch er rief sie in den folgenden Tagen nicht an, und als sie die Freundin das nächste Mal besuchte – unter dem Vorwand einer Mitschrift oder irgendeiner anderen Lappalie –, gab sich Iván gleichgültig. Es war eine von Alicias ersten Enttäuschungen, ein Tiefschlag für ihre frisch erwachte Sexualität.

Jahrelang hatten sie sich nicht wiedergesehen, da sie einer Begegnung bewusst aus dem Weg gegangen war. Erst kurz nach Jaimes Geburt trafen sie einander erneut bei einer Geburtstagsfeier von María, die nie erfahren hatte, was zwischen den beiden in jener Nacht vorgefallen war. Alicia machte damals eine schwierige Phase durch. Ihre Selbstliebe war auf einem Tiefpunkt angelangt, wie es viele Frauen nach der Geburt ihres Kindes erleben, wenn sie feststellen, dass ihr Körper auch nach Monaten noch nicht wieder aussieht wie vor der Schwangerschaft und Augenringe und erste Krähenfüße vom Schlafmangel künden. Sie passte zwar wieder in Kleidergröße 38, aber die Sachen standen ihr einfach nicht mehr. Es war eine Ewigkeit her, seit ihr zuletzt Komplimente gemacht worden waren, und sie fühlte sich auf einen Schlag um ein Jahrzehnt gealtert.

Iván dagegen sah großartig aus. Er, der ihr seinerzeit den Eindruck vermittelt hatte, ein lästiges, kleines Naivchen zu sein, wirkte jetzt jünger als sie, zumindest empfand es Alicia so. Was für ein Mistkerl! Sie wechselten an jenem Abend nicht mehr als ein paar höfliche Worte, doch sie fühlte sich gedemütigt.

Deshalb ist es ihr ein Bedürfnis, heute hübsch auszusehen. Ihre Eigenliebe braucht einen Kick. Außerdem, denkt sie, als sie mit einem kindischen Grinsen die Straße überquert, sieht er vermutlich eh nicht mehr so toll aus. Vielleicht ist er längst ein hässlicher Kerl mit Bauch, dem langsam die Haare ausgehen.

Eigentlich sollte man meinen, eine erwachsene Frau hätte anderes im Kopf. Zumindest eine erwachsene Frau, die ihre

Ehe auf eine der miesesten Arten vor die Wand gefahren hat, arbeitslos ist, ihren kleinen Sohn vermisst und soeben entdeckt hat, dass ein geliebter, kürzlich verstorbener Mensch ein ihr unverständliches Geheimnis hatte. Doch Alicias Gedanken drehen sich beschämend oberflächlich und unreif nur um das Treffen, das vor ihr liegt.

Obwohl sie bewusst zehn Minuten zu spät im Restaurant eintrifft, ist Iván noch nicht da. Typisch, dass er sie warten lässt. Er will sich wohl interessant machen. Aber kurz darauf kommt er und erklärt, er habe einen dringenden Anruf von der Zeitung entgegennehmen müssen. Zumindest beweist er die nötige Kinderstube, sich für die Verspätung zu entschuldigen, aber mit seinem ach so wichtigen Job plustert er sich noch genauso auf wie früher, denkt Alicia.

Es mag sein, dass Iván drei, vier Kilo zugelegt hat, aber allzu sehr hat er sich natürlich nicht verändert. Schließlich sind seit ihrer letzten Begegnung kaum drei Jahre vergangen.

3

Sie haben sich in einem asiatischen Restaurant namens Umami verabredet. Auf dem Bürgersteig vor dem Lokal breiten sich zwischen großen Blumentöpfen mit Bambus und bunten Papierlampions lange Biertischgarnituren aus. Sobald es das Wetter erlaubt, füllen sich in Berlin, wo es im Winter recht kalt ist, Straßencafés und Terrassen. Obwohl das Restaurant gut besucht ist, ist es vergleichsweise still. Wenn sie im Ausland essen geht, bemerkt Alicia jedes Mal erstaunt, dass die Unterhaltungen der Gäste bedeutend leiser sind als in Spanien. Sie kann sogar Vogelzwitschern hören.

Auf der gegenüberliegenden Straßenseite befindet sich ein runder Backsteinbau. Es handelt sich um einen alten Wasserturm. An seiner Mauer hängt ein Schild, demzufolge der Turm 1933 vorübergehend als Gefängnis genutzt wurde, bevor die Nazis Konzentrationslager einrichteten. Alicia findet es verstörend, dass an einem so schönen, von herrlichen grünen Bäumen umgebenen Ort so furchtbare Dinge geschehen sind. Ganz in der Nähe liegt die Synagoge, die 1938 in der Pogromnacht niedergebrannt worden war. Wie es scheint, war sie die einzige in ganz Berlin, die nicht bis auf die Grundmauern ausbrannte, da das Feuer auf die angrenzenden Gebäude überzugreifen drohte, die arischen Familien gehörten. Als Alicia einfällt, dass ihre Großmutter damals hier wohnte, läuft ihr ein kalter Schauder über den Rücken.

Der Kellner bringt mehrere gut gefüllte Schüsseln: Kalbfleisch mit Mango, knuspriges Hühnchen, Reis, gekochtes Gemüse und Misosuppe mit Koriander. Dazu zwei große Cocktails, die trotz des vielen Eises sehr stark sind.

Okay, denkt Alicia, immerhin sieht es nicht nach einem schnellen, steifen Mittagessen aus.

Anfangs dreht sich das Gespräch ziemlich vorhersehbar um ihre Familien und ihre jeweiligen Jobs. Iván beklagt sich, dass er viel um die Ohren habe, weil bei der Zeitung Mitarbeiter entlassen worden seien und er immer mehr Reportagen und Interviews machen müsse. Alicia tischt ihm im Gegenzug einen Haufen Lügen auf, warum sie die Anwaltskanzlei nach zehn Jahren verlassen hat, nachdem ihr gerade erst die Partnerschaft angeboten worden war.

Dann belebt sich ihre Unterhaltung. Lachend kramen sie Anekdoten aus der Unizeit hervor. Aber es gelingt Alicia nicht, lockerer zu werden. Iván bestellt einen zweiten Cocktail, doch sie begnügt sich mit einem Saft. Besser sie bleibt auf der Hut.

»Ich nehme an, deine Schwester hat dich dazu angestiftet, dich mit mir zu verabreden, und will von dir genauestens Bericht erstattet bekommen.«

»Da könntest du recht haben.«

»Dann sag ihr, ich bin die Ruhe selbst, schaffe es, drei vernünftige Sätze hintereinander von mir zu geben, und ernähre mich gesund.«

»Und du denkst, das reicht ihr?«

»Das muss es wohl, oder?«

»Meine Schwester ist ein Schatz, aber manchmal kann sie eine richtige Nervensäge sein. Es kann echt lästig sein, wenn sich andere so um einen sorgen, stimmt's?«

Alicia nimmt ihre Freundin in Schutz, obwohl sie das Gefühl nur zu gut kennt. Ohne es zu merken, verfällt sie zurück in ihren alten Widerspruchsgeist.

»Ich habe das an María immer bewundert.«

»Okay, lassen wir das. Ehrlich gesagt, war ich ohnehin neugierig darauf, dich wiederzusehen.«

»Neugierig?«

»Ja. Du nicht?«

»Darüber habe ich gar nicht nachgedacht.«

»Darüber muss man nicht nachdenken, das ist doch ganz normal. Wie könntest du bitte nicht neugierig sein?«, fragt Iván.

Sie antwortet mit einem spröden Lächeln.

»Wie lange bleibst du in Berlin?«, fragt er.

»Ein paar Wochen.«

Als in diesem Moment die Rechnung gebracht wird, schiebt er sie über den Tisch zu Alicia.

»Dann lasse ich dich bezahlen. Ich weiß doch, dass du darauf bestehst, und nächste Woche lade ich dich ein.«

An der Straßenecke trennen sie sich. Als Iván ihr zwei Abschiedsküsschen gibt, legt er für einen kurzen Moment seine Hand auf ihre Taille.

4

Alicia steigt rasch die Treppe hinauf. Sie spürt in jeder Pore ihres Körpers ein gewisses Prickeln und ärgert sich darüber, zugelassen zu haben, dass Iván ähnliche Gefühle in ihr weckt wie vor fünfzehn Jahren. In einer Welt, in der alles schon mal gesagt wurde, in der ein Tag aussieht wie der andere, besitzt Iván noch immer die gleichermaßen irritierende wie erstaunliche Fähigkeit, sie zu überraschen. Und dann erst seine provozierende Art, sie anzusehen. Alicia muss sich eingestehen, dass er noch immer eine gewisse Macht über sie hat, ganz gleich, wie sehr sie sich in der Zwischenzeit verändert hat. Tief im Inneren fühlt sie sich schutzlos und verletzlich.

Sie hatte schon immer ein Faible für salopp gekleidete Männer, denen ihr Aussehen vermeintlich egal war. Und Iván sah toll aus in seinem schwarzen T-Shirt und dieser Jeans, die ihm ehrlicherweise richtig gut stand. An seinen Koteletten und im Bart zeigten sich die ersten grauen Haare, aber er hatte noch immer den gleichen widerspenstigen, krausen Schopf wie früher. Auch der Rest war wie gehabt: der forschende Blick hinter der Nickelbrille und die leichte Adlernase. Sie fragt sich, wie sie ihm wohl gefallen hatte.

Sie holt den Schlüsselbund mit dem P-Anhänger aus der Tasche und öffnet die Wohnungstür. Im Flur streift sie rasch die Keilsandalen ab, die ihr auf dem Rückweg eine wunde Stelle an der Ferse beschert haben. Die Nachmittagssonne wirft einen sanften Schimmer auf die breiten, lackierten Dielen des Fußbodens. Die friedliche Stille und das schummrige Licht schaffen die richtige Stimmung für einen ausgedehnten Mittagsschlaf. Vielleicht sollte sie ein paar Kapitel in John Irvings Roman lesen, bevor sie sich von der wohligen Müdigkeit übermannen lässt. Alicia zieht unter dem T-Shirt den BH aus und geht auf den angenehm kühlen Dielen in Richtung Schlafzimmer.

Da sieht sie es plötzlich. Mitten auf dem Esszimmertisch liegt ein altes Fotoalbum mit granatrotem Ledereinband und abgestoßenen Ecken. Daneben ist ein kleiner Metallspiegel.

Alicia entfährt ein Schrei. Lag das Album schon am Morgen da? Ist sie wirklich so durcheinander, dass sie es nicht bemerkt hat? Nein, ganz sicher nicht. Es lag nichts auf dem Tisch. Erst vor wenigen Stunden hat sie das Frühstückstablett dort abgestellt. Dann war also jemand in der Wohnung? Wer? Warum? Ihre Verwirrung schlägt um in Panik. Die diffuse Präsenz ihrer Großmutter wächst ins Maßlose und nimmt ihr die Luft zum Atmen. Alicias Hände schwitzen, ihr Herzschlag fühlt sich an wie der Galopp eines durchgehenden Pferdes.

Noch beunruhigender sind die Fragen, die ihr als Nächstes durch den Kopf gehen. Sie blickt sich um, aus Angst, einen Schatten in Richtung Flur entwischen oder, schlimmer noch, auf sie zukommen zu sehen. Ist jemand in der Wohnung? Ist sie in Gefahr? Ohne zu überlegen, nimmt Alicia das Album an sich und hastet aus der Wohnung. Im Aufzug drückt sie zwanghaft auf den Knopf für das Erdgeschoss, bis sich die Türen endlich schließen. Etwas Weißes fällt zu Boden, aber in ihrer Nervosität achtet Alicia nicht darauf.

Sie rennt drauflos, bis sie drei Blocks weiter einen Park erreicht. Das Album noch immer an die Brust gepresst, bleibt sie stehen, um ihre Atmung unter Kontrolle zu bringen. Ihr Herz rast wie wild. Sie lässt sich auf eine Bank sinken und versucht, ihre Gedanken zu ordnen. Was machen die alten Fotos ihrer Großmutter in ihren Händen? Wie sind sie auf den Tisch gekommen? Es ist offensichtlich, dass jemand in der Wohnung war, jemand, der einen Schlüsselbund hat, da die Tür keine Einbruchsspuren aufwies. Wer ist der Eindringling? Was geht hier vor? War es richtig, so schnell zu flüchten, ohne nachzuschauen, ob jemand da war?

Sie hat schon lange nicht mehr an das lederne Fotoalbum gedacht. Seit den Nachmittagen ihrer Kindheit, als sie es zusammen mit ihrer Großmutter in deren Wohnzimmer in der Calle Velázquez angeschaut hatte, hat sie es nicht mehr gesehen. Sie war davon ausgegangen, dass es noch irgendwo in der großen Bibliothek dort sein würde. Ein so vertrautes, bedeutungsvolles Objekt wieder in Händen zu halten, ist ein eigenartiges Gefühl. Als wären nicht fünfundzwanzig Jahre, sondern nur ein paar Minuten vergangen und sie wäre noch immer ein schüchternes kleines Mädchen, das an einer großen Tasse heißer Schokolade nippt.

Vor ihr schaukeln ein paar Kinder auf einem Spielplatz. Es ist sechs Uhr nachmittags. Sie rutschen, backen Sandkuchen, graben mit ihren Schaufeln und Rechen, lachen. Ein kleiner Junge, der wohl keine zwei Jahre alt ist, weint, weil ein älteres Kind ihm einen Spielzeuglaster weggenommen hat. Trotz ihrer Angst und Verwirrung muss Alicia an Jaime denken. Was ihr Sohn wohl gerade macht?

Sie hat das Bedürfnis, mit jemandem zu reden. Ihr Vater fällt ihr ein, aber sie weiß, wenn sie ihm diese Geschichte erzählt, dreht er durch. Er würde es sogar fertigbringen und tags darauf in Berlin auftauchen. Immerhin hat er wochenlang auf sie eingeredet, sie solle nicht allein reisen, da die Scheidung und der Tod ihrer Großmutter sie so stark mitgenommen hätten. Nein, ihn ruft sie besser nicht an.

Am liebsten würde sie mit Marcos sprechen. Sie würde ihm gern erzählen, was passiert ist, und sich von ihm beruhigen lassen. Er hat schon immer mit beiden Beinen fest auf dem Boden gestanden und sie zu besänftigen vermocht, hat, wenn nötig, an ihren gesunden Menschenverstand appelliert. Sich daran zu gewöhnen, dass sie sich diesem Menschen, der früher immer da war, nicht mehr anvertrauen kann, ist gar nicht so einfach, so sehr sie sich über ihn auch geärgert hat. Dabei wäre es jetzt wohltuend, ihn sagen zu hören, dass es für alles eine vernünftige Erklärung gibt. Außerdem würde sie gern erfahren, was Jaime heute Nachmittag macht.

Vielleicht badet er ja im Pool, mit Schwimmflügeln an den Armen, oder er spielt auch im Park im Sandkasten. Sie weiß es nicht.

Seit mehr als vierundzwanzig Stunden hat sie absolut keine Ahnung, was ihr Sohn macht.

Sie erhebt sich von der Bank und beginnt zu laufen. Als sie an einem Vier-Sterne-Hotel ankommt, tritt sie ein und fragt, ob es ein freies Zimmer gibt. Ja, eins ist noch frei, und es ist sehr teuer, aber sie reicht dem Rezeptionisten ihren Ausweis und checkt ein. Es ist eine dieser unpersönlichen Niederlassungen einer großen Kette, die in Berlin oder sonst wo auf der Welt sein könnte. Ein perfektes Versteck.

»Brauchen Sie Hilfe mit dem Gepäck?«

»Nein, danke.«

Mit einem misstrauischen Blick überreicht der Mitarbeiter am Empfang ihr den Schlüssel. In ihrem Zimmer, ihrem Obdach für diese Nacht, lässt sie das Album aufs Bett fallen. Was sie jetzt mehr als alles andere auf der Welt braucht, ist eine Dusche. Eine lange Zeit unter dem heißen Wasserstrahl, um ihre noch immer vor Furcht verkrampften Muskeln zu entspannen. Glücklicherweise finden sich im Badezimmer alle möglichen Körperpflegeartikel. Das allein macht den völlig überzogenen Preis des Zimmers wett. Sie hatte nicht den Mut, in die Kastanienallee zurückzukehren, um ihre eigenen Sachen zu holen, und jetzt noch einmal loszuziehen, um eine Zahnbürste und eine Flasche Shampoo zu besorgen, erschien ihr wie eine unüberwindliche Hürde. Wie relativ der Wert der Dinge sein kann.

Nach der Dusche ruft sie, in den flauschigen Bademantel

gehüllt, den sie hinter der Badezimmertür gefunden hat, beim Zimmerservice an und bestellt ein Club-Sandwich und ein Bier. Es wird ihr guttun, etwas zu essen. Sie hat ihre Fassung inzwischen wiedererlangt. Ihre nächsten Schritte müssen wohl überlegt sein.

Ob es ratsam ist, am nächsten Tag in die Wohnung zurückzugehen? Sie hat gesehen, dass das Haus eine Pförtnerloge hat. Morgen ist Montag, da ist der Hausmeister sicher da. Vielleicht weiß er ja, wer noch einen Schlüssel zur Wohnung hat, oder kann zumindest mit ihr hineingehen, wenn sie ihn darum bittet. Sie muss sich nur eine plausible Ausrede einfallen lassen.

Während sie auf den Zimmerservice wartet, setzt sie sich auf das Bett und beginnt, in dem Album zu blättern. Vor ihren Augen tauchen die alten Schwarz-Weiß-Fotografien auf, die sie seit ihrer Kindheit nicht mehr gesehen hat. Menschen und Momente aus der Vergangenheit, Erinnerungen an eine Welt, die seit Langem nicht mehr existiert. Ihre Großmutter, im gleichen Alter, in dem Jaime jetzt ist, blickt, Hand in Hand mit ihren älteren Brüdern, freudig in die Kamera. Ihre eleganten Urgroßeltern, für den Opernbesuch feingemacht, sie mit einer herrlichen Pelzstola. Alicia kann fast Paulinas Stimme mit ihrem melodischen deutschen Akzent hören, die ihr erklärt, wer ihre Eltern waren, wie ihre Brüder hießen und wo dieses Porträt entstand.

In diesem Moment fällt ein vergilbter Umschlag auf die weiße Bettdecke. Er hatte sorgsam zwischen den Trennblättern aus Spinnenpapier gesteckt. Alicia hat ihn noch nie zuvor gesehen. Sie öffnet den Umschlag und findet darin einen vor fünfundsiebzig Jahren beidseitig in zittriger Handschrift verfassten Brief. Er ist fleckig, und an einigen Stellen ist die Tinte verschwommen.

Sie beginnt zu lesen.

Dr. Otto Hoffmann
Allgemeinmedizin und Chirurgie
Schliemannstraße 15
Berlin

23. November 1941

Liebste Julia!

Seit über einem Monat habe ich keine Briefe mehr von Dir erhalten, was mich sehr beunruhigt hätte, wenn es uns hier nicht allen gleich erginge. Die Post arbeitet bedeutend schlechter, seit wir in Russland sind. Ich habe Dir seit einigen Wochen nicht mehr geschrieben und hoffe gleichwohl, dass Du nicht denkst, ich hätte Euch vergessen. Das Gegenteil ist der Fall, ich denke ständig an Euch. Wenn ich das Gefühl habe, dass ich nicht mehr kann, schließe ich für einen Moment die Augen und stelle mir Dich und die Kinder vor. Der Gedanke an Euch, daran, Euch irgendwann wieder in meinen Armen zu halten, ist das Einzige, was mir bisweilen Kraft gibt. Warum sollte ich das verhehlen?
Ich habe sehr mit meinem Schicksal gehadert, das mich von Euch getrennt hat, aber das ist vorbei. Inzwischen verspüre ich nur noch eine gewaltige Müdigkeit und den Wunsch, dass alles enden möge. Ich habe Dir in letzter Zeit nicht geschrieben, weil ich mich nicht dazu aufraffen konnte, Dir abermals zu versichern, dass es mir gut gehe und wir bald wieder vereint seien. Doch die Zeit der Lügen ist vorbei. Die Hölle kann nicht schlimmer sein als der Ort, an dem ich gerade bin. Ich habe Dinge gesehen – und war daran in gewisser Weise beteiligt, wenn auch als Arzt nur indirekt –, die meinen Glauben an die Menschheit für immer erschüttert haben. Die Menschen sind Ungeheuer. Und wir Deutschen sind gewiss die Schlimmsten.
Es lässt sich unmöglich in Worte fassen, was diese ständige, extreme

Kälte bedeutet. Es reicht, die russischen Gefangenen hinter einem Stacheldrahtzaun im Freien übernachten zu lassen, damit sie am nächsten Tag alle tot sind. Die Verstümmelungen, die Ströme von Blut und das Schmerzenswimmern sterbender Patienten sind nichts im Vergleich zu dem, was da draußen vor sich geht. Ich verlasse das Feldlazarett so selten wie irgend möglich. Hier drin dürfen wir uns glücklich schätzen, weil wir Öfen und genügend Decken haben, auch wenn die Verbände bei den niedrigen Temperaturen an der eisigen Haut der Verwundeten oft kleben bleiben. Tag für Tag werden Dutzende von Männern mit Erfrierungen an den Füßen eingeliefert, und es bleibt meist kein anderer Ausweg, als zu amputieren. Doktor Schneider und ich geben unser Bestes, um nicht zusammenzubrechen. Wir konzentrieren uns auf unsere Arbeit als Ärzte, sonst würden wir den Verstand verlieren.
Im Grunde weiß ich nicht viel über den Krieg. Kein Mensch ist durch meine Hand gestorben. Ich habe mit meiner Waffe noch nie scharfe Munition abgefeuert. Doch auch wenn ich mir selbst einzureden versuche, meine Aufgabe bestehe allein darin, Leben zu retten und Leiden zu lindern, so weiß ich, dass ich bei diesem scheußlichen Massaker ein Helfershelfer bin. Vermutlich hast auch Du bereits etwas Ähnliches empfunden, wiewohl Deine Sicht fern der Front milder sein dürfte.
Aber, wie bereits gesagt, all das wird sehr bald ein Ende haben. Seit vier Tagen habe ich Fieber, und obwohl die Krankenschwestern sich redlich Mühe geben, mir Hoffnung zu machen, habe ich so viele Männer sterben sehen, dass ich mich keinen Illusionen hingebe. Die Medikamente schlagen offenbar nicht an, und ich glaube nicht, dass mir die eisige Luft gut bekommt. Meine Kräfte schwinden, auch wenn ich mich heute früh beim Aufwachen etwas besser gefühlt habe, gerade gut genug, um diese Zeilen zu schreiben. Viele meiner Patienten haben sich kurz erholt, um sich von ihren Familien verabschieden zu können, so wie nun auch ich es tue. Es

ist eines der vielen Geheimnisse des menschlichen Körpers, für die wir Mediziner keine Erklärung haben.
Ich bin nicht der erste Arzt, der sich an einer der unzähligen Krankheiten ansteckt, die sich die Soldaten an der Front zuziehen.
Ich frage mich, wie sie wohl ohne mich auskommen werden, bis die Wehrmacht einen anderen Arzt als Ersatz für mich schickt.
Ich würde Dir gern noch so viel mehr schreiben, geliebte Julia, aber ich bin sehr geschwächt. Es tut mir leid, dass ich mit diesen wenigen Zeilen voller Schmerz und Enttäuschung Abschied nehme.
Unser Leben hätte ganz anders verlaufen können, doch nun liege ich bibbernd unter diesen abscheulichen Armeedecken und werde hier, irgendwo in der Nähe von Moskau, sterben.
Wenn ich in dieser Zeit, in der ich so viele Menschen habe sterben sehen, eins gelernt habe, dann, dass es am Ende, egal ob wir Helden oder Schurken sind, immer auf zwei Dinge hinausläuft: darauf, die geliebten Menschen in Sicherheit zu wissen, und auf die eigene Angst vor dem Tod. Deshalb möchte ich Dich inständig bitten, gut auf die Kinder und Dich selbst achtzugeben.
Erinnere Dich an die guten Jahre, die wir gemeinsam verlebt haben. Versucht am Leben zu bleiben, bis dieser Irrsinn vorüber ist. Der Führer mag noch so euphorisch sein, doch es gibt bereits unverkennbare Anzeichen, dass der Feldzug erlahmt. Wenn Du mir noch einen letzten Ratschlag gestattest: Flieht aus Berlin, sobald der Krieg vorbei ist. Wenn irgend möglich, müsst Ihr von da fort. Schreib an Deine Schwester, fahrt zu ihr nach Madrid.
Ich werde Dir diesen Brief nicht auf offiziellem Wege zukommen lassen, denn ich bin mir sicher, dass er der Zensur zum Opfer fallen würde. Es war mir ein Anliegen, bei meinen letzten Worten aufrichtig zu sein. Daher habe ich Hilde, eine der Krankenschwestern, gebeten, Dir dieses Schreiben persönlich zu übergeben, sobald sie nach Berlin zurückkehrt. Ich vertraue auf ein baldiges Ende des Krieges. Möge es nicht mehr lange dauern, bis Du diese Worte erhältst.

Bitte entschuldige meine liederliche Schrift, aber das Fieber steigt wieder, und meine Hand zittert stark. Sag Otto, Heinz und der kleinen Paulina, dass ihr Vati sie sehr liebt und sich mehr als alles andere auf der Welt gewünscht hätte, sie aufwachsen zu sehen. Sie sollen mich nicht vergessen. Und Du, geliebte Julia, bewahre mein Andenken. Vergiss nie, dass wir glücklich waren.

Es liebt Euch,
Euer Otto

5

Unsere schriftlichen Zeugnisse überdauern uns. Sie sind unser Vermächtnis, wenn wir längst aus dieser Welt geschieden sind. Die Zellulose ist nur leicht vergilbt, die Tinte verblasst, wenn von uns selbst schon nicht mehr übrig ist als eine Handvoll Knochen in einem Loch. Doch unsere Worte bleiben. Sie erinnern daran, wer wir waren, wie wir liebten und warum wir litten.

Jahrzehnte später und Tausende Kilometer von den eisigen Gräben an der russischen Front entfernt, ist der Brief, den ihr Urgroßvater vor fünfundsiebzig Jahren schrieb, schließlich bei Alicia gelandet. Auch wenn er es damals nicht wissen konnte, richteten sich diese wenigen, mit fiebriger Hand in einem düsteren Feldlazarett geschriebenen Zeilen nicht nur an Julia, seine Frau. Der Abschiedsbrief sollte auch in andere Hände gelangen.

Wie oft sollte Paulina Hoffmann die bitteren Zeilen ihres Vaters lesen, der sie so gern hätte aufwachsen sehen. Und nun ist es Alicia, die rasch den Briefbogen faltet und ihn wieder in den alten Umschlag steckt, um ihn nicht mit Tränen zu benetzen. Worte, Tinte, Papier. Zusammen ergeben sie eine Zauberformel, die die Grenzen von Raum und Zeit zu überwinden vermag.

Beim letzten Mal, als sie die alten Fotos vor sich hatte, mochte sie neun oder zehn Jahre alt gewesen sein. Seither hat sie keinen Gedanken mehr daran verschwendet, weder an das Leben ihrer Vorfahren noch an die schwarz-weißen Porträtaufnahmen aus so ferner Zeit, dass ihnen etwas Unwirkliches anhaftete. Nun aber erhält das Album, das Alicia in den Händen hält, eine neue Bedeutung. Das naive Bild aus ihrer Erinnerung bekommt Risse.

Auf einmal wird ihr bewusst, dass das gemeinsame Ritual an zahllosen Nachmittagen ihrer Kindheit darin bestand, bestimmte Worte zu sagen, um andere nicht aussprechen zu müssen. Wenn ihre Großmutter etwa erklärte: »Das war Otto, mein Vater. Er war ein wunderbarer Arzt und ein großer Opernliebhaber«, meinte sie in Wahrheit: »Er starb vor langer Zeit an einem furchtbaren Ort, und ohne dieses Porträt wüsste ich nicht einmal mehr, wie er aussah.«

Alicia sitzt auf dem Bett des sterilen Berliner Hotelzimmers und blättert durch das Album, auf der Suche nach der Seite mit dem Foto von Otto und Heinz. Als Kind fand sie die braunen Uniformen der jugendlichen Soldaten herrlich, doch nun fällt ihr Blick unweigerlich auf das Hakenkreuz an den Ärmeln. Als ihre Großmutter Paulina ihr dieses Porträt zeigte, hatte sie keine Ahnung, was dieses Zeichen bedeutete.

Es war kein Zufall, dass das Spiel damals endete.

DIE HÖLLE

Berlin, 1945

1

Eine Mutter und ihre Tochter. Das Mädchen ist schon fast ein Backfisch. Groß und schlank, mit kastanienbraunem, langem Haar und alabasterfarbener Haut. Sie ist eine dieser hoch aufgeschossenen Schönheiten, die Frauen eher ins Auge fallen als Männern, auch wenn deren Aufmerksamkeit natürlich nicht lange auf sich warten lässt. Die beiden sind allein in einem kalten, spärlich beleuchteten Esszimmer. Auf dem Mahagonitisch steht Geschirr mit blauem Dekor und ein karges, wenig appetitliches Mahl: eine Kartoffelsuppe und etwas Schwarzbrot. Hunger leiden sie zwar nicht, doch sie können nur noch auf das bauen, was sie in der Speisekammer haben. Immerhin, Vorräte haben sie reichlich: Sie haben für vier gehamstert und sind jetzt nur noch zu zweit.

Bald wird es ganz dunkel sein. Es ist strengstens verboten, das Licht einzuschalten, denn es würde wie ein Magnet die Bomber anziehen. Aber Strom haben sie ohnehin schon seit Wochen nicht mehr, und höchstwahrscheinlich müssen sie auch heute Nacht wieder in dem feuchten Keller Schutz suchen, in dem sie inzwischen mehr Zeit verbringen als in ihrer Wohnung. Es ist Januar, und im Ofen lodern die Reste des letzten Esszimmerstuhls. Von nun an müssen sie auf dem Boden sitzen. Der Qualm, den das lackierte Holz verursacht, mischt sich mit dem Dunst der Kohlsuppe vom Vortag, der noch immer schwer in der Luft hängt. Paulina musste einen Brechreiz unterdrücken, als sie vorhin von draußen hereinkam und die ekelerregenden Schwaden einatmete, aber es ist so schwierig, die Zimmer auch nur annähernd warm zu halten, dass kein Mensch auf die Idee käme, die Fenster zum Lüften zu öffnen.

»Iss etwas, Mama. Heute Mittag wolltest du auch schon nichts. Und es ist bald Abend«, drängt Paulina, die unbeholfen die Kartoffeln gekocht hat. Sie ist erst dreizehn Jahre alt.

»Iss du sie auf, Paulina. Ich habe keinen Hunger.«

Julia hat ihren Appetit an dem Tag verloren, an dem ihre beiden Ältesten zum Volkssturm eingezogen wurden, um Berlin bei dem drohenden Angriff der sowjetischen Truppen zu verteidigen, denen ein schrecklicher Ruf vorauseilte. Die Vorstellung, Otto und Heinz könnten sich in diesem Kampf auch nur halbwegs gut schlagen, fällt gleichwohl schwer. Ob sie wenigstens gelernt haben, mit den Waffen umzugehen, die man ihnen, vielleicht sterbenden Russen entrissen, in die Hände gedrückt hat?

Am Abend vor ihrem Aufbruch betrat die Mutter das Zimmer der Jungen, in dem sich Schulbücher und Spielzeuge einer noch nicht allzu fernen Kindheit stapelten. Die beiden lagen in ihren Betten und gaben vor zu schlafen. Voller Ahnung, es könnte das letzte Mal sein, küsste sie die bartlosen Wangen. Eine verräterische Träne rollte über das sanfte Gesicht des kleinen Heinz, der noch keine fünfzehn Jahre alt war. Über der Stuhllehne hingen die beiden sorgsam gefalteten braunen Uniformen mit der frisch aufgenähten Armbinde mit Adler und Hakenkreuz. Auf der anderen Seite der Wand lag Paulina wach in ihrem Zimmer, doch sie wagte nicht, ebenfalls zu ihren Brüdern zu gehen und sie noch einmal anzuschauen, zu berühren, zu umarmen, obwohl ihr Herz sie nie zuvor so sehr zu etwas gedrängt hatte.

Doch was sollte sie sonst tun, um den Anschein eines Abschieds zu vermeiden?

Seit jenem Tag vor zwei Monaten ist zwischen Mutter und Tochter kein Wort mehr über Otto und Heinz gefallen. Es ist ein spontanes Schweigegelübde. Sollten sie die Namen auch nur ein einziges Mal aussprechen, bräche augenblicklich alles zusammen und risse den schmalen Grat ein, der sie vom Irrsinn trennt, das spüren sie. Die Zimmertür der Brüder bleibt verschlossen. Es ist, als hätten sie sich in Luft aufgelöst, könnten aber jederzeit, die Schultaschen unter dem Arm, über irgendeine Nichtigkeit zankend, zurückkehren.

Das Heulen des Fliegeralarms gellt ins Halbdunkel des Esszimmers. Rasch bringt Julia die Reste des Abendessens in die Küche und packt ihre Tochter, um mit ihr hinunter in den Luftschutzkeller zu eilen. Dort werden sie sich in der stinkenden, stickigen Dunkelheit aneinanderdrücken, sich an das Einzige klammern, was ihnen geblieben ist, und hoffen, dass schnell der neue Tag anbricht.

Berlin, 10. Juni 1945

Geliebte Sophie!

Ich schreibe in der Hoffnung, dass Du meinen Brief diesmal erhältst, denn ich habe den Verdacht, dass die vorherigen – den letzten schrieb ich Dir erst vor wenigen Wochen – nicht in Madrid angekommen sind. Doch anscheinend wird die Post nun allmählich wieder normal befördert.

Ich nehme an, dass Du aus der spanischen Presse erfahren hast, dass unsere Stadt nach dem Ende des Krieges im letzten Monat in Schutt und Asche liegt. Du würdest die Plätze, wo wir als Kinder gespielt haben, nicht wiedererkennen. Die Straßen, durch die wir als junge Mädchen Hand in Hand gelaufen sind, sind jetzt nur noch ein Trümmerfeld mit völlig zerstörten Häusern. Auf dem, was von den Bürgersteigen noch übrig ist, liegen umgestürzte Bäume, die von den Überlebenden zu Brennholz klein gehackt werden. Das Gebäude der Staatsoper, wo wir beide so viele Abende verbracht haben, ist seit einem Luftangriff der Royal Air Force nur noch eine Ruine. Ich frage mich, ob ich das unaufhörliche Krachen der Bomben in diesen letzten Wochen, in denen Paulina und ich uns wie Maulwürfe im Keller verstecken mussten, irgendwann vergessen kann. Es war ein entsetzlicher, ohrenbetäubender Lärm, als würden sie uns direkt auf den Kopf fallen. In ihrer Panik und auf der Flucht vor der Kälte, drängte sich meine Tochter in all der Zeit angstvoll an mich. Sie zitterte am ganzen Leib, als durchlebte sie einen schlimmen Albtraum.

In Berlin gibt es kaum noch Männer. Nur die Soldaten der alliierten Truppen. Wir Frauen, die wir auf uns allein gestellt sind, sehen uns zu jeder Gemeinheit oder List genötigt, um nicht vor Hunger zu sterben. Vor wenigen Tagen glaubte ich zu sehen, wie Fräulein Weber, Paulinas Lehrerin vor dem Krieg, mit einem russischen Soldaten feilschte. Sie zeigte mit den Fingern »drei«, und er antwortete »zwei«. Die Art der Übereinkunft war nicht

schwer zu erraten: Ich bezweifle, dass der armen Frau noch etwas geblieben ist, das sie verkaufen könnte. Ich beobachtete die beiden von der anderen Straßenseite und konnte sehen, wie es weiterging. Resigniert willigte sie in den Nachlass ein, und sie verschwanden gemeinsam hinter einem traurigen Wall aus Trümmern, wobei er seine Hand ordinär auf ihre Hüfte legte.
Und erst gestern, als ich mit Paulina draußen unterwegs war, blieb ein anderer Mann in der Uniform der Roten Armee stehen, musterte sie und hob grinsend vier Finger. Sie tat, als begriffe sie nicht, aber sie weiß natürlich, was vor sich geht … Sie ist dreizehn Jahre alt und hat wahrscheinlich schon andere Angebote dieser Art bekommen, wenn ich nicht bei ihr war. Aus Mitleid mit mir täuscht sie vor, gewisse Dinge nicht zu verstehen, und ich flüchte mich feige in die Ahnungslosigkeit, indem ich ihr bestimmte Fragen nicht stelle. Heimlichkeiten und Stillschweigen zwischen uns sind ein angemessener Preis dafür, dass wir es mit mehr oder minder klarem Kopf bis zum Ende dieses Albtraums geschafft haben; ansonsten weiß ich nicht, ob uns das gelungen wäre.
Dem Hunger und Grauen zum Trotz, die wir zusammen durchlitten haben, ist meine Tochter bildschön. Sie ist bereits größer als ich und hat die gleichen leuchtend blauen Augen wie schon als Kind, an die Du Dich sicher erinnern wirst. Ich habe so viel verloren, so sehr gelitten, als ich erleben musste, wie meine Welt zerstört wurde und Menschen verschwanden, die ich inniglich liebte, dass mein einziger Ansporn in diesen letzten Monaten war, Paulina vor Unheil zu bewahren. Die Zerstörung Berlins wirkt wie eine gerechte Strafe für das Grauen, das wir heraufbeschworen haben – und ich schließe mich durchaus ein, denn es gibt wohl keinen erwachsenen Deutschen, der nicht zum Mitläufer wurde, als er die Augen vor Dingen verschlossen hat, die wir niemals hätten dulden dürfen. Aber Paulina ist unschuldig. Sie ist noch ein Kind. Und jetzt muss ich sie aus dieser Hölle herausschaffen und einen Ort für sie finden, wo sie endlich anfangen kann zu leben.

Vor mehr als drei Jahren erhielt ich einen Brief, aus dem ich erfuhr, was ich in Wahrheit längst wusste, auch wenn ich mir vor dem Spiegel immer wieder gesagt hatte, ich dürfe die Hoffnung nicht aufgeben. Das offizielle Schreiben der Wehrmacht ging nicht ins Detail, es handelte von Ehre, Dienst am Vaterland und Treue zum Führer. Doch nun, da der Krieg vorbei ist, brachte mir letzte Woche eine junge Frau, die als Krankenschwester an der Ostfront war, eigenhändig ein paar Abschiedszeilen von meinem geliebten Otto. Er hatte es vorgezogen, seine Nachricht ihr anzuvertrauen, aus Furcht, der Brief könnte der Zensur zum Opfer fallen. Ich habe ihn nur einmal gelesen, aber ich weiß, dass ich seine letzten Worte nie mehr vergessen werde, solange ich lebe. Ich bewahre ihn in meinem Album auf, zusammen mit den Fotos von Otto und Heinz.
Und da ist noch etwas, das ich Dir in meinen früheren Briefen nicht erzählen konnte, obwohl Du es Dir vielleicht schon nach den Berichten in den Zeitungen gedacht hast: Im letzten November wurden auch meine beiden Söhne eingezogen, um in der letzten Schlacht um Berlin zu kämpfen. Ich musste ihre Hitlerjugenduniformen ändern und mit ansehen, wie sie beim Aufbruch ihre Angst überspielten. Als ich sie das letzte Mal sah, wirkten sie wie zwei Knaben, die sich zu Karneval als Soldaten verkleidet hatten. Sie waren vierzehn und sechzehn Jahre alt. Es heißt, manche Halbwüchsige seien blutrünstiger und fanatischer gewesen als die Erwachsenen, aber ich kann mir nicht vorstellen, dass das bei meinen Söhnen der Fall gewesen sein soll. Sie waren so unschuldig, und ich habe sie gehen lassen. Ich habe es zugelassen, Sophie. Ich hätte irgendetwas tun müssen, um sie aufzuhalten, aber ich habe nichts getan. Ich habe mir vorgemacht, das Kriegsende sei zum Greifen nah und sie würden sicher nicht an die Front geschickt. Ich hatte zu große Angst. Und seitdem habe ich nichts mehr von ihnen gehört.
Diesmal klammere ich mich nicht an die Hoffnung. Paulina und

ich sprechen nie über sie. Wie gesagt, wir haben eine Art Schweigegelübde abgelegt. Und jetzt wünsche ich mir nur noch eins: mit ihr aus dieser von Hass, Tod und Angst verheerten Stadt zu entkommen. Jetzt gibt es nur noch uns zwei. Dass ich selbst das Erlebte je verwinden werde, glaube ich kaum, aber wenn es auch nur einen Funken der Hoffnung geben sollte, dass ihr das gelingen könnte, dann nur fern von dieser Trümmerlandschaft.
Verzeih, dass ich Dich mit meinem Unglück behellige, geliebte Schwester, aber ich muss Dich bitten, uns in Madrid aufzunehmen. Ich hoffe, Dein Gatte hat keine Einwände. Er schien mir immer ein guter Mann zu sein, und ich möchte niemandem zur Last fallen. Solltet Ihr einverstanden sein, werde ich mit den Reiseplanungen beginnen, sowie ich Deine Antwort erhalte. Ich gehe davon aus, dass ich das Land, vermutlich mit dem Zug, ohne Schwierigkeiten verlassen kann, und vertraue ebenso darauf, ohne größere Zwischenfälle in Spanien einreisen zu können. Es sind inzwischen viele Landsleute fortgegangen, manche, um einer schrecklichen Schuld zu entgehen, und andere, wie wir, um des nackten Überlebens willen.
Ich wäre gern selbst fähig gewesen, für die Meinen zu sorgen, aber das habe ich offensichtlich nicht vermocht. Der Krieg hat mich ebenso zugrunde gerichtet wie unsere Stadt, aber gerade weil ich meine Söhne in den Tod ziehen ließ, muss ich jetzt die Kraft aufbringen und wenigstens das Mädchen retten. Und wenn es das Letzte ist, was ich tue.
Ich bete dafür, dass Ihr Euch alle wohlbefindet. Es wäre wunderbar, schon Anfang Herbst an Eurer Seite zu sein.

Deine Dich liebende Schwester
Julia

2

Die Stadt liegt da wie ein großes Labyrinth aus Trümmern, wie ein mit dem Tode ringendes Ungeheuer. Die Berliner irren durch die Straßen und recken ihre Gesichter einer Sonne entgegen, die nach dem schlimmsten Winter seit Menschengedenken endlich wieder vom Himmel scheint. Ein entsetzliches Gefühl der Schuld macht sich breit, unter die Furcht der Schurken mischt sich die Reue der Feiglinge. Auf wessen schlechtem Gewissen lasten mehr Tote? Wer hat zu lange geschwiegen?

Es ist kein gewöhnlicher Sommer. Das alte Thermometer in der Wohnung zeigt zwanzig Grad, aber die dicke Strickjacke, die Paulina Tag für Tag trägt, vermag die beißende Kälte in ihren Knochen nicht zu vertreiben.

Zwei Wochen sind verstrichen, seit Julia an ihre Schwester Sophie geschrieben hat, aber eine Antwort hat sie noch nicht erhalten. Die Tage vergehen langsam und sind voller Gefahren. Die Mutter gibt ihr Bestes, um ihre heranwachsende Tochter zu beschützen, aber einfach ist das nicht. Sie verlassen das Haus nur selten, nur, wenn es unvermeidlich ist. Gemeinsam besorgen sie mit Lebensmittelkarten Brot und Zucker und kümmern sich um den improvisierten Gemüsegarten, den sie zusammen mit anderen Frauen auf einer nahegelegenen Brache angelegt haben.

In diesem verreckten Berlin, diesem verfluchten, durch und durch verderbten Berlin beginnen die Frauen, die Überlebenden, als Erste die Trümmer zu beseitigen. Nur ihnen gelingt es, im dürren, blutgetränkten Boden etwas so Wunderbares wachsen zu lassen wie ein paar Handvoll Kartoffeln und Kohlköpfe.

»Was machen wir, wenn die Kartoffeln am Ende rot sind?«, wagt eine von ihnen zu scherzen.

Schwarzer Humor ist eine der wenigen Mauern geworden, hinter denen sich noch eine gewisse Zuflucht finden lässt.

Die Bewohnerinnen des Viertels erzählen furchtbare Geschichten: Eine junge Frau sei zwei Tage lang von mehr als fünfzehn Männern vergewaltigt, eine alte Frau vor den Augen ihrer Enkel missbraucht worden. Die russischen Soldaten trinken viel, sie sind brutal und rachsüchtig. Ihnen geht es nicht bloß um den körperlichen Akt, sondern um eine Strafe für das, was die Deutschen ihrem Volk angetan haben. Die Übergriffe sind so alltäglich, dass die Kinder in ihrer haarsträubenden Unschuld ein Spiel erfunden haben mit dem Namen »Frau, komm mit«.

Paulina hört den Gesprächen heimlich zu, wenn ihre Mutter nicht aufpasst und sie, wie sonst, rechtzeitig abschirmt.

Eines Tages sieht sie auf dem Weg zum Garten, wie in einer Ecke eine Traube von Kindern konzentriert um einen Haufen staubiger Waffen hockt. Es sind Überreste der Schlacht um Berlin, Spuren der Zerstörung. Kein Erwachsener achtet auf die Kinder oder mahnt sie zur Vorsicht, und auch sie tut es nicht. Inmitten der verheerenden Verwüstung, die sie umgibt, ist das Risiko, dass eine der Waffen aus Versehen losgeht, nur ein Fliegenschiss.

Die Kinder sind nicht älter als sechs oder sieben.

3

Seit sie allein sind, schlafen Mutter und Tochter gemeinsam im Ehebett. Die geteilte Wärme unter der Bettdecke vermag sie ein wenig zu beruhigen, wenn auch nur gerade genug, um erschöpft in einen unruhigen, leichten Schlaf zu sinken. Alle paar Stunden schreckt eine der beiden hoch. Blut, Tod, Zerstörung, Schuld. Es ist erstaunlich, wie vielfältig die immer verschiedenen, immer grässlichen Albträume sein können, die ein Gehirn mit nur wenigen Zutaten hervorbringen kann. Anfangs versuchten sie noch, sich gegenseitig zu trösten, einander übers Haar zu streichen und beschwörend »War nur ein Traum« zu murmeln, aber damit haben sie längst aufgehört. Nun tun sie, als schliefen sie, dabei machen sie kaum ein Auge zu. Sie haben keine Kraft mehr, um wieder und wieder zu sagen, es sei alles nicht so schlimm. Das, was tagsüber geschieht, ist nicht weniger schrecklich als das, was ihre verstörten Gemüter in der Nacht hervorbringen.

Einmal erwachen beide gleichzeitig im Morgengrauen, überzeugt, die Ursache dafür sei wieder ein Albtraum. Doch das, was sie gehört haben, ist echt. Die Schreie kommen aus dem dritten Stock und sind so laut, so verzweifelt, dass sie sogar noch in ihrem Schlafzimmer im ersten Stock klar und deutlich zu hören sind. Sie erkennen die Stimme ihrer Nachbarin Gudrun, einer Witwe mit einem Kind, das vermutlich beim letzten Mal gezeugt wurde, als ihr Mann, ein großspuriger, tollwütiger Nazi, auf Heimaturlaub war. Paulina und Julia hören den Säugling weinen. Sein untröstliches, langgezogenes Klagen ist ihnen vertraut, seit die Hausbewohner während der Luftangriffe zusammen Schutz suchten und der Kleine sich vor Lärm und Dunkelheit fürchtete.

»Gudrun braucht Hilfe, schnell!«, ruft Paulina und springt aus dem Bett.

Aber ihre Mutter packt ihren Arm und hält sie zurück.

»Nein.«

Und dann wirft sie ihr diesen Blick zu, den die Tochter gut kennt, diesen Blick, der ihr sagt: Bitte, frag nicht.

Die Schreie schrillen noch immer durchs Haus, aber urplötzlich ist etwas anders. Es dauert einen Moment, bis ihnen klar wird, was es ist. Das Kind weint nicht mehr. Julia entfährt ein ohnmächtiges Stöhnen.

»Mutti, wir müssen zu ihnen!«, ruft Paulina.

»Wir können nicht da hinauf. Du schon gar nicht. Wir würden es nur noch schlimmer machen.«

Ein paar Minuten später sind Schritte auf der Treppe zu hören. Das Geräusch der Stiefel der Roten Armee ist unverkennbar. Das schnelle Klappern der Absätze lässt darauf schließen, dass es mehrere Männer sind, mindestens drei oder vier. Unter Gelächter und Worten in der unverständlichen Sprache treten die Soldaten auf die Straße hinaus. Die Haustür fällt hinter ihnen ins Schloss.

Erst jetzt verlassen Mutter und Tochter ihre Wohnung und stürzen hinauf in den dritten Stock. Oben steht die Wohnungstür weit offen. Aus der Küche dringt ein eigenartiges Geräusch, wie das Keuchen eines verwundeten Tiers. Auf dem Boden liegt Gudrun, das Kleid hochgeschoben, das Gesicht von Schlägen geschwollen, Bauch und Beine blutverschmiert.

»Im Schlafzimmer …«, wimmert die junge Mutter.

Paulina stürzt durch den Flur und öffnet eine Tür nach der anderen, bis sie das Zimmer findet. Ihr Blick schweift über das Bett, den Boden, die rissige Wand. Keine Spur von dem Kind.

»Wo bist du, Kleiner? Wo hast du dich versteckt?«

Fieberhaft hebt sie die Decke hoch und schiebt die Vorhänge zur Seite, bis sie ein Poltern im Schrank hört. Paulina reißt die Türen auf. Tränen steigen ihr in die Augen.

Zwischen den Kleidern liegt der Junge, geknebelt mit einem schmutzigen Küchentuch, damit sein Gebrüll die Vergewaltiger nicht länger störte. Paulina stößt einen Schrei der Erleichterung aus.

Als sie mit dem Kind in den Armen in die Küche zurückkommt, hilft ihre Mutter Gudrun gerade dabei, aufzustehen und die Wunden zu versorgen. Sie richtet ihr die Kleidung, säubert die blutigen Stellen mit einem Tuch, desinfiziert die Wunden mit Alkohol, den sie im Bad gefunden hat. Aber sobald die Frau wieder einigermaßen bei Kräften ist und mit ihrem Sohn im Bett liegt, verlassen Paulina und ihre Mutter rasch die Wohnung.

»Es ist furchtbar. Angeblich ist der Krieg doch vorbei«, sagt Paulina ein paar Stunden später, als sie mit den wenigen Vorräten, die noch in der Speisekammer sind, mehr schlecht als recht ein Mittagessen zubereiten. »Hätten wir sie nicht besser mit zu uns genommen, um uns um sie zu kümmern?«

Julia hüllt sich minutenlang in Schweigen. Vielleicht überlegt sie, ob der Zeitpunkt gekommen ist, mit ihrer fast vierzehnjährigen Tochter Klartext zu reden.

»Gudruns Mann war in Dachau. Als er auf Heimaturlaub kam, hat er seine Frau geschwängert und ist kurz darauf in aller Seelenruhe dorthin zurückgekehrt, in das Lager, das er als seinen Arbeitsplatz betrachtete. Und ich glaube nicht, dass sie damit ein Problem hatte. Verstehst du, was das bedeutet?«

»Ich glaube schon …«

»Es bedeutet, dass er sich nicht wie die Russen die Mühe gemacht hätte, das Kind in einen Schrank zu sperren. Er hätte ihm einfach eine Kugel verpasst.«

Für einen Moment ist Paulina nicht länger das junge Mädchen, das versucht, stark zu sein, sondern wird wieder zu dem verängstigten Kind, das die Bomben so nah fallen hörte, so entsetzlich nah. Auch wenn das erst wenige Monate her ist, liegt ihre Kindheit doch weit zurück, verwandelt in einen Haufen blutiger Fetzen in einer Ecke des Kellers.

Und die Welt ist noch immer beängstigend.

»Dir wird nicht das passieren, was Gudrun passiert ist. Niemals. Das schwöre ich, Paulina.«

4

Am nächsten Morgen kommt Paulina dazu, als ihre Mutter im Esszimmer in der Schachtel kramt, in die sie kurz nach Kriegsausbruch ihre elegantesten Kleider gelegt hat. In Seidenpapier eingeschlagen, haben die Kleidungsstücke den monatelangen Luftkrieg einigermaßen unbeschadet überstanden. Die beiden oberen Stockwerke des Hauses, in dem sie leben, sind vollkommen zerstört, und auch die Wände ihrer Wohnung weisen gefährliche Risse auf, aber das geschmackvolle marineblaue Kleid mit Blumenstickerei ist nahezu makellos. Es ist erstaunlich, wie etwas so Zartes und Schönes der Barbarei widerstehen konnte.

»Ich gehe heute Abend zu einem Fest«, erklärt Julia ihrer verblüfften Tochter.

Als Paulina ihre Mutter kurz darauf sieht, noch immer jung und schön mit ihrer Pelzstola, den hohen Absätzen und dem mit den kümmerlichen Resten eines ausgetrockneten Lippenstifts rot geschminkten Mund, ist es für sie wie eine Zeitreise. Beim letzten Mal, als sie sie so zurechtgemacht gesehen hat, war sie noch klein, und die Eltern gingen abends gemeinsam aus. Sie erinnert sich gut an den Gutenachtkuss, bevor sie loszogen, und das erstickte Lachen, das sie hörte, wenn die Eltern spät heimkehrten und sie friedlich in ihrem Bett schlief, ganz anders als jetzt. Paulina hatte vergessen, dass ihre Mutter bis vor gar nicht so langer Zeit eine vor Energie strotzende Frau war, die ihre drei Kinder zum Lachen bringen konnte, ein allmächtiges Wesen, das ihnen alles erklären und jede Angst vertreiben konnte. Die Mutter, die unzählige Lieder kannte, die behutsam Paulinas langes Haar bürstete und Heinz stundenlang bei den Mathematikhausaufgaben half, die ihm so schwerfielen.

Aber als sie sich an diesem Abend zurechtmacht, um auszugehen, liegt in Julias Miene keine Freude, sondern eine feste, fast zornige Entschlossenheit.

»Verlass unter keinen Umständen die Wohnung, Paulina.«

Mit diesen Worten geht sie fort.

In den folgenden zwei Wochen wird sie fast jeden Abend zu einem Fest gehen. Paulina weiß, dass sie nicht weiter nachforschen sollte, aber sie liegt jedes Mal wach, bis sie ihre Mutter an der Tür die hochhackigen Schuhe abstreifen hört. Wenn sie dann schweigend unter die gemeinsame Decke gleitet, riecht sie nach Alkohol, Tabak und Traurigkeit. Die Tochter tut, als schliefe sie weiter, und die Mutter tut, als könnte sie einschlafen. Die Zeit kriecht quälend langsam, wie eine lange, giftige Schlange auf dem Boden.

Eines Morgens klopft es an der Tür. Durch den Türspion erkennt Paulina einen Mann in der Uniform der russischen Armee. Mit einem erstickten Schrei holt sie rasch ihre Mutter, die allerdings nicht zu erschrecken scheint. Sie öffnet dem Fremden seelenruhig die Tür, und er übergibt ihr ein Paket und eine Nachricht.

»Von Leutnant Vladimir Butnitsky.«

Es ist ein Geschenk: zwei Paar Seidenstrümpfe und mehrere Tafeln einer besonders guten Schokolade. Paulina blickt ihre Mutter fragend an, aber als Antwort erntet sie nur ein beharrliches Schweigen.

5

Dann geht auf einmal alles sehr schnell.

Eines Tages kommt ein Telegramm von Sophie, das bestätigt, dass sie in Madrid erwartet werden, und Mutter und Tochter machen sich bereit, Berlin so schnell wie möglich zu verlassen. Es gelingt ihnen, Zugfahrkarten zu ergattern, und sie verkaufen ihre letzte Habe und packen das Wenige ein, das in ihre Koffer passt.

Am Tag ihrer Abreise brennt die Sonne erbarmungslos vom Himmel. Mühsam schleppen die beiden Frauen ihr Gepäck über den zerklüfteten Bürgersteig zum Bahnhof, als sie ein paar Soldaten der Roten Armee begegnen. Instinktiv senken beide den Blick und machen sich klein.

Der jüngste Soldat macht auf Russisch eine Bemerkung und deutet mit einer obszönen Geste auf das junge Mädchen, aber sein Begleiter packt ihn am Arm und murmelt etwas in sein Ohr, das ihn sofort zum Verstummen bringt.

Paulina meint, etwas zu hören, das ihr schon einmal zu Ohren gekommen ist. Butnitsky. Aber wer weiß, diese Namen klingen alle sehr ähnlich.

Während der ganzen Szene blickt Julia nicht einmal auf.

DAS PARADIES

Madrid – Málaga, 1947

1

Die Stände der Madrider Buchmesse erstrecken sich entlang des Paseo de Calvo Sotelo von der Biblioteca Nacional bis zur Plaza de Cibeles. Hier werden die besten Waren der Welt feilgeboten: Geschichten voller Abenteuer, Leidenschaft und Liebe. Seitenweise Magie, um einer unersättlichen Leserin wie Paulina Hoffmann vergnügliche Stunden zu bereiten. In Madrid herrschen Anfang Juni schon dreißig Grad im Schatten, als hätte auf einmal der Hochsommer Einzug gehalten. Kaum zu glauben, dass noch Frühling ist. Es herrscht eine festliche Stimmung. In den Straßen ist der sehnliche Wunsch zu spüren, nach den ersten harten Jahren der Nachkriegszeit die wiedergewonnenen Freuden des Lebens zu genießen.

Paulina kehrt nach Schulschluss eilig nach Hause zurück. Sie hat heute ihr Zeugnis bekommen und brennt vor Ungeduld, es ihrer Mutter zu zeigen. In kurzer Zeit ist es ihr gelungen, die fremde Sprache zu erlernen, obwohl sie bis vor Kurzem noch kein Wort Spanisch sprach, und nun hat sie das Schuljahr mit glänzenden Noten abgeschlossen. Vom Colegio Loreto bis zur Wohnung in der Calle Velázquez, in der sie jetzt leben, sind es nur zehn Minuten. Als sie vor anderthalb Jahren nach Madrid kamen, hatte das Schuljahr bereits begonnen, aber ihre einflussreichen Verwandten hatten mit ihren guten Beziehungen dafür gesorgt, dass Paulina in dieser Schule im Salamanca-Viertel aufgenommen wurde. In der Nonnenschule geht es weniger um den Unterricht als um Religion, und manche ihrer Mitschülerinnen – Mädchen aus den besten Familien des Regimes – wirken auf sie unerträglich oberflächlich. Aber Paulina, die noch zwei Jahre zuvor nachts in einem Keller hockte und bei ihrer Ankunft in

Madrid noch immer wie Espenlaub zu zittern begann, wenn ein lautes Geräusch sie erschreckte, weiß, dass es im Leben Schlimmeres gibt.

Sie hat sich schnell an das neue Leben gewöhnt, an die sterile Zuneigung ihrer Tante Sophie und ihres Onkels Manuel, an die züchtige Schuluniform mit dem Faltenrock, der an den Oberschenkeln juckt, an die Linsen, die die Köchin jeden Mittwoch zubereitet, an die warme Nachmittagssonne, die ihr den Rücken wärmt, während sie in ihrem Zimmer sitzt und lernt, weit weg von Bomben und Tod. Alles ist einfach, beruhigend, belanglos.

Sie hat nur noch selten Albträume.

In der Wohnung lebt auch ihr Cousin, der wie sein Vater Manuel heißt und vier Jahre älter ist als Paulina. Ein gutaussehender Student, der nur mittags zum Essen da ist und nachts oft erst spät heimkommt. Über Höflichkeitsfloskeln hinaus hat sie kaum ein paar Sätze mit ihm gewechselt. Bei Tisch ist er witzig und zuvorkommend, aber immer auch ein wenig in sich gekehrt, als müsste er über bedeutend Interessanteres nachdenken als über die beiden schwermütigen deutschen Verwandten, die es plötzlich in sein Zuhause verschlagen hat.

Paulina ist mit dem sorgenfreien Leben zufrieden. Es erlaubt ihr, nach den vielen Monaten der Angst Luft zu schöpfen. Julia hingegen erträgt es bedeutend schlechter. Sehr viel schlechter, genau genommen. Deshalb hat es Paulina jetzt, zu Beginn der Sommerferien, so eilig, heim zu ihrer Mutter zu kommen. Sie wünscht sich in diesem Augenblick nichts sehnlicher, als Julia stolz zu machen und sie zumindest für ein paar Stunden aufzuheitern, sie die stetige, bedrückende Trauer vergessen zu lassen, die sie seit ihrer Ankunft umgibt. Als hätte sie all ihre Kraft dabei verbraucht, herzukommen und ihre Tochter in Sicherheit zu bringen.

Julia verlässt ihr Zimmer, das sie mit Fotos in eine Art Schrein zu Ehren von Otto und Heinz verwandelt hat, nur zum Mittag-

und Abendessen. Doch ihre Tochter glaubt noch immer, wenn sie sich nur genug bemühte, könne sie ihr helfen, dem finsteren Loch zu entkommen, und sie ins Tageslicht zurückholen. Sie hat ja immer noch mich, denkt sie jedes Mal, wenn sie der schwachen, zerbrechlichen Gestalt ihrer Mutter nachsieht, die, noch während die Familie beim Dessert sitzt, still in ihr Schlafzimmer zurückkehrt, immer mehr ein Schatten ihrer selbst, der sich in der Flurbiegung vielleicht auch in Luft auflösen könnte.

Paulina tritt durch das vornehme Portal, begrüßt im Vorbeigehen den Pförtner und eilt zum Aufzug. Als das Dienstmädchen ihr die Tür öffnet, holt sie aus der Schultasche das Zeugnis voller Einsen, das der trauernden, kränkelnd wirkenden Frau, zu der ihre Mutter geworden ist, vielleicht ein Lächeln entlocken kann. Sie wird ihr übersetzen müssen, was die Nonnen geschrieben haben, da Julia, in ihrem selbst gewählten Gefängnis zwischen den vier Wänden der Wohnung, keine Anstalten gemacht hat, mehr Spanisch zu lernen als die wenigen unumgänglichen Floskeln, die sie für den Umgang mit Familie und Personal benötigt. Ob sie sie wohl dazu überreden kann, am Samstag gemeinsam die Bücherstände der Messe zu besuchen? Sie wird sich von ihr einen Roman als Belohnung für ihre Leistungen in der Schule wünschen.

»Mutti!«, ruft Paulina, als sie das Zimmer betritt. In sich gekehrt sitzt die ganz in Schwarz gekleidete Julia mit ausdrucksloser Miene in einem Schaukelstuhl. »Ich habe mein Zeugnis bekommen. Sieh mal! Ich habe sechs Einsen.«

Julia reagiert kaum, als wäre sie von der Realität so weit entfernt, dass die Stimme ihrer Tochter sie nur als schwaches, durch die Entfernung verzerrtes Echo erreichte.

Paulina verspürt eine tiefe, kindliche Enttäuschung. Trotz allem, was sie erlebt hat – oder vielleicht gerade deswegen –, braucht sie das Lob und den Zuspruch ihrer Mutter dringend. Für einen Moment fühlt sie sich so hilflos wie ein kleines Mädchen, das bei einer Schulfeier auf der Bühne steht und feststellen muss, dass seine Eltern nicht gekommen sind, um den Auftritt zu sehen.

»Bist du denn gar nicht stolz auf mich? Nicht mal ein bisschen?«, fragt sie flehentlich.

Doch die einzige Antwort, die sie erhält, ist ein zerstreuter Blick und ein flüchtiges Streicheln übers Haar. Trotz ihrer fünfzehn Jahre versteht Paulina sogleich, dass sie versagt hat. Die Monate harter Arbeit waren reine Zeitverschwendung. Selbst für wenige Minuten kann sie die Depression nicht vertreiben, die sich wie ein dichter Mantel um die Frau gelegt hat, die sie während der Luftangriffe in den Armen hielt, um die Heldin, die sie vor den Klauen des Ungeheuers bewahrte. Auf einmal bringt sie den Vorschlag, die große Wohnung zu verlassen und gemeinsam zur Buchmesse zu gehen, nicht mehr über die Lippen. Paulina hatte gedacht, nun sei sie an der Reihe, ihrer Mutter zu helfen, aber in diesem Moment wird ihr bewusst, dass sie das nicht kann.

Als das Wochenende kommt, nimmt sie das Geld, das Tante Sophie ihr zum Geburtstag geschenkt hat, und begibt sich allein zur Reihe der Verkaufsstände, um sich selbst mit einem Roman zu belohnen. Auch wenn sie es noch nicht weiß, hat sie damit eine wichtige Lektion gelernt. Paulina wird fortan keine Zeit damit vergeuden, zu klagen oder mit dem Fuß aufzustampfen, wenn andere ihre Bedürfnisse nicht stillen wollen oder können. Sie wird es allein schaffen.

Auf dem Boulevard drängen sich Familien, Freunde, Paare. Eine wahre Menschenmenge flaniert plaudernd und neugierig stöbernd im Schatten der Bäume. In diesem Jahr sind die Stände gotisch inspiriert, einer sieht anders aus als der nächste. Bedeutende Verlage stellen die Perlen ihres Programms aus, von einer Ausgabe des *Don Quixote* in Streichholzschachtelgröße bis zu einem Handbuch, das jungen Frauen bei der Wahl eines ihrem Geschlecht gemäßen Berufs helfen soll.

In sich gekehrt, spaziert Paulina umher und fragt sich, wie es ihr gelingen soll, sich unter den Hunderten, ja Tausenden von ausgestellten Büchern für eines zu entscheiden. Doch dann erblickt sie sie. Wie von einem geheimen Schimmer umgeben, heben sie sich von den übrigen Büchern ab, als wären sie aus einer anderen Welt. Es sind zwei Bände in grünen Lederumschlägen, auf denen Titel und Name des Autors in vielversprechenden Goldlettern prangen: *Der Graf von Montecristo* von Alexandre Dumas. Eine Erinnerung trifft Paulina so heftig wie ein Schlag: ihr Bruder Heinz, bäuchlings auf dem Bett, vollkommen vertieft in sein Buch, und ihre Mutter – nicht die Person, zu der sie geworden ist –, die ihm aus dem Esszimmer zuruft, er solle endlich das Buch weglegen und zum Abendessen kommen. Sie zögert nicht eine Sekunde und bezahlt den Preis, den der Buchhändler nennt.

Die Lektüre dieses Romans wird ihr sehr viel bedeuten. In diesen Junitagen entdeckt sie die wahre Kraft der Literatur, den Zauber, der es ihr noch oft erlauben wird, der Realität durch etwas so Simples und zugleich so Vollkommenes wie ein paar gebundener, beschriebener Seiten zu entkommen.

Nach und nach, Seite für Seite, wird die junge Leserin, genau wie ihr Bruder vor ihr, in diese Geschichte eintauchen, und sie wird ihr Herz tief anrühren, weil sie von etwas erzählt, das Paulina allmählich zu ahnen beginnt: von der Kraft, das eigene Schicksal zu verändern, anstatt in einem wellenumtosten Gefängnis zugrunde zu gehen.

Der Kraft, nicht in seinem Kämmerlein zu bleiben und um die Toten zu weinen.

2

Sie sind am Morgen mit dem Andalusien-Express in Málaga angekommen, der am Abend zuvor am Bahnhof Madrid-Atocha abgefahren war. Es ist Paulinas erster Urlaub, von ein paar verschwommenen Erinnerungen an Ausflüge an die Berliner Seen in ihrer frühen Kindheit einmal abgesehen. Dem Komfort im Schlafwagen der ersten Klasse zum Trotz war die mehr als dreizehnstündige Fahrt anstrengend. Aber keine Müdigkeit der Welt kann einen Menschen überwältigen, der das Gefühl hat, im Paradies gelandet zu sein.

Sie war noch nie am Meer. Und nun steht sie auf dem Balkon ihres Schlafzimmers und bestaunt das schillernde Mittelmeer. Sie hatte es natürlich bereits unzählige Male auf Fotos oder im Kino gesehen, aber die Schwarz-Weiß-Bilder kamen nicht im Entferntesten an das heran, was sie nun vor Augen hat. Sie hatte gedacht, das Meer sei blau, doch keine Farbe der Welt hätte die tausend Schattierungen dieses unglaublichen Glitzerns hinter dem Sandstreifen wiedergeben können. Hätte sie diesen Anblick mit einem einzigen Wort beschreiben sollen, hätte sie wohl »unendlich« gewählt.

Obwohl ihre Tante Sofía, die in Spanien niemand Sophie nennt, ihr geraten hat, sich bis zum Mittagessen auszuruhen, erkundet Paulina sogleich den Garten, in dem Bananenstauden und Palmen wachsen. Sie bewundert die Farbe der Bougainvilleen, zählt die Geranientöpfe auf der Veranda und betrachtet in der blendenden Sommersonne mit zusammengekniffenen Augen die Fassade, um sich deren Formen und Schmuckelemente in allen Einzelheiten einzuprägen.

Nie zuvor, weder im Berlin ihrer Kindheit noch im vergangenen Jahr in Madrid, hat sie irgendwo etwas Vergleichbares empfunden. Die Schönheit, die sie mit jeder Pore und mit jedem Atemzug durchdringt, ist so überwältigend, dass alles Böse ausgelöscht wird. Erinnerungen, Angst und Schmerz existieren in diesem Moment nicht. Ihr Vater und ihre toten Brüder, ja sogar ihre Mutter, die es vorgezogen hat, in ihrem selbstgewählten Gefängnis in der Calle Velázquez zu bleiben, anstatt mit den anderen in den Zug zu steigen, verschwinden in der warmen Luft des Gartens.

Die Villa Manuela gehört nicht einmal zu den größten Herrenhäusern von El Limonar, wo das Bürgertum seit Ende des 19. Jahrhunderts seine Sommerresidenzen erbaut hat, manche davon wahre Paläste, wie Paulina auf der Autofahrt vom Bahnhof gesehen hat. Ja, in diesem prachtvollen Viertel wirkt die Villa geradezu bescheiden, auch wenn sie mit sieben Zimmern, dem Trakt für die Hausangestellten und einem ausgesprochen prächtigen Garten natürlich noch immer sehr groß ist. Das Haus gehört der Familie von Onkel Manuel, dessen Eltern in jedem Sommer das größte Zimmer im zweiten Stock bewohnen.

Die Monteros sind in den besten Kreisen Málagas wohlbekannt. Sie verfügen über gute Beziehungen zum Franco-Regime und leiten sowohl hier als auch in der Hauptstadt verschiedene Unternehmen. Sofía hatte Manuel kennengelernt, als sie vor Jahren, um die Sprache zu lernen, einige Monate im Haus von Freunden aus Deutschland verbrachte, die eine spanische Weinexportfirma geerbt hatten.

Die Vergnügungen der besseren Gesellschaft waren selbst für eine junge Frau aus der pulsierenden Großstadt Berlin unwiderstehlich. Bälle unter freiem Himmel, Tennispartien und Segeltörns waren an der Tagesordnung. Bei einem abendlichen Ball einer der ersten Familien von El Limonar, in deren Garten noch der salzige Hauch der Wellen zu riechen war, kam Sofía mit einem dieser sonnengebräunten, dunkelhaarigen Männer ins Gespräch, die so ganz anders waren als die blassen Jünglinge, die sie bisher gekannt hatte. Während sie nur wenige Meter vom Strand entfernt der Musik des Orchesters lauschte, sprach er sie in einem zu ihrer Überraschung mehr als passablen Deutsch an, einer Sprache, die er, wie er ihr erzählte, neben Englisch gelernt hatte, da sie ihm im Familienunternehmen nützlich sein konnte. Da sie nur wenige Worte Spanisch sprach und sich mit sonst niemandem auf dem Fest unterhalten konnte, plauderte sie zwei Stunden lang immer lebhafter mit dem Fremden, der sich ihr am Ende des Abends als Manuel Montero vorstellte.

Dies war der Beginn eines schnellen, leidenschaftlichen Liebeswerbens, das per Brief fortgesetzt wurde, als sie zu ihren Eltern heimreisen musste. Ein knappes Jahr später besuchte er sie in Berlin, wo sie heirateten, bevor sie gemeinsam nach Spanien zurückkehrten. Seither führten sie eine harmonische Ehe. Ihr zurückhaltendes Wesen und ihre Fähigkeit, jederzeit die Augen vor unangenehmen Dingen zu verschließen, passte gut zu seiner umtriebigen Art, die immer das Wohl und Wehe seiner Firmen im Auge hatte und es ihm erlaubte, sein Vermögen im Bürgerkrieg und in den harten Jahren, die darauf folgten, durch Gefälligkeiten und geschicktes Spielenlassen von Beziehungen zu mehren.

Paulina wüsste nicht zu sagen, woher das Geld stammt, an dem es im Haus ihres Onkels und ihrer Tante ganz offensichtlich nie mangelt, aber schon kurz nach ihrer Ankunft in Madrid hat sie begriffen, dass sie an dieses Thema besser nicht rühren sollte. Abermals behilft sie sich mit ihrem alten Trick, keine Fragen zu stellen und sogar vor sich selbst so zu tun, als hätte sie keine Ahnung. Womit auch immer er sich in seinem Büro beschäftigen mag, Manuel ist ohne Frage ein liebender Familienvater, der seine Schwägerin (die gewiss keine einfache Gesellschaft ist) bereitwillig aufgenommen hat und seine Nichte behandelt, als wäre sie seine eigene Tochter. Zu Hause ist er zweifellos ein guter Mensch; außerhalb davon mag es anders aussehen. Instinktiv lässt das junge Mädchen im Umgang mit ihm Vorsicht walten, da sie hinter der freundlichen Fassade etwas Dunkles spürt.

Zum großen Leidwesen ihrer Tante und ihres Onkels hatten sie nicht die vom franquistischen Wertekanon begrüßte Kinderschar bekommen können, da Sofía nach einer äußerst komplizierten Niederkunft nicht erneut hatte schwanger werden können. Möglicherweise haben sie ihren einzigen Sohn, der Wirtschaftsingenieurwesen studiert, deshalb so verwöhnt. Obwohl Manuel in Madrid zur Welt gekommen ist, haben sein gebräunter Teint, seine schwarzen Augen und sein temperamentvolles Wesen etwas unverkennbar Andalusisches. Er ist ein kluger, gebildeter junger Mann, der stets zu einem Spaß aufgelegt ist und sich überall sofort wohlfühlt. Ein geborener Anführer, ein Verführer, der von seinem Vater nicht nur den Namen, sondern auch den natürlichen Charme geerbt hat.

3

Pünktlich um drei Uhr findet sich die Familie zum Essen ein. Es ist zu warm, um auf der Veranda zu speisen, daher versammeln sich alle im Esszimmer, dessen hölzerne Gitterläden vor der Sonne schützen. Zur Begrüßung hat der Koch einen typischen Salat aus der Region um Málaga zubereitet. Die Mischung aus Orange, Kabeljau, Oliven und Olivenöl entzündet an Paulinas Gaumen, der solch exotische Aromen nicht gewohnt ist, ein wahres Feuerwerk. Jeder Bissen ist erfrischend und setzt aufs Köstlichste die Empfindungen fort, die sie vor einer Weile im Garten überkommen haben, als sie die Schuhe ausgezogen hat und mit den nackten Füßen durch das Gras gelaufen ist.

»Du bist also Sofías Nichte«, sagt die Mutter ihres Onkels, die ihren Gatten aufgrund ihrer fragilen Gesundheit nicht auf seinen letzten Reisen in die Hauptstadt begleitet und die Fünfzehnjährige daher gerade erst kennengelernt hat.

»Ja, Señora Montero. Ich freue mich, Sie kennenzulernen. Ich habe schon viel von Ihnen gehört.«

»Nenn mich bitte Manuela«, erwidert die vornehme Dame, die sich immer eine Enkelin gewünscht hat und hocherfreut ist, dass ihre Familie dieses Mädchen aufgenommen hat, das trotz seiner Schüchternheit – vermutlich aufgrund seiner bitteren Erfahrungen – eine für sein Alter erstaunliche Selbstsicherheit erkennen lässt.

»Selbstverständlich.«

»Willkommen in der Villa Manuela. Ich möchte, dass du dich hier wie zu Hause fühlst.«

Diese Worte werden in Paulina noch jahrelang nachklingen.

Auch dann noch, als alles anders wird und sich zeigt, wie zerbrechlich diese vermeintliche Stabilität doch war.

»Vielen Dank, Manuela«, antwortet sie mit ihrem strahlendsten Lächeln.

Vor ihrem geistigen Auge lässt sie die schattigen Ecken des Gartens Revue passieren, die ihr ideal erscheinen, um sich in den langen Nachmittagsstunden der Lektüre eines Romans zu widmen. Sie hat gerade das Genre des Detektivromans für sich entdeckt und auf der Fahrt von Madrid die ersten hundert Seiten von *Mord im Orient-Express* verschlungen. Auch wenn es ein bisschen albern war, hatte sie doch der Gedanke amüsiert, genau wie die Hauptfiguren in einem Zug zu sitzen. Jetzt sehnt sie sich danach, dass Poirot Ratchetts Mörder entlarvt. Gleich nach dem Dessert wird sie sich eine Liege im Schatten suchen und erneut in Agatha Christies Geschichte eintauchen.

»Geronimo, der Sohn deiner Freundin María Isabel, war eben da, Mutter. Er wollte Hallo sagen und hat mich eingeladen, heute Nachmittag mit seiner Clique in den Salón Olimpia zu gehen. Anscheinend haben sie da jetzt einen künstlichen See, auf dem man mit dem Boot fahren kann, das könnte lustig werden«, sagt ihr Cousin.

»Das ist eine wunderbare Idee, mein Lieber, aber nun werde ich wohl seine lästige Mutter anrufen müssen.« Sofía lacht. »Dann bist du zum Abendessen nicht da?«

»Vermutlich nicht. Kann ich übrigens Paulina mitnehmen?«

Unwillkürlich strafft Paulina die Schultern. Manuel hat sie noch nie eingeladen, mit seinen Freunden auszugehen. Bisher hatte er sich ihr gegenüber immer herzlich und bisweilen schalkhaft gezeigt, aber es war immer klar gewesen, dass er sie praktisch noch für ein Kind hielt.

»Hast du Lust dazu, meine Liebe?«, fragt ihre Tante.

»Ich weiß nicht«, antwortet sie. »Sonst bin ich doch immer Luft für dich, Manuel!«, wendet sie sich grinsend an ihren Cousin.

»Ich nehme an, meine Freunde hier sind es so leid, ständig die gleichen Mädchen zu sehen, dass sogar eine Fünfzehnjährige sie neugierig macht«, erwidert er spöttisch.

»Damit macht man keine Scherze, Manuel. Wenn deine Cousine dich begleitet, bist du für sie verantwortlich, und wenn einer dieser dummen Burschen sie belästigt, war das das letzte Mal, dass ihr zusammen ausgeht«, mahnt sein Vater.

»Sei unbesorgt. Und bevor du danach fragst: Ich verspreche, dass wir zu einer vernünftigen Uhrzeit wieder zurück sind.«

Nach dem Dessert eilt Paulina in ihr Zimmer hinauf und begutachtet skeptisch den Inhalt ihres Koffers. Sie hat vor allem leichte, bequeme Kleidung mitgebracht, für Zuhause und um mit ihrer Tante im Meer baden zu gehen. Etwas Passendes für das Olimpia findet sie nicht. Am Ende entscheidet sie sich für ein schlichtes blaues Kleid mit weißen Tupfen.

Dann setzt sie sich hin, um ein Weilchen zu lesen, doch vor lauter Aufregung behält sie nicht eine Zeile, obwohl ihr Blick wie von selbst über die Seiten des Buches gleitet. Wer Ratchetts Mörder ist, interessiert sie nicht mehr. Quälend langsam schleichen die Minuten dahin, bis es endlich sieben Uhr ist.

»Komm, Paulina, sie sind da!«, ruft Manuel aus dem Erdgeschoss zu ihr hinauf.

Vor dem Spiegel überprüft Paulina ein letztes Mal ihre Frisur, dann geht sie nervös die Treppe hinunter. Sie fühlt sich klein und unerfahren, wie ein junges Ding, das nicht weiß, wie es sich den Freunden seines Cousins gegenüber verhalten soll, die älter und sicher sehr viel vornehmer sind als sie.

Geronimo wartet mit einem großen, dunkelgrünen Auto vor der Tür. Die beiden Freunde setzen sich nach vorn und unterhalten sich, ohne Paulina groß Beachtung zu schenken, bis sie im Olimpia ankommen. Dort treffen sie auf weitere Bekannte, sie plaudern und lachen. Manuel stellt den anderen seine Cousine vor und lässt, ohne sie aus den Augen zu lassen, zu, dass sie sich zunehmend entspannt und den Mut fasst, sich an den Gesprächen zu beteiligen. Als es einige Stunden später dunkel wird, geht die Gruppe auseinander. Ein paar junge Mädchen beklagen sich über ihre Eltern, die sie zwingen würden, gerade dann, wenn der Spaß beginne, zum Abendessen zu Hause zu sein.

»Fahren wir nach Baños del Carmen?«, schlägt Geronimos Freundin Lola vor.

Die beiden sind zwanzig und werden im nächsten Frühjahr heiraten. Daher darf Lola länger ausbleiben, solange Geronimo sie nach Hause bringt.

»Wird dein Vater nicht böse?«, fragt Paulina mit einem Blick zu Manuel.

»Mach dir darüber keine Gedanken, Cousinchen!«

Das Auto braust durch die Straßen der Stadt. Sie sind nur noch zu viert: Lola, Geronimo, Paulina und Manuel. Warme Luft weht durch die offenen Fenster herein und streicht sanft über Paulinas Wangen. Es ist mild und der Himmel von Sternen übersät, eine vollkommene Sommernacht. Alles ist neu, unverhofft, aufregend. Erst die Ankunft mit dem Zug, das Meer, der Garten … und jetzt das. Paulina kommt der Gedanke, dass sie noch nie einen solchen Tag wie heute erlebt hat.

Bald darauf erreichen sie das moderne Kurbad an einem Kieselstrand. Es ist der passende Ort, um zu sehen und gesehen zu werden. Eine große, von zahllosen weißen Säulen gestützte Pergola umgibt das Gebäude, und die riesige Terrasse wird von Wellen umtost. Elegante, förmlich gekleidete Kellner balancieren geschickt mit silbernen Tabletts zwischen den Gästen hindurch, ohne auch nur einen Tropfen aus den hohen Gläsern zu verschütten, während eine Musikcombo aktuelle Schlager spielt.

Manuel bestellt eine Flasche Champagner einer französischen Marke, von der Paulina noch nie gehört hat.

»Ich bin das nicht gewohnt«, flüstert sie ihm verschämt ins Ohr.

»Ein Gläschen wird schon nicht so schlimm sein, aber nicht mehr. Ich möchte morgen kein Riesendonnerwetter erleben«, erwidert er und zwinkert ihr zu.

Paulina trinkt einen Schluck, während sie die Frauen ringsumher mustert, deren prachtvolle bunte Roben, Lola zufolge, von den besten Schneiderinnen der Stadt stammen. Sie selbst kennt solche Kleider bisher nur aus Zeitschriften und dem Kleiderschrank ihrer Tante Sofía, und sie fühlt sich armselig in ihrem schlichten blauen Kleid.

Aber es ist ihr egal. Nach wenigen Schlucken ist sie so angenehm benommen, wie sie sich noch nie gefühlt hat. Sie will lachen, tanzen, die Kühle des Meeres an ihren Füßen spüren. Also spaziert sie langsam zu den Felsen am anderen Ende der Terrasse, genießt die salzige Gischt, die ihre nackten Beine umspült, und schaut hinaus auf das dunkle, unergründliche und verheißungsvolle Meer.

Es ist, als hätte ihr Leben gerade erst begonnen.

4

Paulina steht wie immer früh auf und blickt noch im Nachthemd aus dem Fenster der Villa Manuela. Es erscheint ihr immer noch wie ein Traum. Am ersten Tag am Strand hat sie sich einen so heftigen Sonnenbrand zugezogen, dass ihre Haut in der Nacht bei jeder noch so sanften Berührung der Laken brannte. Seitdem hat sie ihre Lektion gelernt und badet nur noch frühmorgens, bevor die Sonne hoch am Himmel steht.

Der Kontakt mit dem Wasser verleiht ihr jeden Morgen das Gefühl, dass sich eine neue, strahlend schöne Welt vor ihr auftut, mit Tennisdoppeln, Tanzveranstaltungen mit Orchester und abendlichen Vorstellungen des Kinos Duque, das im Sommer neunhundert Plätze im alten Obstgarten eines Klosters aufbaut. In diesen Wochen entdeckt das in der Hölle aufgewachsene Mädchen, dass es ein Paradies gibt, mit sonnenreichen Tagen und nach Jasmin duftenden Nächten, in dem nur das Vergnügen zählt.

Und nun steht sie vor dem großen Nussbaumspiegel in ihrem Zimmer und starrt ungläubig auf ihr Abbild. Sie nimmt einen kleinen, metallenen Spiegel zur Hand, um sich auch von hinten betrachten und so vergewissern zu können, dass der runde Ausschnitt einen Großteil ihres hellen Rückens freigibt. Heute beginnt in Málaga die Feria, das große Stadtfest, und sie hat von einer Freundin ein tailliertes blaues Folklorekleid mit roten Tupfen geliehen bekommen. Mantille und Steckkamm machen das Bild komplett.

»Nun komm schon raus aus dem Zimmer, Paulina, lass dich ansehen!«, ruft ihr Onkel aus dem Wohnzimmer.

Sie geniert sich, als sie die Treppe hinuntersteigt. Sie fühlt sich furchtbar lächerlich in dem Aufzug, der offenbar dafür gemacht ist, die gebräunte Haut der Frauen des Südens zu betonen. Aber sicher nicht für sie.

»Olé, olé und nochmals olé!«, wird sie von Großmutter Manuela begrüßt. »Die hübscheste Flamenco-Tänzerin Deutschlands!«

»Ist das dein Ernst? Ich finde, ich sehe komisch aus.«

»Aber nein, gar nicht, es steht dir ausgezeichnet«, versichert die Matriarchin, die aus einer Vase eine weiße Nelke nimmt und sie mit dem Steckkamm in Paulinas braunem Haar befestigt. »Ich will nur hoffen, dass dein Cousin bereit ist, dir heute Abend die lästigen Bewunderer vom Leib zu halten«, fügt sie augenzwinkernd hinzu.

Daran habe ich keinen Zweifel, denkt Paulina, die es in diesem Sommer voller Entdeckungen und Lebenslust vorzieht, den Blick von allem abzuwenden, was ihre Illusion von Glück zerstören könnte. Darum versucht sie, erfüllt von all den neuen Eindrücken, nicht zu oft an Julia zu denken, die in ihrem Zimmer im Haus an der Calle Velázquez ganz sicher über ihren Erinnerungen brütet und nicht aus ihrer Welt der Schatten herausfindet. Und darum versucht sie auch, sich nicht davon bedrücken zu lassen, dass Manuel immer gut auf sie aufpasst, zu gut sogar. Wie ihr Onkel es ihm aufgetragen hat, lässt er sie nie aus den Augen und versucht noch, den Übereifer, mit dem er seiner Aufgabe nachkommt, als Ritterlichkeit zu tarnen. Sein Verhalten bringt sie in Verlegenheit, doch sie hat Angst, dass ihr Cousin sie im Falle eines Protests nicht mehr mitnehmen würde. Und wenn sie eins gelernt hat, seit sie sich vor noch gar nicht so langer Zeit während der Luftangriffe an ihre Mutter kuschelte, dann, dass man jede Gelegenheit, der Traurigkeit zu entfliehen, festhalten muss.

Als sie daher nun das Haus verlässt, ist sie fest entschlossen, den Abend mit den Freunden in vollen Zügen zu genießen und sich keine Einzelheit des Festes entgehen zu lassen, das nichts ähnelt, was sie bisher kennt. Sie sieht Tänzerinnen, die die Volants ihrer Kleider auf geradezu hypnotische Weise wirbeln lassen, mit Blumen geschmückte Pferde und Wagen, mit kleinen Laternen beleuchtete Buden, in denen bis zum Morgengrauen getrunken, gesungen und Gitarre gespielt wird. Dinge, die so farbenprächtig und energiestrotzend sind und sich so sehr von der grauen, schmerzlichen Erinnerung an Berlin unterscheiden, dass ihr der Gedanke unglaublich erscheint, dies alles sei Teil ein und desselben Lebens, ihres Lebens.

Am nächsten Morgen frühstückt die Familie auf der Veranda. Während sich Paulina ihr Weißbrot mit Öl schmecken lässt, hört sie ihrem Cousin zu, der in allen Einzelheiten erzählt, was sich am Vorabend auf dem Fest zugetragen hat. Manuel ist witzig und versteht es, die Anekdoten zuzuspitzen, um seine Eltern und Großeltern zum Lachen zu bringen. Es ist so angenehm, dass sie die Plauderstunde liebend gern verlängern und sich noch eine zweite Runde Kaffee einschenken würde.

Zur Erheiterung der anderen berichtet ihr Cousin haarklein von dem komischen Anblick, als ein Bekannter der Familie, der offenkundig die Wirkung des Weins unterschätzt hatte, vom Pferd gefallen ist.

In diesem Moment hören sie unverhofft ein Geräusch aus dem Flur. Das Telefon klingelt. Familie Montero hatte es vor Jahren installieren lassen, als so etwas in Privathaushalten noch kaum üblich war. Inzwischen sind die Apparate verbreiteter, doch sie bekommen noch immer sehr selten Anrufe.

»Wer mag das so früh am Sonntagmorgen sein?«, fragt die Großmutter.

»Keine Ahnung. Ich kümmere mich darum«, antwortet Onkel Manuel.

Still lauschen sie auf seine Schritte, als er zu der Wand geht, an der der Apparat hängt. Wie durch eine böse Vorahnung sind ihre Gespräche verstummt. Eine merkwürdige Spannung stellt sich am Tisch ein.

Sie können hören, wie Onkel Manuel ins Telefon spricht.

»Wie? Wann war das?«

Dann ist es ein paar Sekunden lang still, während sein Gegenüber antwortet.

»Und du hast sie gefunden?«

Abermals Stille.

»Das ist ja furchtbar … Schrecklich. Ich rufe später zurück.«

Wieder ist es still, während die Person am anderen Ende der Leitung abschließend ein paar Worte sagt.

»Ja, natürlich. Wir kommen mit dem ersten Zug nach Madrid.«

Er legt auf.

Bleich und mit feuchten Augen kehrt Manuel an den Tisch zurück. Er bleibt stehen, blickt Paulina an und legt ihr schützend die Hände auf die Schultern.

»Es geht um deine Mutter …«, sagt er zu ihr.

»Was?«, fragt sie und spürt, dass alles um sie herum – die Reste des Frühstücks, der grüne Garten, die weiß-gelb-gestreifte Markise – in tausend Teile zerspringt wie ein edel geschliffenes Kristallglas, das auf einen Steinboden fällt.

»Was ist passiert?«, erkundigt sich Tante Sofía nervös.

»Das Dienstmädchen war eben in ihrem Zimmer. Sie hat sie tot aufgefunden.«

Sofía krümmt sich und stöhnt schmerzerfüllt auf. Paulina kneift die Augen zu und lässt ihren Tränen freien Lauf.

»Sie hat sich umgebracht«, sagt sie. Es ist eine Feststellung, keine Frage.

Ein Blick ihres Onkels genügt zur Bestätigung.

»Wieso habe ich sie bloß in Madrid allein gelassen? Das hätte ich mir doch denken können, oder? Wie konnte ich nur so egoistisch sein?«, schluchzt ihre Tante.

Paulina dagegen ist ganz ruhig. Eine Tragödie, die man bereits erwartet, trifft einen anders, wenn sie eintritt. So war es bei Julia, als sie das Schreiben der Wehrmacht mit der Nachricht vom Tod ihres Mannes erhielt; so war es bei ihr selbst, als sie, damals noch ein Kind, Otto und Heinz an jenem Morgen durch die Tür gehen sah. Sie hatte bereits gewusst, dass ihre Mutter sterben würde, das begreift Paulina in diesem Moment. Und mehr noch: Sie hatte schon seit geraumer Zeit Ja zum Tod gesagt.

Wie in einem der Filme, die sie im Sommerkino gesehen hat, läuft vor Paulinas geistigem Auge eine Reihe von Bildern ab. Julia, die sich am Frisiertisch die Lippen schminkte, bevor sie in die Oper ging, während sie selbst, kaum vier Jahre alt, auf dem Ehebett saß und ihr voller Bewunderung dabei zusah. Julia, die sie an jenem Tag, als sie sie zum letzten Mal bei Anna abholte, schweigend gewiegt hatte; die sie in einem stickigen Keller in die Arme schloss, damit Paulina, inzwischen schon ein großes Mädchen, nicht so heftig zitterte. Die ihr flüchtig über das Haar gestreichelt hatte, als sie sie noch vor wenigen Monaten naiv mit ihren guten Noten überraschen wollte.

Dies ist eine Geschichte, die aus einzelnen Bildern besteht, die nach und nach verblassen, deren Farben ausbleichen und die sich wie ein zarter Nebel auflösen. Die Geschichte einer starken, lebensfrohen Frau, die jeden Tag ein Stück mehr ausgelöscht wurde, bis sie einfach so mit einem Lufthauch verschwand.

Jetzt bin nur noch ich übrig, denkt Paulina. Und es ist, als wäre ihr Leben, das doch gerade erst begonnen hat, schon vorbei.

5

Alles war eine Sinnestäuschung. Das Sonnenlicht über dem Meer, der Duft der Blumen im Garten und der Klang der nächtlichen Musik sind verschwunden. Stattdessen sind die alten Bekannten wieder da: Trauer, Schmerz und Einsamkeit. Das trügerische Glück der letzten Wochen war nichts anderes als eine große Lüge. Es ist kein Albtraum, aus dem Paulina erwachen wird, nein, sie ist wach und nun dahin zurückgekehrt, wo sie hingehört. Und dieser Ort liegt im Dunkeln, unter dem langen Schatten des Unglücks.

Die Rückreise nach Madrid unterscheidet sich sehr von der Hinreise. Diesmal gibt es nichts als Tränen. Anstatt Agatha Christie zu lesen, blickt Paulina aus dem Fenster, ohne die Landschaft, die sie durchqueren, wahrzunehmen. Ihr ist alles egal. Onkel, Tante und ihr Cousin bemühen sich erfolglos, sie zu trösten. Die drei gehören zu jener Welt des Lichts, die sich als heimtückisch und falsch erwiesen hat.

Bei ihrer Ankunft in der Calle Velázquez sucht sie gleich nach dem Dienstmädchen, das den Leichnam ihrer Mutter gefunden hat. Ihren Onkel und ihre Tante hat Paulina nicht fragen wollen, diese würden nur versuchen, ihr die unangenehmen Einzelheiten zu ersparen, aber sie muss es wissen. Das Dienstmädchen ist noch jung, beinahe so jung wie sie, und erst vor wenigen Monaten aus ihrem Dorf gekommen. Milagros hat pechschwarze Augen und eine hübsche, üppigere Figur als Paulina. Auch sie hat es bisher sicher nicht leicht gehabt im Leben. Als sie Paulina in der Küchentür erblickt, ernst und in Trauerkleidung, beginnt sie haltlos zu weinen. Die aufrichtigen Tränen der jungen Hausangestellten spenden Paulina mehr Trost als die Unterstützung ihrer Familie.

»Erzähl mir bitte alles.«

»Sind Sie sicher, dass Sie es hören wollen?«

»Ja.«

»Ich weiß nicht, ob ich das tun sollte.«

»Bitte, Milagros.«

»Na gut … Es war schon nach halb zehn, als ich Señora Julias Zimmer betrat. Die Köchin hatte sich darüber gewundert, dass sie noch nicht nach dem Frühstück gefragt hatte, und mich gebeten, nachzuschauen, ob sie krank sei. So dünn und traurig, wie sie war, haben wir uns alle große Sorgen um sie gemacht. Jetzt, da die Familie ans Meer gefahren war, fühlten wir uns ein Stück für sie verantwortlich.«

»Erzähl mir, was du gesehen hast, als du die Tür aufgemacht hast.«

»Ach, Señorita. Selbst ich bekomme doch das Bild kaum aus meinem Kopf, dabei kannte ich sie fast gar nicht. Wie muss es dann Ihnen ergehen? Immerhin sind Sie ihre Tochter …«

»Ich muss es wissen.«

»Als ich das Zimmer betrat, sah ich sofort, dass etwas passiert sein musste. Señora Julia war ganz still und gab keine Antwort, als ich sie ansprach. Also zog ich schnell die Jalousien hoch, und da sah ich, dass das Bett voller Blut war. Sie hatte sich die Pulsadern aufgeschnitten«, erzählt Milagros mit gebrochener Stimme.

Überwältigt von der Vorstellung, schließt Paulina die Augen. Da hat sie eine Eingebung.

»Sie hat sich mit dem Glas des Fotorahmens geschnitten, oder? Ich meine das Foto meiner Brüder auf der Kommode.«

Das Dienstmädchen nickt tränenüberströmt.

Aber da ist noch etwas anderes.

»Ihre Mutter hat etwas für Sie auf den Schaukelstuhl gelegt«, sagt sie. »Ich hole es.«

Ein paar Minuten später kommt sie zurück und trägt ein Fotoalbum mit granatrotem Lederumschlag in den Händen.

»Es war ein Zettel darauf, auf dem ›Paulina‹ stand«, erklärt die junge Frau.

Paulina zieht sich in ihr Zimmer zurück und betrachtet noch einmal die alten Fotos, bis sie findet, wonach sie sucht: Zwischen den satinierten Seiten steckt ein zweifach gefalteter Briefbogen. Sie faltet ihn vorsichtig auseinander und liest die wenigen Zeilen des Abschiedsbriefs:

Liebe Paulina!
Verzeih mir, dass ich Dich so feige im Stich lasse, aber ich musste die Gelegenheit nutzen, da Du fort warst, um diesem Leben ein für alle Mal ein Ende zu setzen. Bitte versteh mich, ich flehe Dich an. Es gibt eine Grenze, wie viel Leid ein Herz ertragen kann, und ich habe meine längst erreicht.
Ich habe Dich mit der letzten mir verbliebenen Kraft an einen Ort gebracht, an dem Du die Chance bekommst, ein neues Leben zu beginnen, und versuchen kannst, glücklich zu werden. Für mich ist es zu spät, aber Dir kann es gelingen. Du bist stark. Als du mir vor ein paar Monaten Deine hervorragenden Noten gezeigt hast, wusste ich, dass Du es schaffen würdest. Ich bin so stolz auf Dich, mein Kind, auch wenn ich Dir das nicht habe sagen können.
Ich bitte Dich um einen letzten Gefallen: Bewahre diesen Brief nicht auf. Verbrenne ihn, wenn du ihn gelesen hast. Ein rückwärts, in die Vergangenheit gerichtetes Leben wird Dich nur unglücklich machen, und Du weißt, dass ich aus Erfahrung spreche. Erinnere Dich an die guten Zeiten, und vergiss nicht, dass wir einmal glücklich waren. Du darfst nicht zulassen, dass diese Erinnerung verlöscht. Aus diesem Grund möchte ich, dass Du das alte Fotoalbum bekommst.

Bitte verzeih mir, dass ich Dir auch noch diesen Schmerz zufüge, aber ich kann nicht anders.
Es liebt Dich sehr,
Mutti

Sie hält sich den Briefbogen vor das Gesicht und versucht, ein letztes Mal den Duft ihrer Mutter einzufangen, ehe er endgültig verfliegt. Schluchzend liest sie noch einmal die Stelle über ihre guten Noten. Sie würde alles dafür geben, ihre Mutter noch einmal in die Arme nehmen und den Kopf in ihren warmen Schoß legen zu können. Sie bemerkt, dass auf der letzten Seite des Albums nun sorgfältig das Foto von Otto und Heinz in ihren HJ-Uniformen eingeklebt ist. Julia musste es aus dem Rahmen genommen haben, damit es nicht von Blut befleckt würde, eine letzte mütterliche, schützende Geste.

Paulina holt tief Luft, um sich zu sammeln, während die Botschaft ihrer Mutter langsam den Weg in ihr Bewusstsein findet. Sie muss auf sie hören. Unbedingt. Sie muss sich um jeden Preis aus diesem Schattenreich herauskämpfen und die Traurigkeit abschütteln. Auch wenn die Aufgabe ungeheuer schwer ist, sie muss versuchen, glücklich zu werden. Und sie kann es schaffen, so wie es im Brief steht.

»Danke, Mutti«, flüstert sie.

Sie holt in der Küche eine Streichholzschachtel und schließt sich im Badezimmer ein. Dort legt sie das Album neben sich, die letzte Spur eines Lebens, das es nicht mehr gibt, die einzigen Überreste aus dem Schiffbruch.

Ganz gehorsame Tochter, zündet Paulina das Streichholz an und streicht mit der Flamme sanft über den Abschiedsbrief. Sekunden später liegt nur noch ein kleines Aschehäuflein auf dem Waschbecken.

DAS GEHEIMNIS

Madrid, 1949

1

Schon seit über einer Stunde wälzt sie sich im Bett, aber noch immer ist sie nicht eingeschlafen. Und das wird sie wohl auch noch eine ganze Weile nicht tun. Paulina liegt unter den Laken und streichelt ihre nackte Haut unter dem dünnen Stoff ihres Nachthemdes. Ihre weichen Fingerspitzen streichen ihre Oberschenkel entlang, bis sie an der empfindlichsten Stelle, ganz nah bei ihrer feuchten Vagina, ankommen. Rasch gleiten ihre Hände über ihren glatten Bauch und ihre festen Brüste. Vorwegnehmend, was in wenigen Minuten passieren wird, schlüpft ein ungeduldiger Finger in die feuchte Ritze. »Nein, noch nicht«, sagt sie sich. »Halte noch ein bisschen aus.« Wenn sich die Tür nicht bald öffnet, wird sie verrückt.

Sie bleibt reglos liegen und lauscht auf die Stille im Haus. Es ist bald ein Uhr morgens. Der Winterwind peitscht gegen die Balkonfenster, aber das spielt im Moment keine Rolle. In der schützenden Vertrautheit ihres Bettes gibt es nur Fleisch und Hitze. Noch ein bisschen, dann ist es so weit. Wie in jeder Nacht seit ein paar Monaten.

Es begann am Tag ihres siebzehnten Geburtstags, als sie mit Freunden in einem der großen Kinos an der Gran Vía *Gangster in Key Largo* sahen. Wie üblich war auch ihr Cousin dabei. Er, der immer so charmant und gut aufgelegt war, war nach Julias Selbstmord zu ihrer wichtigsten Stütze geworden. Manuel war keiner, der lange Gespräche führte oder ihr seine Schulter anbot, damit sie sich ausweinen konnte. Stattdessen machte er Vorschläge, um sie aus dem Haus zu locken, und half ihr so, sich abzulenken. Alles an ihm war eine Einladung, die Augen zu schließen und ohne einen Blick zurück davonzulaufen.

Er ist ein bisschen oberflächlich, dachte sie, aber vielleicht brauche ich ja genau das. Und letztlich war er der Einzige, an den sie sich halten konnte, denn die traurige Wahrheit war, dass es sonst niemanden auf der Welt gab, der sich ernsthaft Sorgen um Paulina machte. Ihr Onkel und ihre Tante ruhten sich auf ihrem guten Gewissen aus, das Mädchen bei sich aufgenommen zu haben, und schenkten ihr nicht sonderlich viel Aufmerksamkeit, und die Nonnen in der Schule hatten ihr lediglich empfohlen, Trost bei der Jungfrau María zu suchen. Und so blieben ihr nicht viel mehr Möglichkeiten, als sich treiben zu lassen und den einfachen Weg zu wählen, den Manuel ihr anbot.

Mit ihrem durchscheinenden Teint, ihren hellen Augen und ihrem fremdländischen Aussehen stach Paulina unter den anderen Mädchen heraus, sie wirkte so exotisch wie eine der Schauspielerinnen, die sie häufig auf der Kinoleinwand sahen. Ihr noch immer recht ausgeprägter deutscher Akzent verstärkte dieses Gefühl des Andersseins. Sie hatte etwas Kostbares, Seltenes an sich, wie ein Objekt, das man nur kurze Zeit bewundern darf, bevor man es auf die höchste Ablage in der Vitrine zurückstellt. Und dennoch strahlte ihr Gesicht noch immer etwas Zartes, ja Kindliches aus. Paulina war sich ihrer Wirkung auf Männer bewusst, aber ihr Cousin hatte wie selbstverständlich die Rolle des Wachhunds übernommen, der keinem der jungen Männer aus der Clique auch nur den geringsten Annäherungsversuch erlaubte. Anfangs hatte es den Anschein, als handelte es sich um einen bloßen Beschützerinstinkt, wie ihn auch ein älterer Bruder entwickeln würde, doch schon bald wurde, zumindest für sie beide, offensichtlich, dass es mehr war als das.

»Wenn du so weitermachst, bekomme ich nie einen Freund«, scherzte sie.

»Darüber brauchst du dir keine Gedanken zu machen«, erwiderte er lächelnd.

So lief es eine Weile weiter, es war ein mehr oder weniger

unschuldiger Flirt. Obwohl ihre Doppeldeutigkeiten und ihr geheimes Einvernehmen von Tag zu Tag offensichtlicher wurden, blieben sie zu Hause unbemerkt. Onkel Manuel hatte nichts als sein Geschäft im Sinn und eilte von einer Sitzung zur anderen, und Tante Sofía vermochte es nach wie vor, die Augen vor allem, was sie nicht sehen wollte, zu verschließen. Auf ihre Weise war auch sie eine Überlebende. Bisweilen bedachte eins der jungen Dienstmädchen sie mit einem missbilligenden Blick, wenn sie die beiden kichernd in einer dunklen Ecke des Flurs überraschte, aber das verlieh dem Ganzen nur noch größeren Reiz.

An ihrem Geburtstag hatte Paulina die Freunde nach dem Film zu einem kleinen Imbiss eingeladen. Sie machten es sich auf den Sofas eines der gerade angesagten »amerikanischen Cafés« in der Nähe der Kinos bequem. Dort packte sie ihre Geschenke aus, einen Seidenschal und eine herrliche Ausgabe von *Jane Eyre*, die Menchu, eine Klassenkameradin, ausgesucht hatte. Auf dem Heimweg begleiteten Cousin und Cousine die Freundin bis zu ihrer Haustür in der Calle Jorge Juan und gingen dann das verbleibende Stück allein nach Hause. Die Nacht war eisig kalt. Paulina trug einen von einem Dior-Entwurf inspirierten marineblauen Mantel im Sanduhr-Schnitt, der bis unter die Knie reichte und in der Taille mit einem engen Gürtel verschlossen war. Ihre Schritte hallten durch die nahezu menschenleere Straße, und der Rauch von Manuels Zigarette löste sich in der frischen, dunklen, anregenden Luft auf.

Als sie den Hausflur betraten, schob er sie in den kleinen Flur des Dienstboteneingangs, den am Sonntag, dem freien Tag der Hausangestellten, niemand benutzte. Keiner der beiden sagte etwas: Die richtigen Worte zu finden war nicht leicht.

Im Halbdunkel ihres Verstecks waren nur ihre heftigen Atemzüge zu hören. Manuels schlanker, aber dennoch kräftiger Körper kam ihr sehr nah: Er roch nach schwarzem Tabak und Rasierwasser. Sein Mund mit den feingeschwungenen Lippen und leicht schiefen Zähnen war auf Paulinas Augenhöhe. Seine dunklen Augen bekamen einen neuen Glanz. Hochgewachsen und dunkel, wie er war, übte er schon im Alter von einundzwanzig Jahren den eigentümlich unvollkommenen, sinnlichen und geradezu gefährlichen Reiz aus, den er bis zuletzt behalten sollte. Sie knöpfte ihren Mantel auf und ließ zu, dass seine Hände über ihren noch unerforschten jugendlichen Körper strichen.

»Alles Gute zum Geburtstag«, flüsterte er ihr ins Ohr.

Sie unterdrückte ein Stöhnen und umarmte ihn.

Manuel küsste sie so innig, dass für einige Minuten alles um sie herum – der Flur, das Haus, die ganze Welt – in einem unwirklichen, dichten Nebel versank.

Seit jenem Tag vor fast zwei Monaten lebt Paulina wie in einem Traum oder vielmehr wie im Rausch. Die Grenze, die sie in jener Nacht überschritten, führte sie auf ein Terrain, von dem es kein Zurück gibt. Obwohl sie ihren schulischen Pflichten weiterhin nachkommt und die Farce ihrer alltäglichen Routine beibehält, dreht sich in ihrem Kopf alles nur noch um eins.

Es könnte keinen krasseren Widerspruch geben zwischen dem, was sie tut, und dem, was ihr in der Schule darüber eingetrichtert wird, wie ein Mädchen wie sie angeblich zu sein hat. Während ihre Mitschülerinnen noch kichernd und hinter vorgehaltener Hand über einen heimlichen Kuss ihrer Freunde sprechen, für den sie eilig nach der Beichte mit ein paar Vaterunsern Buße tun, hat Paulina längst sämtliche Regeln gebrochen. Sie mag zwar die gleiche Schuluniform mit Faltenrock und weißer Bluse tragen wie die anderen, doch sie lebt in einer anderen Galaxie. Wenn die Nonnen ihnen predigen, sie sollten sich hüten, »ihre Blume zu früh pflücken zu lassen«, sieht Paulina vor ihrem geistigen Auge leuchtende Farben, samtene Blütenblätter und die feuchte, klebrige Sinnlichkeit von Pollen.

In hellsichtigen Momenten wird ihr bewusst, dass sie schreckliche Angst hat, aber sie ist schon seit einer geraumen Weile nicht mehr Herrin über ihre Taten, zumindest nicht der nächtlichen. Tief in ihrem Inneren weiß sie, dass diese Geschichte zwangsläufig auf eine Hochzeit hinausläuft, die ihr eigentlich widerstrebt, aber nun hat sie sich so weit in einen gefährlichen und zugleich doch warmen, tiefen und wohlig umhüllenden Tunnel vorgewagt, dass sie nicht mehr einfach kehrtmachen und weglaufen kann.

Jede Nacht spürt sie den unwiderstehlichen Schwindel vor dem Sprung ins Leere. Die enorme, unerschöpfliche und vollkommene Lust, die sie gerade erst entdeckt hat, nimmt alles ein.

Sie hat einen Höhepunkt nach dem anderen, wenn sie mit Manuel zusammen ist oder sich allein in ihrem Zimmer daran erinnert, was sie miteinander getan haben. Manchmal muss sie sich regelrecht zusammenreißen, um sich nicht von ihren Empfindungen überwältigen zu lassen, wenn er sie in Gegenwart von Onkel und Tante bei Tisch einen Moment länger ansieht als sonst oder sie beim Betreten des Aufzugs zufällig streift.

»Hast du heute Abend Zeit für mich? Dann statte ich dir einen kleinen Besuch ab«, raunt er ihr leise zu, wenn sie sich vor dem Mittagessen beim Händewaschen im Bad begegnen.

Und von allem, was Paulina ausmacht, ihrem Herz und ihrem Verstand, ihrem Willen und ihrer Erinnerung, bleibt nur noch dieses warme Gefühl in der Vagina, die Feuchtigkeit in ihrer Unterwäsche. Diese irrsinnige Angst.

So ist es auch in diesem Moment, da sie ihre Hände unter den Laken wieder an den Oberschenkeln herabgleiten lässt. Die Uhr auf ihrer Kommode hat gerade ein Uhr geschlagen, als sie endlich hört, wie sich vorsichtig Schritte nähern, darauf bedacht, kein Geräusch zu machen, und wie sich der Türknauf mit einem leisen Quietschen dreht.

»Ich nehme an, du bist noch wach«, flüstert Manuel, während er die Hose hinunterstreift. Zeit für Küsse und Liebkosungen mag es nachher geben, wenn sie fertig sind: Jetzt ist das Verlangen zu groß.

Paulinas Verstand setzt aus. Die Luftangriffe in Berlin, das absurde Opfer von Otto und Heinz, die immer stärker verblassende Erinnerung an ihren Vater und sogar Julias tragischer Selbstmord vor knapp zwei Jahren: Alles verschwindet. Wie gestern und wie morgen wird sie auch in dieser Nacht nur ein kleines, wildes Tier sein, das seinem Instinkt folgt. Sie fürchtet in diesem Augenblick nicht einmal, sie könnten entdeckt werden, was mit Sicherheit dazu führen würde, dass sie nicht länger bei ihrer Tante und ihrem Onkel wohnen bleiben könnte und das fragile Gleichgewicht ihres Lebens von einem Moment auf den anderen zerstört würde.

Es ist gut möglich, dass die noch immer verwirrte und unerfahrene Paulina den posthumen Auftrag ihrer Mutter, glücklich zu werden, mit diesem allzu einfachen, aufregenden, überschäumenden Rausch verwechselt, doch die Lust lässt keinen Raum für Traurigkeit: Gibt es etwas Wirkungsvolleres, um sich selbst zu beweisen, dass sie noch lebendig ist?

2

Die Lateinstunde beginnt pünktlich um neun Uhr. Paulina trinkt rasch einen Schluck Milchkaffee und packt die Bücher. Wenn sie heute nicht schon wieder zu spät kommen will, muss sie sich beeilen. Seit Manuels nächtliche Besuche begonnen haben, bekommt sie nicht genügend Schlaf, und es fällt ihr immer schwerer aufzustehen. Das Ende des Schuljahres ist nah, und sie möchte nicht, dass ihr die Ausrutscher der letzten Monate das hervorragende Zeugnis verderben, dem sie es zu verdanken hat, dass sie zu den wenigen Schülerinnen gehört, die an die Universität gehen. Sie hat bereits mit ihrem Onkel und ihrer Tante besprochen, dass sie nach dem Sommer Philosophie und Literaturwissenschaft studieren wird. Insgeheim bemitleidet Paulina viele ihrer Klassenkameradinnen aus dem Colegio Loreto, deren Leben sich schon bald nur noch um einen Ehemann und das Ziel drehen wird, eine Schwangerschaft an die andere zu reihen, wie es das Los der meisten Mädchen im Stadtteil Salamanca ist.

Um Viertel vor neun will sie zur Tür eilen, voller Furcht vor einem Tadel, wenn sie wieder zu spät ist, aber dann stutzt sie mit einem Mal. Wie eine Spionin drückt sie sich in eine Ecke des Flurs und beobachtet eine verstörende Szene. Von ihrem improvisierten Versteck aus verfolgt sie, wie ihre Tante Sofía dem jüngsten der Dienstmädchen mit ernster Miene ein dickes Bündel Geldscheine reicht. Beschämt verbirgt die junge Frau ihr hübsches Gesicht und bricht auf dem Rückweg in die Küche in haltloses Weinen aus.

Obwohl Paulina spät dran ist, wartet sie in der Nähe der Haustür, bis sie das Dienstmädchen in bescheidener Straßenkleidung und mit einem Pappkoffer in der Hand herauskommen sieht. Es ist offensichtlich, dass sie entlassen wurde. Sie schaut ihr nach, wie sie mit hängenden Schultern und gesenktem Blick die Straße hinuntergeht und die Wohnung hinter sich lässt, in der sie in den vergangenen Jahren von früh bis spät gearbeitet hat. Es ist Milagros, das Dienstmädchen, das Julias Leichnam in ihrem blutgetränkten Bett gefunden hatte. Paulina würde gern zu ihr gehen und ein paar freundliche Worte sagen, spürt aber irgendwie, dass sie es nicht tun sollte. Sie hat nicht den Mut, ihr auf die Schulter zu tippen, um sich zu verabschieden und ihr Glück zu wünschen.

Es gibt Zeiten, in denen man die Wahrheit schon lange ahnt, besonders ihre unbequeme, schäbige Seite, bevor man sie akzeptieren kann. Unser Bauchgefühl hat uns etwas voraus, doch wir fordern noch mehr Beweise, noch mehr Fakten, bevor wir etwas anerkennen, von dem wir tief im Inneren längst wissen, dass es so ist.

Nachdem sie sich den ganzen Morgen nur mit Mühe wach gehalten hat, was während des Latein- und Religionsunterrichts geradezu an ein Wunder grenzte, kehrt sie mittags in die Calle Velázquez zurück. Trotz ihrer Erschöpfung freut sie sich darauf, Manuel beim Mittagessen zu sehen, ihm bei seinen Anekdoten aus der Fakultät zuzuhören und abermals so zu tun, als würden sie sich nur zufällig berühren, wenn sie sich den Salzstreuer oder den Krug Wasser reichen. Aber heute ist ihr Cousin seltsamerweise nicht da. Das Mittagessen ist eigentlich heilig, es ist die einzige Zeit am Tag, zu der ihr Onkel immer zu Hause ist, und er möchte seine Familie dann vollzählig um den Tisch versammelt wissen.

»Wo ist Manuel?«, fragt er in der Tat, als er ins Esszimmer kommt und sieht, dass der lange Mahagonitisch nur für drei gedeckt ist.

»Er wurde in der Universität aufgehalten«, antwortet Sofía und wirft ihrem Gatten einen bedeutungsvollen Blick zu, der Paulina nicht entgeht.

Sie nehmen Platz und beginnen mit dem ersten Gang. In der Mittagssonne funkeln die prächtige Suppenschüssel und die beiden riesigen Kandelaber aus Silber, die auf einem mit Spitze verzierten Deckchen auf dem Büfettschrank stehen. Die in Gelb- und Beigetönen tapezierten Wände, die schweren Samtvorhänge, der Lüster mit den Kristalltropfen … Über allem liegt eine merkwürdige, spannungsgeladene Stille. Paulina beschließt, der Sache auf den Grund zu gehen.

»Als ich heute Morgen in die Schule gegangen bin, habe ich gesehen, wie Milagros mit einem Koffer davonging. Arbeitet sie nicht mehr hier?«

»Sie hat eine Stelle in einem anderen Haushalt gefunden, wo sie etwas mehr Geld bekommt«, antwortet Sofía. »Die jungen Dinger heutzutage sind nicht mehr so treu wie früher. Als dieses Mädchen hier anfing, wusste sie nicht mal, wie man einen Boden schrubbt, und jetzt ist sie für ein paar zusätzliche Duros auf und davon. Und dann hatte sie auch noch die Frechheit, mich um ein Zeugnis zu bitten.«

Anders als ihre Tante und ihr Onkel, für die die Nachkriegszeit sich nahezu als Glücksfall erwiesen hatte, weiß Paulina, was es heißt, Hunger und Kälte zu leiden, und versteht, dass diese paar, mit solcher Verachtung erwähnten Duros für eine junge Frau vom Lande enorm wichtig sein können. Vielleicht würden diese paar Duros dazu verhelfen, dass eine Schar jüngerer Geschwister, die in Paulinas Vorstellung barfuß über ungepflasterte Straßen laufen, jeden Tag etwas Warmes zu essen bekäme.

Allerdings weiß ihre Tante nicht, dass Paulina gesehen hat, wie sie dem Dienstmädchen ein Bündel Geldscheine gegeben hat, und so etwas macht man nicht mit jemandem, der eine andere Arbeitsstelle gefunden hat. Paulina zieht es vor, zu schweigen und ihre Überlegungen für sich zu behalten. Wenn Sofía lügt, und das tut sie ganz offensichtlich, muss Paulina auf anderem Wege an Informationen herankommen.

Das gelingt ihr leichter als gedacht. Kurz darauf ist der Kunstlehrer ihrer Tante da, ein junger, schlanker Bursche, der einmal wöchentlich kommt, um Sofía dabei zu helfen, ihr künstlerisches Talent weiterzuentwickeln. Paulina hat ein paar Mal mit ihm geplaudert, und er scheint ein netter Kerl mit einem gewissen Charisma zu sein, auch wenn sie, voll und ganz von ihrem ungeheuerlichen Abenteuer gefangen genommen, im Grunde kaum auf ihn geachtet hat. Sie hat nicht einmal bemerkt, wie der Maler sie ansieht, wenn sie sich zufällig im Flur begegnen oder sie an dem kleinen Salon vorübergeht, in dem der Unterricht stattfindet.

Ihr Onkel hat sich mit einem Besucher in sein Arbeitszimmer zurückgezogen. Der Zeitpunkt ist günstig, um den langen Flur hinunterzugehen und durch die Tür in den Dienstbotentrakt zu schlüpfen. Der Teil der Wohnung auf der anderen Seite der Trennwand könnte nicht unterschiedlicher sein. Aus dem glänzenden Parkettboden der herrschaftlichen Räume wird plötzlich ein bescheidener Fliesenboden; hier gibt es keine breiten Fensterfronten, nur ein paar Fensterchen zu einem lauten Innenhof, in dem sich sämtliche Küchengerüche des Gebäudes sammeln. Auch die Tür, die die beiden Teile der Wohnung trennt, hat ein doppeltes Gesicht: mit Nussbaumfurnier auf der Seite zum Flur und in schlichtem Weiß lackiert auf der Seite des Personals.

Die Köchin sitzt nach dem Abwasch auf einem niedrigen Holzstuhl und genehmigt sich gerade ein Päuschen, in der Hand eine Tasse Kaffee. Sie ist eine füllige, alte Frau, die schon vor mehr als dreißig Jahren in ihrer Heimatstadt Málaga in die Dienste der Familie Montero eingetreten ist. Sie ist so lange bei der Familie, dass sie kein Blatt mehr vor den Mund nimmt. Und da sie den Ruf hat, eine Klatschbase zu sein, ist sie genau die Person, die Paulina treffen wollte.

»Guten Tag, Encarna. Ob du mir bitte auch einen Kaffee machen kannst, wie du ihn trinkst? Ich bin beim Lernen in meinem Zimmer auf einmal schrecklich müde geworden«, sagt sie mit einem freundlichen Lächeln, um das Vertrauen dieser Frau zu gewinnen, die sie, wie sie nun bemerkt, bisher kaum kennt, obwohl sie seit drei Jahren unter einem Dach mit ihr lebt.

»Selbstverständlich, Señorita. Ich bringe Ihnen sofort einen.«

»Mach dir keine Umstände, ich kann einen Moment warten. Jetzt, wo Milagros nicht mehr da ist, hast du sicher alle Hände voll zu tun ...«, erwidert sie und achtet aufmerksam auf die Reaktion in Encarnas Gesicht.

»Ehrlich gesagt, überrascht hat es mich nicht. Das war zu erwarten.«

Paulina hat keine Ahnung, wovon die Köchin spricht, aber sie beschließt, den Faden aufzugreifen.

»Natürlich«, stimmt sie ihr vorsichtig zu. Es ist offensichtlich, dass die Köchin in Plauderlaune ist.

»Sie wurden immer unvorsichtiger«, erzählt Encarna, während sie die Hände an ihrer Schürze abwischt. »In letzter Zeit haben sie sich nicht einmal mehr die Mühe gemacht, leise zu sein. Um zwei oder drei Uhr in der Frühe haben sie uns aus dem Schlaf gerissen. Weiß der Himmel, was er wohl bis dahin getan hat! Also bin ich in ihr Zimmer gegangen, und nach dem Lärm, den die beiden veranstalteten, haben sie sich wohl prächtig amüsiert. Es wundert mich nicht, dass er sie geschwängert hat.«

Paulinas Eingebung vom Morgen wird zur Gewissheit, wie ein Regenschauer, der nicht so schlimm zu sein scheint, bis er in der Kälte zu Eis wird. Mit einem Mal erwacht sie aus ihrer Blindheit und muss sich der entsetzlichen Tatsache stellen: dem Betrug und ihrer eigenen Dummheit, nicht zu wissen, was, nach Encarnas Bericht zu urteilen, ein offenes Geheimnis war.

»Manuel?«, wagt sie zu fragen.

»Wer sonst?«, erwidert die Köchin. »Aber, Señorita, wussten Sie das denn nicht? Hoffentlich habe ich mich nicht verplappert!«

»Wie hätte mir das verborgen bleiben sollen, Encarna?«, lügt Paulina im Hinausgehen, während sie mit den Tränen kämpft. »Das Zimmer meines Cousins ist doch genau gegenüber von meinem! Ich habe ihn oft nachts zum Dienstbotentrakt schleichen hören. Ich habe mir schon gedacht, dass es etwas in der Art sein würde.«

Es gelingt ihr gerade noch, Haltung zu bewahren, bis sie ihr Schlafzimmer erreicht, wo sie schluchzend aufs Bett sinkt. Den ganzen langen Nachmittag versucht sie, sich zu erklären, was passiert ist. Denkt er, sie wisse nichts von Milagros, obwohl sich die beiden augenscheinlich keine große Mühe gemacht haben, es zu verbergen, oder denkt er, schlimmer noch, es sei ihr egal, weil die einfache Hausangestellte ohnehin für sie keine Konkurrenz sei? Sie weiß, dass manche Männer aus gutem Hause der Ansicht sind, sie hätten ein Recht darauf, mit den Dienstmädchen ins Bett zu gehen, ohne dass es ihr offizielles Liebesleben in irgendeiner Weise beeinträchtigt. Wusste die hübsche Hausangestellte, dass ihr Geliebter zuerst bei seiner Cousine war, bevor er zu ihr kam? Das ist es, was Paulina vermutlich am meisten anwidert. Und wenn sie selbst schon seit mehr als sechs Monaten mit ihrem Cousin schläft, wie lange hat er es dann wohl mit Milagros getrieben?

Doch sei es, wie es sei. Manuels Taten sind auf keinen Fall zu rechtfertigen. Und da er ihr wohl kaum eine vernünftige Erklärung geben kann, macht es wohl wenig Sinn, ihn danach zu fragen. Und so igelt Paulina sich abermals ein.

Als ihr in dieser Nacht gerade die Augen zufallen wollen, hört sie wieder die durch den Flur herantappenden Schritte, das leise

Quietschen des Türknaufs und Manuels Stimme, die wie immer fragt, ob sie noch wach ist. Sie hat ihn den ganzen Tag nicht gesehen, auch beim Abendessen nicht, und dachte schon, er würde heute nicht in ihr Zimmer kommen.

Sie lüpft ihr Nachthemd, macht die Beine breit und wirft den Kopf in den Nacken. Ihr Cousin stammelt etwas, aber er ist zu betrunken, als dass sie ihn verstehen könnte. Er riecht nach Whisky.

»Feste«, fordert Paulina, und er gehorcht. Er dringt mit einer nicht gekannten Wut in sie ein und quetscht ihre Brüste so grob, dass sie noch tagelang Male seiner schlanken, kräftigen Finger auf der Haut trägt.

Wie ich dich hasse, denkt Paulina, während sie ihn voller giftigem Zorn kratzt und beißt. Jetzt weiß ich, wie du auf die Idee gekommen bist, mich am Dienstboteneingang zu küssen, wer dir diesen Dienstmädchentrick eines Sonntagnachmittags beigebracht hat.

Sie wendet sich ab und presst das Gesicht ins Kissen, wie um ihr Stöhnen zu ersticken, damit er die Tränen in ihren hellen Augen nicht sieht. In ihren enttäuschten und verratenen Augen.

Es ist alles aus, oder zumindest denkt sie das jetzt.

DER ABSCHIED

Berlin, August 2016

1

Mit dem Brief ihres Urgroßvaters Otto sitzt Alicia auf dem Hotelbett. Sie weint lange, bis sie im Morgengrauen aus purer Erschöpfung einschläft. Ihre Traurigkeit rührt nicht von dem Inhalt des Briefes her, der bei aller Tragik letztlich die gleichgültige Kälte eines historischen Dokuments besitzt. Und sie hat mit einer gewissen Erleichterung zur Kenntnis genommen, dass ihre Vorfahren keine überzeugten Nazis waren, ein Thema, das sie nie den Mut gehabt hatte, Paulina gegenüber anzuschneiden.

Sie schmerzt der Gedanke an ihre Oma, ihre arme Oma, die in diesem Albtraum ausharren musste, den sie sicherlich nie ganz verwinden konnte. Es ist kaum vorstellbar, was sie in ihrer Kindheit alles erlebt haben musste. Und nun, da Alicia es endlich versteht, kann sie nicht mehr mit ihr sprechen oder den Versuch machen, sie zu trösten.

Paulina Hoffmann hatte über diese Zeit nie mit den Erwachsenen gesprochen. Dennoch war sie gern mit ihrer Enkelin in die Erinnerungen eingetaucht und hatte lachend daran gedacht, wie ihre Brüder ihre Weißblechautos an den absurdesten Orten vor ihr versteckt hatten, an Spiele in der Schule oder die witzige Tollpatschigkeit ihres Vaters, der sich nicht die Fliege selbst binden konnte, wenn die Eltern zur Premiere in die Staatsoper gingen.

Momente des vollkommenen Glücks, noch unversehrt, verborgen in den entferntesten und geheimsten Winkeln ihres Herzens. Augenblicke der Zartheit, die ihr so ungerechterweise entrissen worden waren, dass nur der noch unschuldige Blick eines kleinen Mädchens sie retten konnte.

Alicia ist mit Kopfschmerzen und diesem dumpfen Gefühl erwacht, das sich oft nach langem Weinen einstellt. Sie bestellt beim Zimmerservice einen Kaffee und ein Croissant und wäscht sich mit eiskaltem Wasser das Gesicht. Am Abend zuvor war sie aus der geerbten Wohnung gerannt, ohne irgendetwas mitzunehmen, und so zieht sie die Kleidung vom Vortag wieder an und macht sich auf den Weg zur Kastanienallee.

Als sie durch die Haustür tritt, sieht sie einen korpulenten Mann mit grauem Schnurrbart in einem kurzärmeligen weißen Hemd. Er sitzt an dem Tisch neben den Briefkästen und ist in eine Zeitung vertieft. Es ist Montag, der Hausmeister ist wieder im Dienst. Er schaut auf und begrüßt sie höflich.

»Guten Tag«, antwortet sie. »Ich bin die Enkelin von Paulina Hoffmann, der Besitzerin der Wohnung im ersten Stock links. Ich weiß nicht, ob Sie die traurige Nachricht schon gehört haben. Meine Großmutter ist vor ein paar Wochen verstorben.«

Im Gesicht des Hausmeisters zeigt sich aufrichtige Trauer.

»Wirklich? Das tut mir von Herzen leid! Nicht zu fassen, als ich ihr das letzte Mal begegnete, sah sie großartig aus. Aber sagen Sie, was ist denn passiert?«

»Im Schlaf hat ihr Herz ausgesetzt.«

»Die Ärmste! Hoffentlich hat sie nicht gelitten.«

»Der Arzt meinte, sie hätte sicher nichts gespürt. Sie war vierundachtzig Jahre alt. Vermutlich war ihre Zeit einfach gekommen.« Noch während sie es sagt, schießt ihr der Gedanke durch den Kopf, wie seltsam es ist, dass sie sich dieser klischeehaften Phrase bedient, um einen so persönlichen Schmerz in Worte zu fassen.

»Vierundachtzig?«, fragt er verwundert. »Das hätte ich nie gedacht. Sie sah gut und gern zehn Jahre jünger aus.«

»Stimmt, sie wirkte jünger. Und es ging ihr hervorragend. Es ist nicht zu glauben, dass eine Frau in ihrem Alter allein reisen konnte. Aber so war es.«

»Reisen? Wieso? Hat sie denn nicht hier in der Stadt gewohnt?«

Alicia ist sprachlos. Der Hausmeister glaubt allen Ernstes, ihre Großmutter habe in Berlin gelebt. Aber wenn sie immer Deutsch gesprochen und keine weiteren Erklärungen abgegeben hatte, ist die Verwirrung verständlich. Ob sie das Missverständnis womöglich bewusst heraufbeschworen hat? Vielleicht hatte sie sich in den letzten Jahren ja vorgestellt, wie ihr Leben verlaufen wäre, wenn ihr das Schicksal nicht alles genommen hätte und sie nicht 1945 aus Deutschland hätte fliehen müssen.

»Meine Großmutter hat in Madrid gelebt.«

»Wie bitte?«

»Seit siebzig Jahren.«

»Na, das ist aber mal eine Überraschung. Nicht zu fassen. Frau Hoffmann hat nie ein Wort davon erwähnt. Obwohl, wenn ich genau darüber nachdenke, hat sie auch nichts Gegenteiliges gesagt. Ich glaube, ich habe es einfach für selbstverständlich gehalten«, sagt der Hausmeister und verfällt für einen Moment in Schweigen. »Es tut mir wirklich sehr leid. Ich habe sie nicht oft gesehen, mochte sie aber ganz gern. Sie war eine außergewöhnlich angenehme Frau.«

»War meine Oma oft hier?«

»Nein, nicht oft. Vier- oder fünfmal.«

»Hat sie Ihnen gesagt, warum sie die Wohnung gekauft hat?«

»Nein, und ich hätte sie auch nie danach gefragt. Ich dachte, es ginge um eine Geldanlage. Allerdings hat sie mir beim letzten Mal gesagt, irgendwann würde ihre Enkelin kommen. Das sind sicher Sie.«

»Haben Sie einen Ersatzschlüssel?«

»Ja, natürlich.«

»Wissen Sie, ob sonst noch jemand einen Schlüssel haben könnte?«

»Keine Ahnung.«

Alicia schweigt nachdenklich, dann wagt sie schließlich, die Frage zu stellen, die ihr auf dem Herzen liegt.

»War in den letzten Tagen jemand in der Wohnung? Ich weiß, es klingt seltsam, aber ich hatte den Eindruck.«

»Ja, sicher!«, sagt der Mann, merklich erleichtert, nach dem verwirrenden Geplauder endlich wieder sicheren Boden unter den Füßen zu haben. »Das wird meine Frau gewesen sein. Das letzte Mal, als sie da war, hat Frau Hoffmann sie beauftragt, von Zeit zu Zeit sauberzumachen, damit alles bereit ist.«

»Bereit …«, murmelt Alicia.

Vielleicht hatte Paulina ja geahnt, dass jede ihrer Reisen nach Berlin die letzte sein könnte, und sich Sorgen gemacht, ob die Wohnung auch tipptopp wäre, wenn ihre Enkelin nach ihrem Tod herkäme. Alicia fragt sich, ob sie wohl je wieder so verwöhnt werden und so viel Zuneigung entgegengebracht bekommen wird. Sie weiß nur zu gut, dass dem nicht so ist. An dem Tag, an dem sie ihre Oma verlor, starb mit ihr auch das letzte Stück ihrer Kindheit. Die Welt wurde mit einem Mal hart. Niemals wieder wird jemand »mein Schatz« zu ihr sagen.

»Könnte es sein, dass Ihre Frau gestern ein Fotoalbum ins Esszimmer gelegt hat?«

»Was?«

»Ja, ein altes Lederalbum. Ist sie gestern da gewesen?«

»Sicher nicht. Gestern war Sonntag, da haben wir in Potsdam meinen Sohn besucht. Und es würde mich doch sehr wundern, wenn meine Frau mir nichts von diesen Fotos erzählt hätte.«

Der Hausmeister sieht sie besorgt an. Eine eigentümliche Stille breitet sich im Hausflur zwischen den beiden aus. Alicia gibt sich einen Ruck und beschließt, das Gespräch mit einer frommen Lüge zu beenden.

»Achten Sie nicht auf mein Gerede. Das Album war vermutlich schon bei meiner Ankunft da, und ich habe es einfach erst gestern bemerkt. Der Tod meiner Oma hat mich ziemlich mitgenommen. Ich hoffe, Sie verstehen das.«

»Aber natürlich«, erwidert er und nickt.

»Haben Sie vielen Dank für die Erläuterungen, Herr …«

»Mauer. Ich heiße Stefan Mauer.«

»Bis später, Herr Mauer. Mein Name ist Alicia Blanco. Ich gehe jetzt. Ich muss ein paar Erledigungen machen. Wir sehen uns bald wieder. Auf Wiedersehen!«

Auf der Straße lässt sie ihren Tränen freien Lauf. Eigentlich hatte sie vorgehabt, in der Wohnung ihre Sachen abzuholen, aber sie konnte es nicht. Ganz sicher wird sie nicht mehr dort übernachten, bis klar ist, wer das Album auf den Tisch gelegt hat. An einigen der Tische vor dem Café Blume sitzen Gäste und genießen ihren Vormittagskaffee. Der Kellner wendet sich um und schaut ihr nach, als sie vorübergeht. Sie prallt gegen einen Mann, der sich im Gehen in sein Handy vertieft hat.

»Entschuldigung«, murmelt er, ohne anzuhalten.

Traurig und furchtbar einsam geht sie zurück ins Hotel, legt sich aufs Bett und öffnet ein Bier aus der Minibar. Dann nimmt sie das Handy aus der Tasche und wählt die Nummer ihres Vaters. Sie hat schon seit ein paar Tagen nicht mehr mit ihm gesprochen, und im Moment muss sie die Stimme eines Menschen hören, der sie wirklich liebt.

2

Hallo, Alicia«, begrüßt sie Diego. »Wir sind seit gestern in Málaga. Heute haben Pilar und ich in der Calle Larios ein paar Besorgungen gemacht und anschließend eine kleine Tapas-Tour durch die Bars in der Innenstadt. Jetzt sind wir im Garten und warten darauf, dass diese unerträgliche Hitze endlich etwas nachlässt.«

Sie kann förmlich vor sich sehen, wie er in El Limonar auf der Veranda voller Bougainvilleen am Swimmingpool sitzt. Sicher ist es nicht leicht für ihn, mit Paulinas Schatten, der in allen Ecken lauert. Diego Blanco ist noch immer ein attraktiver Mann mit einem einnehmenden Wesen und spöttischem Charme. Obwohl er nie wieder geheiratet hat, zieht er von Zeit zu Zeit eine neue Eroberung aus dem Ärmel. Pilar ist seine neueste Freundin.

»Was macht das Haus? Du bist zum ersten Mal seit Omas Tod dort, nicht wahr?«

»Es ist wie immer herrlich. Du solltest sehen, wie schön der Jasmin an deinem Schlafzimmerfenster ist. Aber ich muss gestehen, es ist nicht leicht für mich, herzukommen und alles so vorzufinden, als wäre sie gerade erst aus der Tür raus. Sie muss im Frühjahr das letzte Mal hier gewesen sein. Es lagen sogar noch ein paar ihrer Sachen im Wäschekorb. Und heute Morgen habe ich gesehen, dass auf dem Nachttisch ein halb gelesener Roman liegt. Sie war auf Seite 356. Das ist mir furchtbar nahe gegangen.«

»Wie heißt denn das Buch?«

»*Bis ich dich finde* von John Irving. Kennst du es?«

Alicia spürt, wie die Luft aus ihren Lungen weicht. In ihrem Magen bildet sich ein fester Knoten.

»Das ist heftig.«

»Warum sagst du das?«

»Den Roman lese ich auch gerade. Sie hat ihn mir vor ein paar Monaten geschenkt, sie wusste, wie sehr ich den Autor mag. Wir haben ihn vor Jahren zusammen entdeckt. Du weißt ja, manchmal haben wir das gleiche Buch gelesen und uns darüber ausgetauscht. Dieses Mal hat sie mir allerdings nicht gesagt, dass sie damit angefangen hat. Ich schätze, sie hatte dafür keine Zeit mehr«, sagt sie mit brüchiger Stimme.

»Ach, Kind, so etwas geht einem natürlich sehr nah. Deswegen sind die ersten Monate nach dem Tod eines Menschen so besonders hart: weil seine Spuren noch überall zu sehen sind. Beim Anblick der Sachen in ihrem Schlafzimmerschrank habe ich angefangen zu weinen wie ein kleiner Junge. Weißt du, ich glaube, ich bitte die Putzfrau, alles einzupacken. Ich fühle mich dazu einfach nicht imstande.«

»Das wird wohl das Vernünftigste sein.«

»Manchmal kommt es mir vor, als wäre sie noch da und würde auf ihrem üblichen Platz sitzen und lesen, wenn ich hinaus auf die Terrasse gehe. Überleg mal, ich habe in diesem Haus die meisten Sommer meines Lebens verbracht, und fast immer mit ihr.«

»Du hast ja keine Ahnung, wie gut ich dich verstehe, Papa. Mir ergeht es hier in Berlin manchmal genauso.«

»Ich habe mir ein bisschen Sorgen um dich gemacht. Du hast seit Tagen nichts von dir hören lassen. Geht es dir gut? Ich wollte nicht anrufen, nachdem du mir so unverblümt gesagt hast, ich solle dich in Ruhe lassen, als ich dich am Flughafen abgesetzt habe.«

»Wenn ich dir etwas erzähle, versprichst du mir dann, dass du nicht gleich ausflippst?«

»Ist etwas passiert? Jetzt musst du es sagen.«

»Ich bin in einem Hotel. Ich habe in der Wohnung einen

Koller gekriegt. Es ist, wie du sagst, ich habe ständig das Gefühl gehabt, sie sei da und würde mich beobachten.«

Und dann kann ihr Vater nicht anders und spricht die Worte aus, die allen Töchtern auf der ganzen Welt am meisten verhasst sind.

»Ich habe es dir doch gleich gesagt.«

Alicia geht sofort an die Decke. Wird laut.

»Was hast du mir gleich gesagt, Papa? Dass es mir nicht guttun würde, wenn ich herkomme und alle zwei Minuten an Oma denken muss?«

»Schon gut, reg dich ab. Das mit dem Hotel ist keine schlechte Idee. Vielleicht hättest du das von Anfang an machen sollen. Hast du in den letzten Tagen etwas in Erfahrung bringen können? Hast du mit irgendwem gesprochen?«

»Nicht viel. Ich habe mit dem Hausmeister geredet, den es sehr mitgenommen hat. Er schätzte sie sehr. Anscheinend dachte er, dass Oma in Berlin lebt.«

Diego räuspert sich.

»Ach, wie interessant. Was ich noch immer nicht verstehe, ist, warum sie diese Wohnung überhaupt gekauft hat. Hast du mit dem Berliner Notar gesprochen? Wenn ich mich recht erinnere, war seine Adresse in der Kaufurkunde, stimmt's?«

»Ich habe gestern in seinem Büro angerufen, er ist den ganzen August im Urlaub. Aber die junge Frau, mit der ich gesprochen habe, hat mir erzählt, dass Oma nur am Tag der Unterzeichnung des Kaufvertrags dort war. Ich fürchte, von dieser Seite werden wir nichts erfahren können.«

»Und was ist mit dem Vorbesitzer? Hast du ihn ausfindig gemacht?«

»Papa! Weißt du nicht mehr? Ich habe vor ein paar Wochen Nachforschungen angestellt, und dabei kam heraus, dass es ein sehr alter Mann war, der inzwischen tot ist.«

»Das hast du gesagt, ja.«

»Ach ja, ich habe noch was gemacht. Am Sonntagmittag war ich mit Iván Muñoz essen, erinnerst du dich an ihn? Er ist für seine Zeitung als Korrespondent in Deutschland.«

»Natürlich, Marías Bruder. Hattest du in deiner Zeit an der Uni nicht etwas mit ihm?«

»Nicht richtig, aber stimmt, er hat mir gefallen. Ach verflixt, Papa, ich habe dir wirklich immer viel zu viel anvertraut!«

Diego beginnt zu lachen. Das hat ihr schon immer den Wind aus den Segeln genommen. Er ist diese freundliche Sorte Arzt, die immer bereit ist, das Leben von seiner humorvollen Seite zu nehmen. Obwohl er in seinem Alter längst in den Ruhestand gehen könnte, arbeitet er noch immer in seiner gynäkologischen Praxis und prahlt gern damit, dass nun die Töchter seiner ersten Patientinnen zu ihm kommen, die er vor Jahren selbst auf die Welt geholt hat.

Ihre Großmutter und ihr Vater sind so verschieden, es ist kaum zu glauben, dass sie Mutter und Sohn sind. Sie war immerzu auf der Hut gewesen, als befürchtete sie, das Leben könne ihr einen weiteren Schlag versetzen, und er geht selbst die heikelsten Themen offen an. Vielleicht ist das seine Art der Reaktion auf eine Kindheit, die vom Schweigen und der Vorsicht der Mutter geprägt war.

»Das ist genau das, was du brauchst, Alicia. Nach der miesen Phase, die du hinter dir hast, würde es dir guttun, ein bisschen über die Stränge zu schlagen.«

»Vergiss es, er sieht jetzt furchtbar aus«, lügt sie und fügt dann lachend hinzu: »Du wirst deine geschiedene, depressive Tochter wohl noch ein Weilchen ertragen müssen. Aber da du gerade von einer miesen Phase sprichst, ich habe nicht nur angerufen, um ein Lebenszeichen von mir zu geben. Ich möchte dich um einen kleinen Gefallen bitten.«

»Alles klar, schieß los.«

»Kannst du Marcos anrufen und nach dem Kleinen fragen?

Er weigert sich, mit mir zu reden, und schickt mir nur einsilbige Nachrichten. Ich war noch nie so lange von Jaime getrennt. Das ist wirklich hart für mich.«

»Mach ich, Alicia, ich rufe ihn an. Aber ich verstehe wirklich nicht, warum ihr zwei euch nicht wie verantwortungsbewusste Erwachsene verhaltet und mit dieser Situation normal umgehen könnt. Das ist doch gar nicht deine Art.«

»Im Moment geht es halt nicht, Papa.«

»Ich weiß, dass du mir nicht alles darüber erzählt hast, warum ihr euch habt scheiden lassen, ich bin kein Idiot. Ich verstehe nur nicht, warum Marcos sich weigert, mit dir zu telefonieren, wenn ihr euch bloß nicht mehr liebt, wie du gesagt hast. Er ist einer der vernünftigsten und besonnensten Männer, die ich kenne. Das ergibt keinen Sinn.«

Alicia schweigt. Sie kann ihrem Vater nicht ihr Herz ausschütten. Auch bei María hat sie es nicht getan, die seit fast zwanzig Jahren ihre beste Freundin ist. Die Einzige, der sie anvertraut hat, was sie getan hat, war ihre Oma, und die hat ihr Geheimnis mit ins Grab genommen.

»Ich will jetzt nicht darüber reden. Lass mir Zeit. Ich bitte dich nur, ihn anzurufen und so zu tun, als würdest du es aus eigenem Antrieb tun. Es ist das Normalste auf der Welt, wenn du dich danach erkundigen willst, wie es deinem einzigen Enkelkind im Urlaub geht.«

»Keine Sorge, Alicia, das mache ich«, antwortet er und seufzt. »Ich gebe dir dann Bescheid. Aber ich kann dir gleich sagen, was er sagen wird: dass es Jaime großartig geht, dass er mit seinen Großeltern eine tolle Zeit hat und dass El Escorial im Sommer einfach traumhaft ist.«

»Tja, wenn er dir das so sagt, gibst du es an mich weiter, und ich bin beruhigt.«

»Okay, okay, okay. Eins noch … War da etwas für dich in der Berliner Wohnung?«

Ist es möglich, dass ihr Vater von den Fotos wusste? Weiß er irgendwas, was sie nicht weiß? Sie hat das Thema bewusst nicht angesprochen, weil sie ihn nicht beunruhigen wollte.

»Inwiefern? Was meinst du damit?«, fragt sie schließlich.

»Nichts, es war nur so ein dummer Gedanke. Ich habe überlegt, dass Oma dir vielleicht einen Brief oder irgendeine Nachricht hinterlassen hat. Damit du verstehst, warum sie die Wohnung gekauft und dir hinterlassen hat. Aber hör nicht auf mich. Ich habe eindeutig zu viele Filme gesehen!«

3

Alicia verlässt das Hotel, um in einem der vielen Modegeschäfte der Gegend einen Badeanzug zu kaufen. Sie entscheidet sich für einen sehr vorteilhaften roten im Retroschnitt, eindeutig eines jener Kleidungsstücke, die an einem miesen Tag die Laune verbessern können. Ihr ist eingefallen, dass sie den Roman von John Irving in der Tasche hat, und sie beschließt, den Tag auf einer der Liegen am Hotelpool mit Lesen und Dösen zu verbringen. Jetzt, da ihr Vater ihr erzählt hat, ihre Oma habe das gleiche Buch auf dem Nachttisch liegen gehabt, fühlt sie sich verpflichtet, es zu Ende zu lesen. Abgesehen von der Wohnung, wäre dieser Roman das letzte ihrer zahllosen Geschenke, die sie oft außer der Reihe und nicht nur zu bestimmten Terminen machte. Wie viele Bücher mochte sie ihr seit ihrer Kindheit geschenkt haben? Hundert oder mehr?

Sie arbeitet sich langsam bis zur Seite 356 vor, der Seite, ab der Paulina, dem aufgeschlagenen Buch in der Villa Manuela zufolge, nicht mehr weitergelesen hatte. Sie folgt dem Weg, den die von Paulina gelesenen Sätze beschreiten, muss über Szenen lächeln, bei denen sie es sicher auch getan hatte, und unterstreicht sogar die Absätze, von denen sie glaubt, dass sie Paulina vielleicht gefallen hatten.

Doch als sie dann an die Stelle kommt, an der Paulina Hoffmann aufgehört hat zu lesen, wird ihr zum ersten Mal richtig bewusst, dass ihre Oma für immer fort ist. Sie wird nie erfahren, ob die Stellen, die sie markiert hat, wirklich diejenigen sind, die die Aufmerksamkeit dieser vierundachtzigjährigen Leserin geweckt hatten, die mit ihrem scharfen Verstand immer Nuancen in einem Text aufzuspüren vermochte, die ihr selbst entgangen waren.

Mehr noch als an dem Tag, an dem sie ihren bereits kalten Leichnam im Bett umarmte, und viel mehr als an dem Tag, an dem sie zusehen musste, wie aus Paulinas greisem, aber immer noch schlankem Körper Asche in einer albernen Urne wurde, wird ihr nun gegenwärtig, dass sie sie nie wiedersehen wird.

Es gibt viele Wege, sich zu verabschieden, und jeder Mensch muss seinen eigenen finden. An diesem warmen Sommernachmittag, unter einem Sonnenschirm neben dem nach Chlor riechenden Wasser, in dem Kinder lautstark Ball spielen, gelingt es Alicia endlich, ihrer Oma Lebewohl zu sagen.

DER HANDEL

Madrid, 1950

1

Ein schwindelerregender, nahezu giftig süßlicher Geruch nach Ölfarben strömt durch die halboffene Tür in ihr Zimmer. Der Kunstlehrer mit seinen Pinseln, Farben und Kohlestiften ist da. Paulina steigt der typische Duft, der auf seine Anwesenheit in der Wohnung schließen lässt, sofort in die Nase. Die schnellen Schritte des Mannes eilen durch den Flur und erreichen das Wohnzimmer, wo Tante Sofía in einem alten Kleid und einem weißen Kittel bereits auf ihn wartet.

Paulina tut schon seit ein paar Stunden so, als würde sie lernen. Über ihr Lateinbuch gebeugt, denkt sie, dass es aus dem Schlamassel, in den sie sich selbst gebracht hat, keinen Ausweg gibt. Es ist Anfang Juni, und an diesem Nachmittag herrscht eine drückende Hitze. Sie hält es in ihrem Zimmer nicht mehr aus. Also erhebt sie sich von ihrem Schreibtisch und klopft an die Tür des kleinen Salons, in dem vor dem Fenster mit den geblümten Vorhängen eine hölzerne Staffelei steht. Erstaunt stellt sie fest, dass ihre Tante ein gewisses Talent für die Malerei besitzt. Auf der Leinwand entsteht zusehends die Skizze eines Porträts ihres Cousins Manuel, kopiert von einer alten Fotografie, auf der er als drei- oder vierjähriger Pimpf im Matrosenanzug mit einem Steckenpferd posiert. Sofías Pinselstriche haben es vermocht, das makellose Kindergesichtchen und die zärtliche Berührung der kleinen Hände auf dem Spielzeug einzufangen.

»Störe ich euch? Darf ich zuschauen?«

»Wenn es dir nichts ausmacht, Carlos?«, antwortet ihre Tante.

Der Mann starrt Paulina an. Er ist einer dieser hässlichen Menschen mit Persönlichkeit. Schlank, sehr hochgewachsen, eine große Nase. Und ein tiefgründiger, durchdringender Blick, der sie blitzschnell zu sondieren scheint. Obwohl sie schon ein paar Mal einige Worte gewechselt hatten, ist ihr dieser Blick bisher nicht aufgefallen.

»Natürlich nicht! Bleib ruhig ein Weilchen, vielleicht bekommst du dann auch Lust zum Malen.«

»Danke.«

Sie nimmt auf einem der schlanken Sessel im französischen Stil neben dem Tisch Platz und denkt, dass die Idee, die ihr soeben gekommen ist, vielleicht doch nicht so aberwitzig ist. Warum eigentlich nicht? Vielleicht ist das die Lösung.

Sofía konzentriert sich weiter auf ihr Gemälde; sie fügt Pastelltöne hinzu, wo auf dem Foto nur Schwarz und Weiß war. In Berlin hat sie früher eine Zeichenschule besucht und erobert sich nun die alte Leidenschaft ihrer Jugend zurück. Womöglich ist ihr das Leben als Dame der besseren Gesellschaft, das ihrer Nichte unerträglich nutzlos und weltfremd erscheint, allmählich fade geworden. Carlos sieht ihr bei der Arbeit zu, gibt ihr Ratschläge und korrigiert von Zeit zu Zeit ihre Fehler. Auch wenn es für Paulina offensichtlich ist, gelingt es ihm recht gut zu verbergen, wie sehr ihn dieser Malunterricht langweilt.

»Wann ist deine Vernissage?«, fragt Sofía.

»Am Freitag um sieben Uhr. Aber ich stelle dort bei Weitem nicht allein aus. Es sind viele Maler der Madrider Schule dabei: Luis García Ochoa, Menchu Gal, Agustín Redondela … Alle sind ausgezeichnete Künstler, ich bin mit Abstand der unbekannteste! Ich begreife noch immer nicht, warum ich eingeladen wurde teilzunehmen. Es muss sich um einen Irrtum handeln«, scherzt er.

Paulina gefällt er sofort. Er ist aufrichtig und bescheiden, ohne unsicher zu sein. Seine tiefe, getragene Stimme, die Art, wie er sich bewegt – das alles zeigt, dass er sich seines Wertes bewusst ist. Aber er muss es nicht beweisen. Er ist geradezu das Gegenteil von Manuel mit seinem demonstrativen Wohlwollen, der aufgesetzten Freundlichkeit und der abstoßenden Falschheit. Sie wendet den Blick von dem Porträt ab, um nicht sein Kinderlächeln sehen zu müssen, das dem heutigen so ähnlich sieht und mit dem er jede Frau entwaffnen kann.

»Wie schade!«, sagt Sofía. »Am Freitag haben wir eine Cocktailparty in der Residenz des französischen Botschafters. Mein Mann ist dabei, in Paris ein bedeutendes Geschäft anzustoßen, wie er mir sagte, und da dürfen wir natürlich nicht fehlen. Und außerdem habe ich dir ja bereits gestanden, dass mir dein Stil zu modern ist.« Sie lächelt.

»Ich würde gern hingehen«, erklärt Paulina.

Die beiden drehen sich zu ihr um und schauen sie an. Ihre Tante erstaunt und der Lehrer mit einer notgedrungen neutralen Miene, die das Funkeln in seinen Augen doch nicht verbergen kann. Da weiß Paulina, dass die Idee, die ihr gerade gekommen ist, trotz aller Risiken funktionieren könnte.

»Ich wusste nicht, dass du dich für Malerei interessierst«, wundert sich ihre Tante.

»Meine Freundin Menchu ist begeistert davon. Sie verbringt den ganzen Tag im Museo del Prado. Erst neulich hat sie mir von der Madrider Schule erzählt. Du kannst uns doch sicher noch andere Künstler vorstellen, nicht wahr? Wo ist die Ausstellung?«

»Aber natürlich. Ich erwarte euch und stelle euch allen vor. Sie findet in der Galerie Biosca statt, in der Calle Gènova.«

Endlich ist es Freitag. Paulina probiert ihren halben Kleiderschrank an, bis sie mit ihrem Aussehen zufrieden ist. Noch nie hat sie so viel Zeit darauf verwendet, sich schön zu machen, aber sie hatte es auch noch nie so dringend nötig wie jetzt, unwiderstehlich auszusehen. Es ist ihre einzige Chance, die Zeit drängt. Blau ist ihre Farbe, und das Kleid im New-Look-Stil mit V-Ausschnitt betont ihre Figur und ihre schmale Taille. Ein passender

Kopfputz, seitlich ins kastanienbraune Haar gesteckt, verleiht ihr eine vornehme Eleganz.

Als sie die Wohnung verlässt, achtet sie darauf, auf keinen Fall ihrem Cousin über den Weg zu laufen. Ob seine Gestalt und sein Lächeln sie noch von ihrem Vorhaben abbringen könnten? Sie will es lieber nicht darauf ankommen lassen. Obwohl sie sich seit einiger Zeit unter den verschiedensten Vorwänden – dem Prüfungsstress oder einer nicht enden wollenden Magenverstimmung – von ihm zurückgezogen hat, weiß sie, dass er auf der Lauer liegt. Er ist kein Narr und kann sich sicher denken, dass sie über sein Techtelmechtel mit Milagros verärgert ist.

Aber eine entscheidende Sache weiß er nicht.

Und Paulina kennt den Schmerz zu genau. Sie darf ihren treffsicheren Instinkt nicht ignorieren, der ihr sagt, dass sie sich von Manuel fernhalten soll. Jetzt mehr denn je.

2

Als sie pünktlich um sieben in der Galerie eintrifft, hat sich dort bereits eine kleine Menschenmenge versammelt. Die Leute stehen in Grüppchen zusammen und plaudern, mit einem Glas Wein in der Hand, über die verschiedenen Werke. Paulina streift für ein paar Minuten durch den Raum, lauscht den gemurmelten Unterhaltungen und schlussfolgert, dass es sich um Künstler, Händler, Kritiker und Schriftsteller handeln muss. Die Kleiderordnung ist entspannter und die Atmosphäre bedeutend weniger steif als bei den Veranstaltungen, an denen sie normalerweise teilnimmt. Sie hat schon oft den Eindruck gehabt, dass ihr Leben bei ihrem Onkel und ihrer Tante in einer ungeliebten Blase stattfindet.

Die Ausstellung präsentiert erstmals die besten Maler der Madrider Nachkriegsgeneration, und die Tatsache, dass Carlos Blanco daran teilnimmt, beweist, wie viel Respekt er sich trotz seiner Jugend bereits in seinem Metier verschafft hat.

Paulina betrachtet die Gemälde, bis sie endlich eins mit Carlos Signatur findet. Die Leinwand ist in zwei große farbige Flächen unterteilt, das trockene Braun der Erde und das Blaugrau eines bleiernen Himmels. Nur einige wenige Details – eine Gruppe von Häusern, ein paar Gestalten, die auf einem Weg zu gehen scheinen – unterbrechen die Linie zwischen dem Land und den Wolken. Einfach alles in diesem Bild strahlt Einsamkeit und Blöße aus, alles ist aufrichtig.

Ohne zu bemerken, dass einige der Gäste der Vernissage sie bereits neugierig mustern und sich fragen, wer dieses große, kultivierte, so exotische Mädchen wohl sein mag, versinkt Paulina für einige Minuten in der Betrachtung des Gemäldes. Trotz der bewusst kaum definierten Pinselstriche vermittelt das Bild ein starkes Gefühl der Authentizität. Auf einem kleinen Schild ist der Titel zu lesen: *Erde*.

Als sich eine Hand auf ihre Schulter legt, wird sie aus ihren Gedanken gerissen. Es ist Carlos, wer sonst. Er sieht elegant aus in seinem zwar abgewetzten, aber gutgeschnittenen Anzug. Obwohl es nicht einfach ist, auf etwas anderes zu achten als diesen Blick, der alles zu durchdringen, alles zu sehen scheint.

»Und deine Freundin?«, erkundigt er sich.

»Welche Freundin?«, erwidert Paulina keck.

Und diesmal gelangt sie durch seine dunklen Augen in sein Innerstes, wie eine Taucherin, die immer tiefer hinabsinkt, bis sie auf dem schwarzen Grund des Ozeans anlangt. Und als sie ganz unten ist und ihre Fingerspitzen endlich den Sand auf dem Boden berühren, kann sie dort lesen, dass er, der viel zu intelligent ist, um sinnlos das Gegenteil vorzutäuschen, sich längst ergeben hat.

Er gehört ihr.

3

»Warum?«, fragt Carlos, noch immer keuchend, auf dem Bett in seinem Atelier.

Es ist alles ganz schnell gegangen. Er arbeitete bereits seit ein paar Stunden an seiner Staffelei, als es an der Tür klingelte. Die Überraschung, als er sie auf dem Treppenabsatz sah, war nicht von langer Dauer. Keiner von ihnen brauchte etwas zu sagen, es genügte, dass sie ein paar Schritte auf ihn zumachte und er nicht auswich. Kurz darauf lagen sie eng umschlungen auf der Matratze, und seine Hände zerrten an ihrem schwarzen Rock und der weißen Bluse.

Ein paar Mal konnte Paulina in der Hitze des Gefechts auf dem Gesicht ihres Geliebten sein Befremden sehen, sein Misstrauen. Doch es war nur ein flüchtiger Moment. In diesem Augenblick zählte nur die Lust, sonst nichts. Paulina machte sich nicht die Mühe, die Unerfahrene oder Schüchterne zu spielen. Für dieses Theater hatte sie keine Zeit, ganz gleich wie selbstmörderisch es sein mochte, ihre Karten offen auszuspielen. Wenn sie die Tage untätig verstreichen ließe, würde sie ja doch zur Hure gestempelt.

Also richtet sie sich auf und versucht, ihm zu antworten, ohne ihn zu verletzen oder ihm eine Reihe von Lügen aufzutischen. Nach ihrer Ernüchterung über Manuels Falschheit ist ihr Aufrichtigkeit sehr wichtig. Aber sie ringt mit den Worten und schweigt schon so lange, dass sie sich schließlich mit einer billigen Phrase aus der Affäre zieht.

»Es ist schwer zu erklären.«

Das Atelier ist ein großer, heller Raum, den sich das Bett mit einem guten Dutzend Leinwänden teilt, einfachen Skizzen und solchen, die zumindest für Paulinas unerfahrenes Auge bereits fertig zu sein scheinen. Große, kraftvolle Landschaftsbilder und ein paar Detailbilder, die das Weiß der Leinwand zur Gänze ausfüllen. Auf dem Nachttisch liegt ein Exemplar von *Früchte des Zorns*, und ein Paravent verbirgt einen bescheidenen Gasherd. Am Tag der Ausstellung hat er sie eingeladen, sie einmal zu besuchen, um seine Arbeiten anzuschauen, und sie hat keine Zeit verschwendet.

Carlos' nackter Körper ist kräftiger, als sie gedacht hat. Er muss fünfundzwanzig oder sechsundzwanzig Jahre alt sein. Jetzt nähert er sich ihrem Gesicht, ohne aufzuhören, sie zerstreut zu liebkosen. Sie mustern einander minutenlang, ohne einen Ton zu sagen, was nur deshalb nicht peinlich ist, weil es auf der Hand liegt, dass beide das Gleiche tun: Sie versuchen zu erraten oder vielmehr abzuschätzen, mit wem sie es zu tun haben und was die Absichten des anderen sind. Sie wirken wie zwei Spieler im Kasino, die beim Roulette mit konzentrierter Miene ihren nächsten Einsatz erwägen.

Hätte Paulina Carlos unter anderen Umständen bemerkt? Höchstwahrscheinlich nicht. Er jedoch sollte ihr später gestehen, dass er sie schon monatelang bewundert hatte, seit dem Tag, als er sie zum ersten Mal wie eine Erscheinung in Sofías kleines Malzimmer hatte kommen sehen. Es waren keine zwei Minuten, gerade so lange, dass sie mit ihrer Tante ein paar Worte wechselte und wieder kehrtmachte, aber in diesem Moment hatte ihn etwas sehr viel Tieferes als ihre Schönheit gefangen genommen.

Doch welchen Unterschied macht das jetzt schon? Carlos ist zur rechten Zeit auf der Bildfläche erschienen. Es ist noch nicht die hitzige Leidenschaft, die alles andere vergessen lässt, wie sie Manuel in ihr geweckt hat, aber Paulina gewinnt allmählich an Zuversicht. Ja, es könnte tatsächlich funktionieren.

Bei dem Gedanken an ihren Cousin fühlt sie sich nicht nur hintergangen und tieftraurig, sondern auch furchtbar dumm.

Wie konnte sie nur so blind sein? Manuel hat an nichts sonderliches Interesse, und sie bildet da keine Ausnahme. Schon vor Julias Selbstmord, erst recht aber danach war Paulina so einsam, so verzweifelt, dass sie sich an das Erstbeste in ihrem Umfeld klammerte, was sich nach ein bisschen Zuneigung anfühlte. Und er war da gewesen. Die Lust war ihre Betäubung gewesen, ihr Schlupfloch, um nicht denken und sich nicht erinnern zu müssen.

Aber nun hat sie Carlos vor sich, und es scheint unmöglich, etwas vor seinen Augen, die sie so intensiv erforschen, zu verbergen. »Vielleicht«, sagt sie sich, »habe ich endlich einmal Glück. Manchmal erkennt man erst, was etwas wert ist, wenn man es schon vor der Nase hat.«

Und dann findet er selbst die Antwort auf die Fragen, die er sich gestellt hat, seit sie in sein Atelier gekommen ist. Paulinas Verhalten ist so unvorstellbar für eine junge Frau ihrer Schicht, so unglaubwürdig für eine Schülerin des Colegio Loreto, die ihre Jungfräulichkeit eigentlich für einen Soldaten mit klangvollem Namen oder einen Notar bewahren sollte, dass es dafür nur eine Erklärung gibt.

»Jetzt weiß ich! Du bist schwanger.«

Wie klug er ist. Jetzt hat er mir die Entscheidung abgenommen, ob ich es freiheraus sage oder es durchblicken lasse, denkt Paulina. So ist es viel leichter. Also nickt sie, ohne den Blick abzuwenden.

»Hattest du vor, es mir zu sagen?«

»Ich wollte es nicht vor dir verheimlichen.«

»Bin ich deine einzige Option?«

»Ich könnte es dem Vater sagen.«

»Und warum tust du es nicht?«

»Wenn du nicht an einem Handel interessiert bist, werde ich es wohl tun müssen.«

Er schweigt nachdenklich. Er steht sogar auf, zieht sich an, reicht ihr ihre Kleider und verschwindet hinter dem Paravent in der kleinen Küche. Einen Moment lang denkt Paulina, dass er ihr einen Korb gibt, doch als sie gerade im Morast ihres Scheiterns zu versinken beginnt, kehrt er mit einer Flasche Anisschnaps und zwei kleinen Gläsern zurück.

»Ich weiß nicht, wie es dir geht, aber ich brauche jetzt etwas Starkes. Außerdem habe ich keinen Kaffee mehr.«

Aber er setzt sich nicht wieder auf die Matratze, sondern wahrt die Distanz und nimmt auf seinem Schreibtischstuhl Platz.

»Erzähl, ich möchte alles wissen.«

»Ich weiß nicht, wo ich anfangen soll.«

»Wie wäre es mit dem Anfang?«

Und da erzählt sie ihm eine Geschichte, die in Berlin beginnt, von einer Mutter, die sich vor dem Opernbesuch schminkt, und zwei Freundinnen, die eines Nachts ihr Lieblingsspielzeug getauscht haben. Die Geschichte eines Ungeheuers, das in den Träumen eines kleinen Mädchens immer größer wurde, bis schließlich alles, was sie kannte, unter seinem Schatten lag. Die traurige Geschichte eines jungen Mädchens, das eines Sommermorgens seinen Koffer durch eine Stadt schleppte, die ebenso kaputt war wie das Mädchen selbst, und so der Hölle entkam.

DAS GLÜCK

Madrid, 2011

1

Alicia ist bei ihrer Großmutter und probiert zum ersten Mal das Hochzeitskleid an. Sie ist nicht so groß wie ihre Oma, der Rock muss vorn etwas gekürzt werden, aber ansonsten passt es wie angegossen. Alicia ist eine schlichte Version von Paulinas Schönheit, nur fünf Zentimeter kleiner und ohne die Perfektion einer polierten Marmorstatue, die ihre Oma in ihrer Jugend auszeichnete.

Das Kleid ist von Balenciaga, aus dem Jahr 1950. Wäre der einstmals strahlend weiße Stoff nicht im Laufe der Jahre unmerklich vergilbt, wäre wohl niemand auf die Idee gekommen, dass das Kleid bereits vor mehr als sechzig Jahren die Nähwerkstatt des Modeschöpfers verlassen hat, gerade mal eine Woche vor – die Zeit drängte – Paulina Hoffmanns Hochzeit. Der Ausschnitt ist herzförmig, aber sittsam genug für die Moralvorstellungen der damaligen Zeit, und die Ärmel sind mit Spitze besetzt. Der Organza-Rock ist endlos lang und betörend schön. Dieses Kleid war der einzige Luxus bei der überstürzt gefeierten Hochzeit, die fast niemand begrüßte.

»Findest du es nicht zu pompös? Denk dran, die Hochzeit ist auf dem Land, und es kommen weniger als vierzig Gäste. Armer Marcos, ich bringe ihn in Zugzwang, sich etwas Elegantes zu kaufen! Du weißt, es sollte eigentlich nur eine Party werden. Wir finden es albern, jetzt, da wir schon seit sechs Jahren zusammenleben, eine große Feier zu organisieren.«

»Wenn du dir selbst eins kaufen würdest, sähe das Kleid sicher anders aus, aber da es meins ist, hast du die perfekte Ausrede und kannst tragen, was du willst. Mach dir die Freude, Alicia. Du wirst nicht viele Gelegenheiten haben, so ein Kleid zu tragen. Vielleicht gar keine, solche Kleider gibt es schließlich nicht mehr.«

»Das ist wahr.«

»Außerdem war meine Hochzeit bedeutend schlichter als deine. Es waren nicht einmal zwanzig Leute da. Ich war schon im vierten Monat, als ich in aller Eile heiratete, bevor mein Bauch zu sehen war.«

»Echt jetzt? Das war eine Pralinenhochzeit?« Alicia muss lachen. »In welchem Jahr war das?«

»1950.«

»Aber hallo, das war in der damaligen Zeit doch ein Skandal!«

»Na ja, dein Großvater war Maler, und wir bewegten uns in Bohemien-Kreisen. Für uns war das nicht so seltsam«, lügt Paulina.

»Und was haben dein Onkel und deine Tante dazu gesagt? Sie waren doch sehr konservativ, oder? Freunde von Franco und so.«

»Ich weiß nicht, ob es tatsächlich so weit ging, aber es stimmt, sie hatten glänzende Beziehungen zur besseren Gesellschaft, was so ziemlich dasselbe war. Natürlich nahmen sie es nicht gut auf, sie kamen nur zur Kirche, um die Form zu wahren. Anschließend gingen wir mit ein paar Freunden, vorwiegend Leuten aus der Kunstszene, heiße Schokolade und Churros frühstücken, das war alles. Aber ich sah in meinem Balenciaga-Kleid hinreißend aus.«

»Das hast du mir noch nie erzählt!«

Die Großmutter lacht.

»Weiß mein Vater davon?«

»Ja, ich habe es ihm vor ein paar Jahren gesagt, als das Thema zur Sprache kam, genau wie jetzt bei dir. Er fand es witzig, du kennst ihn ja.«

»Aber eins verstehe ich nicht ganz. Wieso hast du ein solches Kleid getragen, wenn du gewissermaßen in aller Stille geheiratet hast?«

»Es war ein Geschenk von Manuela, der Mutter meines Onkels, einer wunderbaren Frau, die viel für mich getan hat. Eine echte Dame, wie man damals sagte. Obwohl sie bei schlechter Gesundheit war, ließ sie es sich nicht nehmen, aus Málaga zu den Anproben beim Schneider zu kommen. Zur Hochzeit blieb sie dann jedoch nicht, weil ihr Sohn fuchsteufelswild wurde, als er erfuhr, dass sie mir das Kleid gekauft hatte. Ich kann mich noch gut daran erinnern, wie er herumtobte, es war im ganzen Haus zu hören.«

Die lebhafteste Erinnerung, die Paulina an den Tag ihrer Hochzeit hat – aber das kann sie ihrer Enkelin natürlich nicht sagen –, ist das enorme Gefühl der Erleichterung, als ihr Cousin Manuel mit ihrem Onkel und ihrer Tante rasch die Kirche verließ, noch bevor Braut und Bräutigam mit dem typischen Reisregen empfangen wurden.

An jenem Morgen hatten die vier die Wohnung in der Calle Velázquez wortlos verlassen. Als sie im Aufzug hinunterfuhren, stocksteif, um noch die kleinste Berührung in der engen Kabine zu vermeiden, war die Spannung mit Händen zu greifen. Damals dachte sie, sie würde nie wieder einen Fuß in die Wohnung setzen, die vier Jahre lang ihr Zuhause gewesen war, der Ort, an dem ihre Mutter gestorben war. Manuel saß während der Zeremonie in der zweiten Reihe (weiter hinten wäre in Anbetracht der wenigen Gäste kaum möglich gewesen), und er zeigte in der ganzen Zeit vollkommenes Desinteresse. Noch heute, nach so vielen Jahren, weiß Paulina nicht, ob er es mit Absicht tat, um sie zu ärgern, oder ob es ihm wirklich egal war. Es gab nur drei Menschen auf der Welt, die wussten, dass das Baby nicht von Carlos war, und einer davon war er.

»Alicia …«, sagt sie nun. »Wenn ich noch einmal jung wäre – ich wüsste nicht, ob ich heiraten würde. Früher hatten wir keine andere Wahl, wir konnten nicht einfach mit unserem Freund zusammenleben wie ihr jetzt. Aber heutzutage … Du machst es doch nicht aus religiösen Gründen, denn soweit ich weiß, bist du genauso wenig gläubig wie ich.«

Die junge Frau im Brautkleid nimmt auf einem der schlanken Sessel im französischen Stil Platz und schlägt unter den Massen des weichen, duftigen Organzas die Beine übereinander. An raue Jeans gewöhnt, ist sie verblüfft, wie sinnlich sich der Stoff anfühlt. Kein Wunder, dass die Mode für die Frauen jener Zeit eine so große Rolle spielte, zumindest für die Reichen, denen viele der Freuden, die für sie heutzutage selbstverständlich sind, nicht offenstanden. Wenn Alicia nicht jederzeit einen Kneipenbummel machen oder irgendwohin fliegen könnte, wenn sie Lust dazu hatte, würde sie sich vielleicht auch in die Liebkosung eines solchen Kleides flüchten, in den Genuss, etwas so Schönes und Schmeichelhaftes zu tragen.

»Ich glaube nicht, dass ich einen besonderen Grund brauche, um zu heiraten«, erwidert sie. »Ich habe es dir doch gesagt: Wir wollen eigentlich nur feiern, wie glücklich wir miteinander sind.«

Aber die Frau in dem schlichten grauen, mit einer stilvollen Silberbrosche geschmückten Leinenhemd ihr gegenüber lehnt sich auf dem Sofa zurück und schaut sie schweigend an. Das Funkeln in ihren Augen kennt sie seit ihrer Kindheit. Wie soll man etwas vor einem Menschen verbergen, der alles weiß? Ihre Oma Paulina besitzt die gleichermaßen faszinierende und irritierende Gabe, immer zu erahnen, was in Alicias Kopf vor sich geht, manchmal sogar noch, bevor es ihr selbst bewusst wird.

»Ich glaube, Marcos freut sich darüber«, gesteht Alicia. »Er beklagt sich schon die ganze Zeit, ich würde ihm zu wenig Beachtung schenken und nicht an ihn denken. Er sagt, für mich zählt nur die Arbeit im Büro, und ich würde jederzeit alles stehen und liegen lassen, wenn ein Kunde anruft.«

»Und, hat er recht?«

»Vermutlich ja. Aber es steht für mich so viel auf dem Spiel! Mir ist gesagt worden, dass ich in ein paar Jahren Partnerin werden könnte, wenn ich weiterhin neue Fälle an Land ziehe und Prozesse gewinne. Ich wäre die erste Frau und mit Abstand die jüngste.«

»Also willst du ihn heiraten, damit er still ist? Wirst du nach der Hochzeit nicht das gleiche Problem haben, wenn du wieder von Neuem ständig am Telefon hängst?«

Die Großmutter ärgert sich ein bisschen über ihre Enkelin, die sich neuerdings in einem geradezu absurden Ausmaß von ihrer Arbeit auffressen lässt. Sie hat Alicia schon vor drei Wochen angeboten, ihr Kleid zu tragen, es aus der Abstellkammer hervorgeholt und vorbereitet, aber erst heute hat Alicia Zeit gefunden, es anzuprobieren. »Du lieber Himmel, es ist doch bloß eine Kanzlei für Arbeitsrecht«, hat sie erst neulich ihren Sohn Diego verärgert sagen hören, als er abermals von seiner Tochter versetzt worden war.

Alicia weiß, dass ihre Oma recht hat, aber es widerstrebt ihr, das laut zuzugeben. Und außerdem mag sie Paulina ja sehr am Herzen liegen, doch ihre Oma hatte selbst keine vergleichbare berufliche Karriere. Sie kann unmöglich verstehen, was es bedeutet, wie sehr es einen auffrisst.

Aber Paulina scheint ihre Gedanken erneut lesen zu können.

»Ich muss zugeben, ich hatte noch nie eine Arbeit, die mir so viel bedeutet hat. Nicht einmal mein Studium der Philosophie und Literaturwissenschaft habe ich abgeschlossen. Ich habe mich zwar eingeschrieben, wie du weißt, aber bald darauf kamen dein Vater und deine Tante zur Welt, und mit zwei kleinen Kindern und in einer nicht gerade rosigen wirtschaftlichen Situation konnte ich auf keinen Fall weiterstudieren. Daher weiß ich nicht, ob ich dir in dieser Hinsicht Ratschläge erteilen kann oder ob du sie hören willst. Aber eins lass dir gesagt sein, mein Schatz, ich habe zu verschiedenen Gelegenheiten lernen müssen, dass einem manches im Leben in einem gewissen Moment bedeutend wichtiger erscheint, als es letztlich ist.«

Hinter den großen Fenstern des Wohnzimmers wird es bereits dunkel, doch keine der beiden steht auf, um das Licht einzuschalten. Sie bleiben in der hereinbrechenden Dunkelheit sitzen – die Großmutter, die das Kleid betrachtet, das sie nur einmal, im Alter von achtzehn Jahren, getragen hat, und die Enkelin, die sanft über den Stoff streicht, der sich wie ein Meer aus Falten und Wellen um sie legt.

Die eine denkt darüber nach, was sie mit ihrem Leben anfangen soll, und die andere ruft sich in Erinnerung, was sie aus ihrem gemacht hat.

2

Paulina Hoffmann betrachtet den feuchten Glanz auf dem Rücken der Jungen, ihre schmalen Körper im Sand, die gräuliche Spur der Wellen. Sie ist vor einem der bekanntesten Gemälde in der Ausstellung von Sorollas Werken im Museo del Prado stehen geblieben. Zu dieser Mittagsstunde sind nur wenige Leute da. Ein leichter Nieselregen hat die Besucher heute davon abgehalten, wie sonst in das beeindruckendste Kunstmuseum der Welt zu strömen. Neben ihr steht ein japanisches Paar und kommentiert die Gemälde mit leiser Stimme. Der Museumswärter ist in das Display seines Handys vertieft. Es herrscht eine herrliche Ruhe.

Nach dem Besuch ihrer Enkelin, die gestern bei ihr war, um das Brautkleid anzuprobieren, hat sie eine unerträgliche Wehmut überkommen. Und als sie heute früh aufgewacht ist, hat sie einmal mehr den Impuls verspürt, hierherzukommen. Wenn Paulina ihr Ehemann fehlt, geht sie nicht auf den Friedhof, um Blumen auf sein Grab zu legen. Das wäre nicht ihr Stil. An solchen Tagen geht sie ins Museo del Prado. Es hätte ihm sicher gefallen, dass sie die Erinnerung an ihn auf diese Weise hochhält.

Ihre Gedanken reisen in die Vergangenheit. Das passiert ihr in letzter Zeit immer häufiger. So lange hat sie gegen sich selbst gekämpft und jeden Tag darum gerungen, im Hier und Jetzt zu leben, und trotzdem ist ihr nun das, was vor mehr als fünfzig Jahren geschah, näher als das, was gestern war. Es ist das Alter, natürlich. In ein paar Monaten wird sie neunundsiebzig. Sie macht Dinge, die sie selbst überraschen, wie ihre Reise nach Berlin in der kommenden Woche. Es hat lange gedauert, bis sie zum ersten Mal in ihre Heimatstadt zurückgekehrt ist. In jungen

Jahren fehlte ihr das Geld für die Reise oder jemand, bei dem sie ihre Kinder hätte lassen können, und später wollte sie nicht sehen, wie die Stadt ihrer Kindheit durch eine Mauer geteilt wurde. Außerdem hatte sie dort niemanden mehr, weder Angehörige noch Freunde. Sie lebte ihr Leben fern von Deutschland.

Aber in den letzten Jahren hat sich in ihr das Bedürfnis geregt zurückzukehren. Sie ist vier- oder fünfmal nach Berlin geflogen, jedes Mal allein. Vorläufig hat sie es vorgezogen, ihren Kindern oder ihrer Enkelin nichts davon zu sagen. Besser, sie wirkt auf die anderen nicht so zerbrechlich, wie sie sich fühlt.

Für einen Moment nimmt sie das Gemälde, den Saal mit der hohen Decke, ja das ganze Museum, das in ihrem Leben eine so wichtige Rolle gespielt hat, nicht mehr bewusst wahr. Sie springt in der Zeit zurück, als wären die Jahrzehnte bloß Tage, Minuten oder gar Sekunden.

Sie erinnert sich an Carlos.

Sie waren so oft zusammen im Prado, dass sie schließlich bei mehr als hundert Gemälden auswendig hätte sagen können, wo sie hingen. Es gab eine Zeit, in der sie sich durch die prunkvollen Flure und riesigen Säle mit der gleichen Vertrautheit bewegte, als wäre sie zu Besuch bei einer alten Freundin.

»Schau dir dieses Bild von hier aus in Ruhe an«, sagte er in ihrem Rücken, wenn sie vor einem Goya oder Tizian stand. »Nimm dir Zeit, und sag mir, was du siehst.«

Und erst nachdem sie ihre Eindrücke über Farbe, Lebendigkeit, Spannung und Bewegung in Worte gefasst hatte, erklärte er ihr, welche Technik der Künstler angewandt hatte oder welche Bedeutung das jeweilige Gemälde besaß.

»Ich weiß nicht mehr über Malerei als du. Niemand weiß mehr als die anderen. Wenn ein Bild einen Laien nicht überzeugen kann, hat der Maler versagt.«

»Wenn du mir weiterhin so viel beibringst, bin ich am Ende

kein kleines Dummchen mehr und verliere meinen ganzen Charme«, scherzte Paulina.

Sie wäre so gern mit ihm gereist, um gemeinsam die Uffizien in Florenz, das MoMA in New York, die Tate Modern Gallery in London und all die anderen Orte zu erkunden, die sie viele Jahre später allein aufsuchte. Aber es blieb ihnen keine Zeit. Sie waren nur einmal in Paris, 1953, zusammen mit einer Gruppe von Malern, die vom Kultusministerium mit einem Stipendium bedacht worden waren. Vormittags besuchten sie den Louvre – wo Carlos mit großen Augen hochkonzentriert an jedem einzelnen Gemälde hing, als hätte er schon geahnt, dass er sie nie wiedersehen würde. Und nachmittags spazierten sie am Ufer der Seine, tranken Wein und liebten sich in ihrem Zimmer eines winzigen Hotels im Quartier Latin. Die übrigen Künstler der Reisegruppe trafen sie gerade mal bei ein paar Mahlzeiten. Es waren für Carlos und sie auf eine Art verspätete Flitterwochen.

Ihr Sohn Diego war damals drei Jahre alt und Elisa eins. Sie waren in Madrid bei Freunden geblieben, den Besitzern eines Kunstbuchverlags, die auch Kinder hatten. Paulina hatte damit begonnen, für sie deutsche Bücher zu übersetzen, und stockte so das magere Einkommen ihres Ehemannes auf, dem es nur gelegentlich gelang, ein Bild zu verkaufen, und dem der Malerei-Unterricht bei wohlhabenden Damen nach dem Skandal mit Paulina abrupt weggebrochen war. Wer mochte schon einen Mann einstellen, der sich seine Besuche in einem achtbaren Haus zu Nutze gemacht hatte, um das Nesthäkchen der Familie zu schwängern?

Paulina hatte ihr Vorhaben, Philosophie und Literaturwissenschaften zu studieren, längst verworfen, obwohl sie die Gebühren für das erste Studienjahr bezahlt hatte. Die Kinder waren noch klein, und ihre knapp bemessene freie Zeit widmete sie den Übersetzungen. Sie liebte diese Arbeit vom ersten Moment an. Seit sie keinen Kontakt mehr zu ihrer Tante Sofía hatte, gab es niemanden mehr, mit dem sie sich auf Deutsch unterhalten konnte, und so empfand sie es als tröstlich, ihre Muttersprache Tag für Tag durch ihre gewissenhafte Arbeit für die befreundeten Verleger wachzuhalten. Sich auf die Suche nach dem passenden Begriff zu machen und einen Weg zu finden, die Musikalität eines Satzes nicht zu zerstören, war für einen Menschen, der Worte liebte, eine faszinierende Aufgabe. Und sie widmete sich dieser Aufgabe mit solchem Talent, dass sie bald auch mit der Übersetzung von Romanen, Essays und Gedichten beauftragt wurde.

Die Art und Weise, wie sich ihr Onkel und ihre Tante, trotz der Farce in der Kirche und dem Kleid von Balenciaga, von ihr distanzierten, unterschied sich im Grunde nicht sehr davon, wie das Dienstmädchen Milagros vor die Tür gesetzt worden war. Nur das Bündel Geldscheine hatte gefehlt, was ihr, wie sie manchmal nicht ganz ernst dachte, wie gerufen gekommen wäre. Doch in Wahrheit hatten sie ihr einen großen Gefallen getan. Ein paar Mal hatte es sie förmlich in den Fingern gejuckt, in der Calle Velázquez anzurufen und ihnen zu danken, allein um des Vergnügens willen, sich an ihrer Irritation zu weiden. Doch letzten Endes hielt sie der Gedanke ab, ihr Cousin Manuel könne den Hörer abnehmen.

Seit sie denken konnte, war sie noch nie so glücklich gewesen. Die knapp vierzig Quadratmeter, die sie bewohnten, reichten ihnen völlig. Jeden Morgen verließ sie mit den Kindern das Haus – die Kleine in einem geborgten Kinderwagen, den Jungen an der Hand –, damit Carlos in Ruhe malen konnte. Sie ging mit ihnen in den nur zwei Blocks entfernten Retiro-Park, wo sie sich mit Ballspielen oder Sandbuddeln vergnügten. Paulina zeigte ihnen die Bäume, die den Paseo de Coches säumten, die Blüten im Rosengarten, die Boote auf dem Teich, den Galápagos-Brunnen und das Standbild des Gefallenen Engels. Es gab überall etwas Interessantes zu sehen, woraus sie eine Geschichte für Diego und

Elisa erfinden konnte. Im Retiro machten die beiden ihre ersten Schritte, dort lernten sie zu laufen und zu springen und fielen unendlich viele Male hin, um daraufhin trostsuchend in die Arme ihrer Mutter zu laufen.

Nach dem Besuch im Park kauften sie in der Markthalle des Mercado de Ibiza ein und kehrten zum Essen nach Hause zurück. Und nachmittags kümmerte sich Carlos um die Kinder, während sie an ihren Übersetzungen arbeitete, die dafür sorgten, dass sie ihre Rechnungen bezahlen konnten.

»Wie hübsch du bist«, sagte er immer wieder.

»Was redest du da? Sieh mich doch mal an. Aus der atemberaubenden Frau, die du geheiratet hast, ist nun eine Mutter mit zerzaustem Haar geworden«, erwiderte sie schelmisch.

»Du gefällst mir noch genauso sehr wie an jenem Tag, als du in die Galerie gekommen bist. Vielleicht sogar noch mehr. Glaubst du, die Kinder schlafen schon?«

Er trat an den Paravent, der das Stockbett abschirmte. Nur die Küche und das Badezimmer waren von dem Raum getrennt, in dem ihre Kinder spielten, Carlos malte und Paulina auf der Schreibmaschine tippte, die sie für die Mahlzeiten vom Tisch räumen musste.

Dann kam er zu ihr und ließ seine Hand unter ihr abgetragenes und beim Abendessen beflecktes Kleid gleiten, strich sanft über die weiße, weiche Haut ihres Gesäßes und zwickte sie mit dem Gummibund ihres Höschens. Der Sex war fantastisch, langsam und still in einer warmen Höhle aus Decken, stets darauf bedacht, die Kinder nicht aufzuwecken.

»Paulina«, sagte er einmal nach dem Höhepunkt. »Wir machen immer Scherze darüber, aber du hast mir nie gesagt, ob du den Luxus bei deinem Onkel und deiner Tante vermisst. Immerhin warst du es gewohnt, Hausangestellte zu haben, und jetzt leben wir hier in einer Bruchbude. Verwunderlich wäre es nicht.«

»Niemals, Carlos. Ganz ehrlich. Zumal ich es nicht von klein auf kannte. Meine Eltern lebten in Berlin nie auf so großem Fuß, und im Krieg mussten wir uns sehr einschränken. Die Jahre bei meinem Onkel und meiner Tante kommen mir unwirklich vor, wie ein böser Traum. Die beiden haben sich in Wahrheit nie für mich interessiert.«

»Verzeih mir. Ich wollte dich nicht traurig machen«, raunte er sanft, bevor er sich auf seine starken Arme mit den magischen Händen stützte, die mit etwas so Schlichtem wie einem Pinsel Unglaubliches hervorbringen konnten, und ihr einen belustigten Blick zuwarf. »Außerdem bist ganz allein du schuld daran, dass du jetzt bettelarm in diesem Atelier hockst, in dem es nach Farbresten riecht. Wie konntest du dich bloß mit jemandem wie mir einlassen?«

»Das stimmt«, erwiderte sie lachend, bevor Carlos ihr die Lippen mit einem innigen Kuss verschloss.

Wie oft hatten sie zusammengesessen und in dem kleinen schwarzen Notizbuch Kassensturz gemacht, während die Kinder ihren Mittagsschlaf hielten. Wie verhasst ihr dieses Büchlein war, und doch bewahrt sie es noch immer in einer Schublade auf, weil sie sich nach diesem Gefühl sehnt, das ihr später nie wieder vergönnt war, dem Gefühl, ihr Leben wirklich mit einem anderen Menschen zu teilen.

Sie war nur fünf Jahre mit Carlos Blanco verheiratet, aber sie denkt noch immer jeden Tag an ihn. Paulina Hoffmann erinnert sich an schlechte Zeiten, an sehr schlechte sogar, aber auch an gute. Doch ihre gemeinsame Zeit, als Diego und Elisa noch klein waren, ragt strahlend hell aus allen anderen Erinnerungen heraus.

Eines Tages bereitete sie zu Hause das Abendessen der Kinder zu. In dem stickigen Raum hing der Geruch von Bratkartoffeln mit Zwiebeln, obwohl das Fenster zum Innenhof weit geöffnet war. Carlos war ausgegangen, weil er sich mit einem Galeristen treffen wollte, der gerade eine Ausstellung vorbereitete und möglicherweise Interesse an ein paar neuen Bildern hatte. Paulina blickte auf die Uhr. »Eigenartig, es ist schon fast neun, und er ist noch nicht zurück.«

Endlich klingelte es an der Tür. Hatte er seine Schlüssel vergessen? Doch als sie die Tür öffnete, war es nicht Carlos. Der Polizist hatte die Mütze abgenommen. Er sah aus wie jemand, der unter allen Umständen die Form wahren will, wenn er eine schlechte Nachricht überbringt.

»Ihr Gatte ist im Krankenhaus«, erklärte er.

Carlos hatte mit einer Leinwand unter dem Arm die Calle Menéndez Pelayo überqueren wollen und dabei den Wagen übersehen, der mit Vollgas auf ihn zuraste. Gleich um die Ecke, während sie den Tisch deckte. Er starb noch in derselben Nacht, mit vom Aufprall gebrochenen Rippen und Wasser in der Lunge. Das war 1955.

Von allen Verlusten, die Paulina erleiden musste, war Carlos' Tod ohne Zweifel der schmerzlichste. Und das nicht nur, weil sie auf einmal allein war und ihr ganzes Leben in Scherben lag. Nicht einmal wegen der tiefen Liebe, die sie für den Mann empfunden hatte, der wie ein Wunder in ihrem Leben aufgetaucht war. Sondern vor allem, weil es überhaupt keinen Sinn ergab, wegen der trostlosen Absurdität des Schicksals. Ihre Familie war im Krieg umgekommen – oder, wie im Fall ihrer Mutter, als Folge der Tragödie, die sie durchleben musste –, aber Carlos starb zu einer Zeit, als nur Alte und Kranke aus dem Leben schieden. Als vermeintlich alles wieder normal war und sich die Menschen das Recht wiedererobert hatten, glücklich zu sein. Als Paulina gedacht hatte, dass es ihr endlich gelungen sei zu überleben.

Ein paar Tage nach der Beerdigung war sie mit zwei Kindern zu Hause, die ständig danach fragten, wann denn ihr Papa wiederkomme, inmitten von Leinwänden, die sie umgedreht hatte, um nicht verrückt zu werden. Ohne Beistand hatte sie kaum noch die Kraft, sich um die Kinder zu kümmern. Der Geruch nach angebrannten Kartoffeln war noch immer nicht ganz verschwunden und mischte sich mit dem schwachen Dunst der Ölfarbe, der immer im Atelier hing. Sie hatte Carlos' Sachen aus dem gleichen Grund weggepackt, aus dem sie auch die Bilder umgedreht hatte, aber ständig fiel ihr etwas in die Hände: ein Hemd im Wäschekorb, das Buch, das er las – mit einem Eselsohr in einer Seite –, seine letzte Schachtel Zigaretten.

Sie war im Begriff, den Verstand zu verlieren. Da erreichte sie ein Telegramm: *Mein Beileid. Kommt in die Villa Manuela. Schicke Fahrkarten.*

Gerade noch hatte sie gedacht, es gebe niemanden auf der Welt, an den sie sich wenden konnte. Doch da hatte sie ihre Rechnung ohne Manuela gemacht.

DIE AUGEN

Berlin, August 2016

1

Alicia verlässt das Hotel mit dem festen Vorsatz, in die Wohnung zurückzukehren, um zumindest ihre Sachen zu holen, doch sie ändert rasch ihre Meinung. Sie fühlt sich noch immer nicht dazu imstande; also betritt sie einen Fahrradverleih und beginnt gleich darauf, wie eine ganz normale Berlinerin in die Pedale zu treten. Ein bisschen Bewegung wird ihr guttun. Sie macht sich auf den Weg zur Museumsinsel und genießt den warmen Fahrtwind, während sie versucht, für eine Weile an gar nichts zu denken. Immerhin ist sie in Berlin im Urlaub, und die Büste der Nofretete im Neuen Museum wollte sie schon lange sehen. Bei jener lustigen, alkoholschwangeren Reise mit ihren Uni-Freundinnen vor fünfzehn Jahren waren sie nicht dazu gekommen. Sie muss lächeln, als sie sich daran erinnert, wie María, die Vernünftigste der Gruppe, ein paar Mal den Vorschlag gemacht hatte, ins Museum zu gehen, es ihr aber nicht gelungen war, die anderen von den Liegestühlen in der Pension loszueisen, auf denen sie sich von ihrem Kater erholten und sich die Anekdoten der vergangenen Nacht ins Gedächtnis riefen.

Sie stellt das Fahrrad in einer nahegelegenen Straße ab und schließt es mit dem Schloss an, das man ihr im Laden geliehen hat. Dann betritt sie das prächtige Gebäude. Sie flaniert durch die weitläufigen Räume mit den hohen Decken, vorbei an klassischen Skulpturen, bis sie zu einem runden Saal gelangt, der durch ein Oberlicht in der Kuppel erhellt wird. Dort ist, allein im Licht der Scheinwerfer, Nofretete. Die vollkommene Schönheit der Büste, das Antlitz mit den klaren Linien und dem dunklen Teint, nimmt sie sofort gefangen, und sie blendet die Besuchergruppen ringsumher aus. Vor einem so berühmten Werk zu stehen, sei es ein Denkmal, ein Gemälde oder eine Statue, ist manchmal eigenartig. Obwohl man es schon Tausende Male auf Fotos gesehen hat, hat das Werk eine vollkommen andere Wirkung. Alles sieht genauso aus wie auf den Bildern, und doch unterscheidet es sich. Es gibt etwas Geheimnisvolles, Mächtiges, eine besondere Kraft, die sich nur offenbart, wenn man davorsteht.

Wir hätten damals wirklich herkommen sollen, María hatte recht, denkt Alicia, die längst nicht mehr die sorglose junge Frau ist, die auf der Liege der Pension döste und nichts anderes im Sinn hatte, als sich möglichst gut zu amüsieren. Im Laufe der Zeit ist aus ihr eine Frau geworden, die tausend Dinge im Kopf hat, angefangen mit dem kleinen Jaime. Ihr Vater hat Marcos angerufen, und seit sie wenigstens in groben Zügen weiß, was ihr Sohn macht, ist sie um einiges ruhiger. Nicht dass sie sich ernsthaft Sorgen gemacht hätte, aber es war ihr ein schon fast körperliches, unkontrollierbares Bedürfnis gewesen, Bescheid zu wissen.

Aber es sieht danach aus, als ob es dem Jungen gut ginge. Seine Großeltern haben ihm eines dieser Laufräder geschenkt, und er kann schon recht gut das Gleichgewicht halten. Er hat sich mit einem älteren Nachbarn angefreundet, und sie spielen zusammen mit seinen Spielzeugautos auf dem Rasen im Garten. Er ist glücklich, fragt aber oft nach seiner Mutter, weshalb sie einen Zettel an den Kühlschrank gehängt haben, auf dem die verbleibenden Tage stehen, bis sie ihn Mitte August abholt.

Alicia trägt seit der Scheidung so viel Schuld mit sich herum, dass sie manchmal Angst hat, die bedingungslose Liebe des Jungen nicht zu verdienen, der jedes Mal zur Tür gelaufen kommt, um sie zu begrüßen, obwohl sich für sie im Büro zwölf Stunden lang alles nur um die Vorbereitung eines Prozesses und weitere Erfolge drehte. Die Liebe eines Kindes ist eine unumstößliche, allumfassende Tatsache und erzeugt doch gleichzeitig einen ganzen Rattenschwanz an Zweifeln, wie ein Spielzeug, das so kostbar und empfindlich ist, dass man fürchten muss, es kaputtzumachen, ohne es zu merken. Es tröstet sie zu wissen, dass Jaime sich an sie erinnert, als hätte sie Angst gehabt, er könne sie von einem Moment auf den anderen vergessen.

So wie sie selbst ihre Mutter vergessen hat.

Paloma war Ärztin gewesen, genau wie ihr Mann. Eines Nachts fuhr sie nach dem Dienst vom Krankenhaus nach Hause. Die Schicht war langweilig gewesen, in der Notaufnahme zwanzig Kilometer vor der Stadt hatte es kaum Patienten gegeben. Es war schon spät, und sie freute sich wahrscheinlich darauf, sich nach einer heißen Dusche zu Diego und ihrer Tochter ins Bett zu legen, die sich auch mit vier Jahren noch oft zu ihren Eltern schlich. Einen Kuss auf Alicias Stirn und den Mund ihres Mannes zu drücken, behutsam darauf bedacht, die beiden nicht aufzuwecken. Wahrscheinlich sehnte sie sich danach, auszuruhen, den rhythmischen Atem der Schlafenden zu hören und auch selbst die Augen zu schließen.

Die Augen zu schließen.

Nur ein Moment reiche aus, heißt es. Ein Augenblick der Unkonzentriertheit, um vom Schlaf übermannt zu werden. Wie die Polizei mitteilte, war sie von der Fahrbahn abgekommen. Eine Scherbe des Seitenfensters, das offen stand und durch den Aufprall zersprungen war, hatte sich in Palomas Hals gebohrt. Ein tragischer Unglücksfall, sagten sie, das Auto sei nicht einmal umgekippt. Ihre Kollegin auf dem Beifahrersitz war praktisch unversehrt.

Nun hat Alicia selbst einen Sohn, der bald so alt sein wird wie sie, als sie zur Halbwaise wurde. Es fällt ihr schwer, in ihrem Gedächtnis echte Erinnerungen an Paloma zu finden, die mehr sind als das, was man ihr erzählt hat. Und das war ohnehin nicht viel, denn ihr Vater ist mit allem, was ihre Mutter betraf, immer recht verschlossen gewesen. Sie hat sein Schweigen respektiert, wohl wissend, dass jeder Mensch sein eigenes Rezept hat, mit dem Schmerz umzugehen.

Als sie das Museum verlässt und neben der Säulenreihe hergeht, die zum Park führt, kommt ihr der Gedanke, dass sie von alldem – der Straße, der Schlaftrunkenheit, der Schicht im Krankenhaus – nur von ihrer Tante Elisa weiß, der rastlosen Künstlerin, die ständig auf Reisen durch die halbe Welt ist und in ihrer Kindheit nur eine flüchtige Erscheinung gewesen war. Als Alicia ein Teenager war, hielt sie sich jedoch für einige Zeit in Madrid auf und nahm sich Zeit für wichtige Gespräche, die das junge Mädchen nicht mit seiner Großmutter oder seinem Vater führen konnte. Obwohl die beiden sehr unterschiedlich sind, waren sie darüber, wie mit diesem Thema umzugehen oder vielmehr nicht umzugehen sei, doch einer Meinung. Paulina war nicht bereit, in der Vergangenheit zu graben, und Diego war dazu schlicht und einfach nicht fähig.

Alicia findet es verstörend, dass ihre Mutter kaum Spuren in ihrer Erinnerung hinterlassen hat, wo sie doch weiß, wie viel ihre Kindheit für Paloma bedeutet haben muss. Die kleinen Lippen, die unbeholfen nach der Brust suchten, das Brabbeln, die ersten Blicke, das erste Lächeln. Alles, was sie selbst mit Jaime erlebt hat, ist für immer verloren. Denn Paloma ist vor mehr als dreißig Jahren gestorben, und ihre Tochter kann sich kaum noch an sie erinnern.

Eine beruhigende Stimme, wenn sie nachts aufgewühlt aus einem Albtraum erwachte. Eine Hand, die die ihre auf dem Weg zum Kindergarten festhielt. Ein paar Schlaflieder.

Sonst nichts.

2

Als sie das Fahrradschloss aufschließt, erhält sie auf dem Handy eine Nachricht. Sie schaut sofort nach, in der Hoffnung, es sei ein Bild von Jaime, sieht dann aber, dass sie von Iváns Nummer verschickt wurde. Idiotischerweise wird sie nervös. Irgendwie verbindet er sie mit ihrem früheren Selbst, mit der Studentin, die das Leben leichtnahm.

Ich weiß, die Woche ist noch nicht vorbei, aber wenn du Lust hast, könnten wir uns nachher sehen. Es ist der perfekte Abend für ein paar Bier.

Verstehe, mit deinem sozialen Leben in Berlin ist es nicht weit her, antwortet sie.

Was erwartest du? Ich bin erst seit zehn Monaten hier, und diese Deutschen sind ein seltsames Völkchen.

Okay, dann also auf ein paar Bier, gibt Alicia nach.

Dann sehen wir uns in einer Stunde im Prater. Das ist ein Biergarten in Prenzlauer Berg. Direkt bei dir nebenan, glaube ich.

Als sie am vereinbarten Ort eintrifft, einem Innenhof mit großen Kastanienbäumen, entdeckt sie Iván an einem der Biertische. Es wird langsam Abend, und angesichts der Temperatur ist eine dünne Jacke ratsam. Er faltet seine Zeitung und hebt die Hand zum Gruß. Sie findet es schön, dass er in einer Zeit, in der alle Welt in einen Bildschirm vertieft ist, der Tageszeitung aus Papier treu geblieben ist. Er hat bereits zwei Bier bestellt. An den hohen Bäumen hängen Lichterketten mit leuchtenden Glühbirnen, die im Dämmerlicht des frühen Abends funkeln. Alicia findet, dass es an der Zeit ist, ihre Sorgen mit jemandem zu teilen.

»Das ist aber schön hier«, sagt sie.

»Angeblich ist es der älteste Biergarten Berlins. Er wurde schon zu Beginn des 19. Jahrhunderts eröffnet. Das Bier, das hier gebraut wird, ist berühmt, mal sehen, ob es dir schmeckt. Du siehst, ich mime für dich den Touristenführer.«

»Sag bloß. Dabei bin ich doch viel mehr Berlinerin als du! Ich habe hier meine Wurzeln, und du bist bloß ein Zugereister.«

Iván lacht. Dann fragt er: »Und? Wie ist es dir seit Sonntag ergangen?«

»Na ja, viel unternommen habe ich nicht, aber es waren schon ziemlich aufregende Tage. Ich sage nur eins, ich bin in ein Hotel gezogen.«

»Wie kommt das denn? Ist alles in Ordnung?«

»Nachdem wir zusammen gegessen haben, habe ich bei meiner Rückkehr in der Wohnung auf dem Esstisch ein altes Fotoalbum und einen Spiegel gefunden, mit dem ich als Kind gespielt habe.«

»Und?«

»Sie lagen nicht auf dem Tisch, als ich das Haus verließ. Es war jemand da, der sie dort hingelegt hat. Derjenige hat einen Schlüssel, wer auch immer es ist. Und es ist ein ganz besonderes Album. Es sind die Fotos aus der Kindheit meiner Oma.« Alicia hat so schnell gesprochen, dass sie nach Luft schnappen muss. »Ich weiß, das klingt alles sehr seltsam. Es ist mir regelrecht peinlich, darüber zu sprechen.«

»Wie unheimlich. Aber es gibt sicher eine logische Erklärung, auch wenn du vielleicht meinst, der Geist deiner Oma würde dich heimsuchen«, antwortet Iván spöttisch, um der Geschichte die Dramatik zu nehmen. »Und, was hast du gemacht? Bist du Hals über Kopf ins erstbeste Hotel gerannt?«

»So ungefähr. Bisher war ich noch nicht einmal in der Wohnung, um meine Sachen abzuholen. Ehrlich gesagt, ich habe Angst. Ich weiß, es klingt absurd, aber stell dir mal vor, ich gehe in die Wohnung, und da ist jemand.«

»Das heißt, tief im Inneren glaubst du tatsächlich daran, dass es der Geist deiner Großmutter ist«, erwidert er und schafft es mit seinen Worten, die Spannung zu lösen. Alicia lacht hysterisch auf.

»Keine Ahnung. Jedenfalls kommt mir das Ganze ziemlich merkwürdig vor.«

»Wenn du möchtest, können wir zusammen hochgehen.«

»Ich wäre dir echt dankbar, wir brauchen nicht lange.«

Sehr gut, denkt sie. Ziel erreicht. Wäre Iván nicht von selbst darauf gekommen, hätte sie ihn darum gebeten. Das hat sie sich noch vor dem Museum vorgenommen, als sie seine Nachricht bekam.

Sie trinken rasch ihr Bier aus und verlassen den Biergarten, der sich im selben Straßenblock befindet wie ihre Wohnung. Alicia hält den Schlüsselanhänger mit dem blau emaillierten P in der Hand, dem ihre Finger seit zwei Tagen in ihrer Handtasche unter allen Umständen ausweichen. Sie wirft Iván einen kurzen Blick zu, als wollte sie sich bei ihm entschuldigen, dass sie ihn in diesen Irrsinn hineinzieht, und betritt gemeinsam mit ihm den Hausflur. Wortlos steigen sie die Treppe hinauf in den ersten Stock. In der Wohnung ist alles ruhig. Sie gehen nacheinander durch alle Räume. Natürlich ist niemand da. Sie riskiert den Spott ihres Begleiters und schaut sogar unter das Bett und in die Schränke. Doch er lacht nicht, wofür sie ihm dankbar ist.

»Na los, schnapp dir deine Sachen.«

»Gib mir ein paar Minuten.«

Sie packt die Kleider, die sie auf Bügel gehängt hat, die Toilettenartikel und die wenigen Lebensmittel aus dem Kühlschrank ein. Dann schaut sie verstohlen ins Wohnzimmer und sieht, dass er sich, offenbar versunken in die Atmosphäre der Straßencafés, über die Balkonbrüstung beugt. Okay, denkt Alicia, ich habe noch Zeit. Die letzten Worte ihres Vaters, dass Paulina ihr möglicherweise irgendwo eine »Nachricht« hinterlassen hat, wollen ihr nicht aus dem Kopf gehen. Sie schaut in die Schubladen in der Küche und im Schlafzimmer, aber nirgendwo ist ein Umschlag oder ein Zettel. Wo könnte ihre Großmutter einen Brief für sie versteckt haben? Vergeblich kramt sie in ihrem Gedächtnis nach einem Hinweis, nach einem Geistesblitz. Aber da ist nichts.

Als sie zu Iván geht, bemerkt sie, dass er sich nicht nur an das Geländer gelehnt hat, um zu beobachten, was auf der Straße vor sich geht.

»Hey, was machst du da?«

»Sieht man das nicht?«, fragt er und bietet ihr den Joint an.

»Ich finde das jetzt echt unpassend.«

»Was denn, rauchst du nicht mehr?«

»Es ist zwanzig Jahre her, seit du das letzte Mal gesehen hast, wie ich an einem Joint gezogen habe.«

»Mach dich nicht älter, als du bist! Die Party damals in der Wohnung meiner Eltern, das muss vor sechzehn Jahren gewesen sein. Du bist jetzt fünfunddreißig, oder? Also, willst du nun, oder willst du nicht?

»Gib schon her«, gibt sie nach, fängt aber schon beim ersten Zug an zu husten.

Wenige Minuten später sitzen sie beide auf dem Boden und trinken eine fantastische Flasche Ribera del Duero, die sie in der Speisekammer gefunden haben. Ihre Großmutter liebte guten Wein, daher war es kein Wunder, dass sie sich einen Vorrat angelegt hatte. Doch wenn jemand Alicia noch vor wenigen Stunden gesagt hätte, dass sie in derselben Wohnung, die sie am Tag zuvor nicht hatte betreten können, um ihren Koffer zu holen, ganz entspannt Wein trinken und sich unterhalten würde, hätte sie das nicht für möglich gehalten.

»Hoffentlich bist du mir dankbar«, sagt Iván.

»Wofür sollte ich dir dankbar sein?«

»Dass ich diese gute Idee hatte, damit du dich in aller Ruhe davon überzeugen kannst, dass dir hier keine echte Gefahr droht und du nicht so überstürzt ausziehen musst. Die Sache mit dem Fotoalbum ist das Seltsamste, was ich seit Langem gehört habe, aber ich glaube nicht, dass derjenige, der hier war, dir etwas antun wollte. Wenn wirklich jemand hier war …«

»Vermutlich hast du recht, aber ich habe einen Mordsschrecken bekommen. Ich könnte schwören, dass ich das Album erst gesehen habe, als ich vom Mittagessen mit dir zurückgekommen bin, aber sicher bin ich mir nicht. Am Tag meiner Ankunft in Berlin war ich ziemlich durch den Wind.«

»Du musst wieder hier einziehen. Ich wohne ganz in der Nähe. Ich verspreche dir, dass mein Handy immer eingeschaltet ist, und wenn etwas Seltsames passieren sollte – wobei ich fest davon überzeugt bin, dass das nicht der Fall sein wird –, bin ich im Nu hier.«

Alicia nickt nachdenklich. Ist es der richtige Zeitpunkt, um das Thema anzugehen, über das sie früher oder später sprechen müssen? Ermutigt durch den Alkohol, fasst sie sich ein Herz.

»Es ist witzig, dass du eben einfach so jenen Abend in der Wohnung deiner Eltern erwähnt hast. Du hast dich nicht gerade mustergültig verhalten.«

Iván lacht laut auf und wirft den Kopf in den Nacken.

»Und du, Alicia? Ich kann mich nicht erinnern, dass es dir missfallen hätte.«

»Bitte erspare mir deine dummen Sprüche«, erwidert sie barsch. Sie konnte schon immer fies werden, wenn sie wollte.

»Werd nicht gleich sauer. Ich verstehe bloß nicht, was das jetzt soll.«

»Ich rede davon, dass du mich verarscht hast. Und in dem Alter, in dem ich damals war, ist so was echt hart. Es ging mir deinetwegen schrecklich. Weißt du, es wäre albern, nach der langen Zeit darüber zu streiten, aber ich musste es ansprechen, um mich besser zu fühlen. Und jetzt sollten wir wohl besser das Thema wechseln.«

»Oh nein, so einfach kommst du mir nicht davon. Ich soll dich verarscht haben? Wie kannst du das nur sagen?«

»Entschuldige mal?«

»Am Morgen, nachdem wir gevögelt hatten, erfuhr ich, dass du einen Freund hattest, mir davon aber nichts gesagt hattest. Ich habe mit meiner Schwester gefrühstückt, bevor du in die Küche kamst, und sie wollte wissen, ob am Abend zuvor ein Junge vorbeigekommen wäre. Mir wäre fast meine Kaffeetasse aus der Hand gefallen. Sie hatte den Verdacht, dass du geblieben warst, um einen Typen zu vernaschen, mit dem du damals ausgegangen bist.«

Eine Flut von Erinnerungen bricht über Alicia herein. Natürlich, so muss es gewesen sein! Iváns Verachtung hatte einen ganz einfachen Grund, und sie hätte sich den Kummer und die Tränen der folgenden Wochen ersparen können, wenn sie nicht so dumm gewesen wäre.

»Ah, verstehe! Es stimmt, dass ich mich damals zwei-, dreimal mit einem Kommilitonen getroffen habe, aber das war nichts Ernstes. Wenn ich allerdings jetzt daran zurückdenke, habe ich diesen Flirt vor María womöglich ein bisschen hochgespielt, um anzugeben«, gesteht sie lachend.

»Das heißt mit anderen Worten, ich habe mir eine Wiederholung dieser Wahnsinnsnacht entgehen lassen, weil du meiner armen Schwester Märchen über imaginäre Lover aufgetischt hast? Es hat mich wahnsinnig geärgert, ich dachte, du nimmst mich nicht für voll.«

Verwirrt von seinen Worten, muss Alicia erneut lachen.

»Dann können wir den alten Unmut ad acta legen, oder? Aber wie dem auch sei, ich kann nicht fassen, dass María dachte, ich würde einen Typen zu euch einladen, ohne sie zu fragen. Sie muss ja ein schönes Bild von mir gehabt haben!«

»Ich hätte ihn nicht reingelassen, da kannst du dir sicher sein«, erwidert Iván, der rücklings auf dem alten Dielenboden lag, die fantastischen, gebräunten, durchtrainierten Arme zum improvisierten Kissen im Nacken verschränkt.

Bei geöffneten Balkontüren, durch die die nächtliche Brise hereinweht, lauschen sie schweigend den Stimmen der Gäste im Café Blume. Gegenüber steht ein großer Kastanienbaum mit einer runden, grünen Krone, dessen Äste sich mit einem leisen Rauschen wiegen. Alicia nimmt rasch den letzten Schluck aus ihrem Glas und legt sich ebenfalls auf den Boden, der im Licht der Straßenlaternen schimmert. Sie schließt die Augen und atmet tief durch.

Eigenartig, sagt sie zu sich. Ich habe keine Angst mehr.

3

Das Morgenlicht weckt Alicia auf. Gestern Abend hat sie vergessen, die Vorhänge zu schließen. Sie tritt ans Fenster und schaut hinunter auf den Bürgersteig. Dort geht eine alte Frau mit pechschwarzem Haar. Der silberne Griff ihres Stocks glitzert im Sonnenlicht. Schönheit steckt bisweilen in den kleinsten Details.

Ihre Großmutter brauchte keinen Stock, aber als sie nach Berlin kam, war sie dieser Fremden vermutlich nicht unähnlich, die sich trotz ihres Hinkens um eine aufrechte Haltung bemüht. Könnte es sein, dass sie sich sogar kannten? Bei den vielen unvorhergesehenen Dingen der letzten Tage ist sie noch nicht dazu gekommen, die Nachbarn und Leute im Viertel nach ihrer Oma zu fragen, wie sie es sich eigentlich vorgenommen hat.

Sie schaut auf ihrem Handy nach der Uhrzeit: Es ist fast elf. Oh, und sie hat schreckliche Kopfschmerzen. Beides ein Hinweis darauf, dass ihr die Situation gestern Abend ganz offensichtlich entglitten ist. Iván hatte ein bisschen Gras dabei, und wie sich herausstellte, hatte ihre Oma in der Küche einen beeindruckenden Weinvorrat angelegt. Nach dem Ribera hatten sie in dem fast leeren Wohnzimmer einen Montepulciano aufgemacht. Und so hatte sich eine angeregte Unterhaltung entsponnen zwischen ihr und diesem Mann mit dem intelligenten Lächeln und den schönen Armen, mit dem sie mit neunzehn ebenso ungeschickt wie leidenschaftlich geschlafen hatte.

»Hast du eine Freundin oder Ähnliches?«, wollte sie wissen. »Wartet in Madrid jemand auf dich?«

»Ich wollte den Korrespondentenposten in Berlin vor allem, um von Madrid wegzukommen.«

»Wieso? Was ist passiert?«

»Ich war vier Jahre mit einer Kollegin bei der Zeitung zusammen. Wir haben darüber nachgedacht, uns eine Wohnung zu kaufen, und fingen sogar schon an, mit einem Kind zu liebäugeln. Aber dann wurde ihr eine Stelle bei einem Fernsehsender in Miami angeboten, und sie hat es sich nicht zweimal überlegt. Es lag auf der Hand, wo ihre Prioritäten lagen.«

»Hat sie dich nicht gebeten, mitzugehen?«

»Ja, schon, sie meinte, ich könnte dort als Freelancer arbeiten, aber ich hatte nicht den Eindruck, dass sie besonders scharf darauf war.«

Alicia steckte den Hieb ein. Iván hatte ja keine Ahnung, wie sehr sie sich mit dieser Frau identifizieren konnte, die nicht fähig war, mit ihrem Ehrgeiz umzugehen, und sich selbst wer weiß was beweisen wollte.

»Ach! Und was passierte dann?«

»Nach ein paar Monaten hing es mir zum Hals raus, allein in Madrid in der Wohnung zu sein, die wir zusammen gemietet hatten. Da ging der frühere Berlin-Korrespondent in den Ruhestand, und ich fand es eine gute Idee, mich für den Posten zu bewerben und zu versuchen, mein eigenes Leben zu führen. Na ja, ich muss gestehen, ich spreche nicht gern über das Thema«, fügte er hinzu (dunkle Haare, leichte Adlernase, noch besser aussehend als zehn Minuten zuvor) und nahm einen langen Zug am Joint. »Jetzt bist du dran! Ich weiß nur, dass du geschieden bist und einen dreijährigen Sohn hast.«

»Da gibt es nicht viel zu erzählen«, log sie. »Ich habe Marcos vor fünf Jahren geheiratet, als wir schon ziemlich lang zusammen waren, und vor drei Jahren haben wir Jaime bekommen. Anfangs lief alles gut, aber dann wurde deutlich, dass wir nicht füreinander geschaffen waren. Der Reiz war weg, wir langweilten uns. Also haben wir uns im gegenseitigen Einvernehmen getrennt. Wir verstehen uns nach wie vor gut, insbesondere bei allem, was mit dem Kleinen zu tun hat. Letztlich ist er das Wichtigste.«

Als sie heute Morgen an das gestrige Gespräch denkt, schämt sie sich fast dafür, ihm eine Lüge nach der anderen aufgetischt zu haben. Vor allem, weil sie bezweifelt, dass ihre sirupsüße, klischeehafte Geschichte zu dem passt, was María ihrem Bruder erzählt haben wird.

Aber darüber hat Iván gestern Abend nichts gesagt. Er rückte nur ein Stück näher und sagte leise:

»Ich kann mir nur schwer vorstellen, dass du jemandem nicht gefällst.«

Alicia spürte ein Zittern, eine Art Lufthauch im Nacken. Ein Pulsschlag im Schritt, der plötzlich zum Mittelpunkt ihres Körpers wurde. Von dem, was danach geschah, ist ihr nur eine verwirrende Abfolge von Bildern und Empfindungen in Erinnerung geblieben, wie im Zeitraffer. Eine warme, nach Marihuana schmeckende Zunge, das raue, aufregende Reiben unrasierter Wangen, Hände, die mit entschlossenem Griff ihre Jeans herunterzogen. Sie begannen dort auf dem Boden und landeten, in Erinnerung an alte Zeiten, in der Küche auf der Arbeitsplatte. Ein herrlicher Kontrollverlust!

Tatsächlich ist der ganze gestrige Abend eine einzige Ode an den Kontrollverlust gewesen. Mit dem Wein, den Joints, dem Sex. Warum gibt sie nicht endlich vor sich selbst zu, dass sie in ihrem Leben so manches nicht im Griff hat. Sie geht ins Bad und stellt sich ihrem Spiegelbild: einer müden Frau mit verschmiertem Make-up, weil sie es gestern vor dem Schlafengehen nicht mehr entfernt hat. Einer verwirrten Alicia mit Rändern unter den Augen. Mit einem Glas Wasser und einer Ibuprofen in der Hand bleibt sie in der Tür zum Schlafzimmer stehen und lässt ihren Blick über den großen, nackten Körper von Iván schweifen, der friedlich zwischen den zerwühlten Laken schläft. Über seine gebräunte, warme Haut und die entspannte Muskulatur seines Oberkörpers.

Es ist schwer zu erklären, wie sie sich in diesem Moment

fühlt. Zufrieden, das erreicht zu haben, was ihr seit ihrem Wiedersehen insgeheim im Kopf herumspukte. Erregt von der Möglichkeit, noch einmal mit diesem Mann zu schlafen, von dem sie die Augen nicht abwenden kann. Zerknirscht, dass sie sich diesen Moment der Schwäche gegönnt hat, wo sie doch in ihrem Leben so vieles in Ordnung bringen muss. Und beschämt, weil sie meint, ihn nicht verdient zu haben, nicht nach all dem Leid, das sie verursacht hat.

Sie nimmt leise ein paar Kleider aus dem Schrank und zieht sich schnell an. Dann legt sie für ihn einen Zettel auf den Esstisch, sie sei ins Hotel gegangen, um ihre Sachen zu holen und auszuchecken. Vorsichtig schließt sie die Wohnungstür hinter sich und eilt aus dem Haus.

Sie hat es geschafft zu flüchten, bevor er die Augen aufschlägt. Sie hätte nicht gewusst, was sie sagen soll.

4

Zwei Augen betrachten das Haus an der Kastanienallee 14. Es sind die Augen eines Menschen, der nach seiner Heimkehr von der morgendlichen Runde beim Blick aus dem Fenster etwas gesehen hat, das seine Aufmerksamkeit erregt hat.

Es sind die Augen eines Menschen, der manche der Dinge, die er erlebt hat, niemals vergessen wird. Der das Grauen nie aus seinem Gedächtnis wird löschen können. Eines Menschen, für den der Anflug von Leben in dieser Wohnung eine Wiederbegegnung mit der Reinheit und Unschuld seiner ersten Erinnerungen bedeutet. Den einzigen Erinnerungen, die trotz all des Leids, das danach kam, noch intakt und kostbar sind.

Eine Hand nimmt eine Brille aus dem Regal, um in die Ferne zu sehen. Bei geöffneter Balkontür ist recht gut zu erkennen, was auf der anderen Straßenseite vor sich geht. Genauer gesagt, was im ersten Stock des Gebäudes auf der anderen Straßenseite vor sich geht.

Ja, da ist definitiv jemand in der Wohnung. Eine Silhouette ist zu erahnen, die sich durchs Wohnzimmer bewegt.

Die Augen schauen weiter.

Ein paar Minuten später öffnet sich die Haustür, und eine etwa dreißigjährige Frau kommt heraus, mit kastanienbraunem Haar und sehr heller Haut, in Jeans und Sneakern. Sie eilt mit angespannter Miene auf dem Bürgersteig davon.

Also ist sie am Ende gekommen. Mein Gott, sie sieht aus wie sie. Viel mehr noch als auf den Fotos.

Und jetzt ist sie hier.

DER ENTSCHLUSS

Málaga, 1955

1

Als Paulina das letzte Mal im Andalusien-Express fuhr, hatte sie gerade erfahren, dass ihre Mutter Selbstmord begangen hatte. Acht Jahre später sitzt sie nach der Beerdigung ihres Mannes nun wieder in diesem Zug. Durch das Fenster sieht sie die gleiche kastilische Landschaft, die aus einem von Carlos' Gemälden zu stammen scheint, das gleiche grüne Bild der Olivenhaine. Die gleiche Trostlosigkeit, das gleiche Gefühl, dass das Schicksal sich erneut an ihr austobt, obwohl sie noch nicht mal vierundzwanzig Jahre alt ist. Alles bleibt, nichts bleibt.

Aber diesmal ringt sie mühsam darum, vor ihren kleinen Kindern nicht die Beherrschung zu verlieren, die ernsthaft und beunruhigend still neben ihr im Abteil sitzen. Sie ist sich nicht sicher, inwieweit die beiden verstehen, dass ihr Vater tot ist.

Am Mittwochnachmittag hatte sie sie der Obhut einer Nachbarin überlassen, um zum Friedhof zu gehen. Ein Priester hatte eilig ein paar unpersönliche Floskeln heruntergeleiert, bevor die pechschwarze Erde den grässlichen billigen Sarg verschluckt hatte, den einzigen, den Paulina sich leisten konnte. In dieser verhassten Holzkiste lag der gebrochene, zermalmte Körper von Carlos, der noch eine Woche zuvor so stark und voller Leben gewesen war. Die Augen, die sie nie wieder ansehen, die Hände, die nie wieder einen Pinsel aufnehmen werden, der Mund, der seinen Kindern nie wieder einen Gutenachtkuss geben wird.

Ihren Kindern. Zwei Kinder, die jetzt, genau wie sie, teilnahmslos aus dem Fenster starren. Der kleine Diego umklammert ein Spielzeugauto so fest, als hätte er Angst, es könnte ihm gestohlen werden. Er ist kürzlich fünf Jahre alt geworden, und seine Ähnlichkeit mit Manuel wird immer deutlicher. Er hat die gleiche goldene Haut, das glänzend schwarze Haar, das Lächeln mit den strahlend weißen Zähnen. Wenn er denn lacht, wohlgemerkt, denn das hat er schon seit Tagen nicht getan. Manchmal muss Paulina an das Porträt ihres Cousins im Matrosenanzug denken, wenn sie ihn ansieht. Die beiden sehen sich sehr ähnlich, es ist sinnlos, das abzustreiten. Er ist die Sorte Kind, das sämtliche Ladenbesitzer aus dem Viertel beim Namen kennen und dem die Damen immer gern über das glänzende Köpfchen streichen.

Am Tag seiner Geburt, als nach mehr als fünfzehn Stunden Wehen endlich Carlos in ihr Krankenhauszimmer kam, lag sie da, im Nachthemd und mit einem winzigen, in Decken gewickelten Bündel in den Armen. Die beiden betrachteten das noch feuchte Gesichtchen, die geschlossenen Lider seiner großen Augen, seine zarten Babyhände. In diesem Moment wurde ihr »Handel«, wie sie es halb im Scherz nannten, besiegelt.

»Ich möchte, dass du den Namen aussuchst.«

Er schaute sie verwundert an – bisher hatte sie immer gesagt, der Junge solle Otto heißen, wie ihr Vater und ihr Bruder –, aber er verstand sofort, was sie ihm damit sagen wollte. Carlos brauchte keine langen Erklärungen, und Paulina mochte sie nicht machen. Auch in dieser Hinsicht waren sie füreinander geschaffen.

»Er wird mein Sohn sein«, antwortete er und wischte Paulina mit dem Rücken seiner rechten Hand, die immer ein wenig rau von den chemischen Inhaltsstoffen der Farben war, die Tränen von den Wangen. »Was hältst du von Diego?«

Ein paar Jahre später kam Elisa zur Welt, die schon mit wenigen Monaten genauso intelligent wirkte wie ihr Vater und mit den gleichen offenen Augen in die Welt blickte. Ihr Liebreiz war dezenter, subtiler als der ihres Bruders. Sie war blasser, nicht ganz so strahlend. Bereits von klein auf zeichnete sich ab, dass sie Carlos' künstlerische Neigungen geerbt hatte. Mit etwas mehr als einem Jahr kritzelte sie mit ihren Buntstiften stundenlang

Hefte voll, und zu ihrem zweiten Geburtstag bekam sie eine Schachtel Aquarellkreide geschenkt. Ihre Lieblingsbeschäftigung war es, auf einem Stuhl vor der Staffelei ihres Papas zu sitzen und seinen Ausführungen zuzuhören, was er malte, warum er den Pinsel wechselte und wie man es schaffte, dass der Himmel so blau war wie an einem Frühlingsmorgen.

Wie soll Paulina diese beiden Kinder durchbringen, die sonst so voller Energie sind, doch jetzt mit durchgedrücktem Rücken in diesem traurigen Zugabteil sitzen und nicht einmal ihre kleinen blauen Mäntel ausziehen? Zwar haben die befreundeten Verleger sie wissen lassen, dass es ihr an Übersetzungen nicht mangeln wird, die schon bisher ihre wichtigste Einnahmequelle waren. Was ihr jedoch Sorge bereitet, ist ihre mentale Stärke und ob es ihr gelingen wird, nicht verrückt zu werden.

Ohne Familie, von Onkel und Tante verstoßen, bei den Schulfreundinnen nach ihrer Hochzeit verfemt, hatte sie keine andere Wahl, als Manuelas Einladung anzunehmen, um sich diesem Albtraum nicht allein stellen zu müssen. Am Tag der Beerdigung war deutlich geworden, dass Carlos' Angehörige, Leute aus bescheidenen Verhältnissen und von Anfang an voller Argwohn gegenüber der Ehe der beiden, wenig Neigung verspürten, sich ihre Schwiegertochter und die Enkel aufzuhalsen. Und was hätten sie schon tun können? Ihr anbieten, mit den Kindern nach Cuenca zu kommen? Gut, dass sie ihr diesen Vorschlag nicht gemacht haben. Das ersparte ihr die Peinlichkeit, sie mit einer Absage zu brüskieren.

Das Haus in El Limonar ist nicht mehr der Ort, der sie an Manuel erinnert. Es ist jetzt ihre letzte Zuflucht. Die Reise, die sie nun unternimmt, um ihre Kinder unter allen Umständen vor Trauer und Leid zu bewahren, ähnelt in hohem Maße der Reise, die sie selbst vor so vielen Jahren mit ihrer Mutter von Berlin nach Madrid unternommen hat. Es ist abermals eine verzweifelte Flucht zu einem einzig möglichen Ziel.

Als sie bereits mehr als vier Stunden unterwegs sind, erwacht Elisa aus einem langen Nickerchen.

»Ist Papa in Málaga?«, fragt sie.

Da bricht die Welt um Paulina einmal mehr zusammen.

»Nein, mein Herz. Er ist nicht in Málaga. Dein Bruder, du und ich fahren zu einer Freundin von mir. Sie heißt Manuela und freut sich sehr darauf, dich kennenzulernen. Wir gehen dort zum Strand.«

»Darf ich im Meer baden?«

»Aber sicher, Elisa. Warum malst du nicht ein bisschen?«

Das Mädchen lässt sich durch die Stifte ablenken, aber Diego ist schon fünf, und er hat dem Gespräch aufmerksam zugehört. Er starrt seine Mutter aus seinen runden schwarzen Augen an, die plötzlich so weise und bedrückt wirken wie die eines alten Mannes.

»Er ist tot, nicht wahr?«

Gibt es eine richtige Antwort auf diese Frage, irgendeinen Weg, die Realität weniger unerträglich zu machen, sie so abzumildern, dass dieses Kind, das noch nicht einmal zur Schule geht, nicht schon so früh erfährt, wie unbarmherzig die Welt ist? Wahrscheinlich nicht, oder zumindest fällt ihr keine ein. Es bleibt nur die Wahrheit, einen anderen Ausweg gibt es nicht.

»Ja, mein Kind.«

»Ich habe gehört, was die Nachbarin zu dir gesagt hat.«

»Ich weiß, Diego. Aber verstehst du, was das bedeutet?«

»Er kommt nicht mehr zurück, aber ich verstehe nicht, warum.«

Paulina bleibt für einen Augenblick stumm. Sie will ihn nicht anlügen oder noch mehr verletzen. Es fällt ihr nicht leicht, die richtigen Worte zu finden.

»Ich verstehe es auch nicht, mein Herz. Aber, weißt du, mein Vater ist auch gestorben, und doch machst du mich jetzt sehr glücklich. Du solltest versuchen, dich nur an die schönen Zeiten zu erinnern, die du mit Papa erlebt hast.«

Unsicher, wie dieser ungeschickte, auf die Schnelle improvisierte Vortrag auf den Jungen wirkt, schaut sie ihn so lange an, bis sich seine Unterlippe vorschiebt. Gerade noch wirkte er wie ein Erwachsener, und nun sieht er genauso aus wie früher als Baby.

»Mama?«

»Ja, Liebling?«

»Papa hat mir versprochen, dass wir in den Tierpark gehen. Da soll es einen Löwen und einen Elefanten geben. Ich kann nicht mehr mit ihm dahingehen, oder?«

»Nein, Diego.«

Sie möchte ihren Sohn trösten, fängt aber mit ihm an zu weinen, und sie fallen sich in die Arme. Paulina überschüttet ihn mit Küssen und schmeckt die salzigen Tränen auf seinen warmen Wangen. Die kleine Elisa schaut von ihrem Heft auf und beginnt nun ihrerseits zu weinen. Paulina wiegt die beiden, streichelt sie, gibt ihnen die Butterkekse, die sie für unterwegs mitgenommen hat, in der Hoffnung, dass das süße Gebäck ein wenig hilft, den Schmerz zu vertreiben. Ihr Abteil ist leer, bis auf einen älteren Mann, der sich freundlich erkundigt, ob sie etwas brauchen, und sich für den Rest der Fahrt diskret in ein Buch vertieft. Sie denkt daran, wie gut es ist, ihre beiden Kinder zu haben. Ihnen zuliebe darf sie nicht hinterfragen, ob das Leben noch einen Sinn hat. Das muss es.

Von der langen Reise und vom Weinen erschöpft, kommen sie schließlich in Málaga an. Kurz darauf stehen sie in der herrlichen Bahnhofshalle aus dem 19. Jahrhundert, inmitten eines schrecklich hektischen Treibens. Ganze Familien drängen sich um Berge von Koffern, Packen und Bündeln. Der Stationsvorsteher pfeift auf dem Bahnsteig. In der Rauchwolke preisen fliegende Händler schreiend ihre Waren an. Paulina überlässt einem Träger in einem nicht allzu sauberen blauen Kittel ihr Gepäck, während sie an jeder Hand ein Kind hält. Der Mitreisende aus ihrem Abteil lüpft zum Abschied vornehm den Hut. Paulina sieht sich suchend nach Manuela um, bis sie einen Chauffeur in Livree und mit Schirmmütze auf sich zukommen sieht.

»Die Señora wartet im Auto auf Sie.«

Sie gehen zu einem eleganten schwarzen Seat 1400.

»Manuela! Ich bin so froh, dich zu sehen!«

»Und ich erst mal, meine Liebe! Bitte entschuldige, dass ich nicht ausgestiegen bin, um euch abzuholen. Es fällt mir immer schwerer zu laufen«, entschuldigt sich die alte Dame. »Ob du es glaubst oder nicht, ich war nicht mehr in Madrid, seit wir zusammen bei Balenciaga waren. Ich komme nur noch selten aus dem Haus, trotz Stock kann ich kaum noch laufen.«

Sie umarmen sich lange auf dem Rücksitz. Zum ersten Mal, seit sie die Nachricht von Carlos' Tod erhalten hat, empfindet Paulina, von der Wärme ihrer Kinder abgesehen, ein bisschen Trost.

»Dann sind also diese hübschen Kleinen Diego und Elisa. Ich habe mich sehr darauf gefreut, euch kennenzulernen! Es wird euch bei mir sicher gefallen, es gibt viel Platz zum Spielen, und ihr könnt jeden Tag mit eurer Mutter zum Meer gehen.«

»Wie hast du es erfahren?«, erkundigt sich Paulina.

»Eine Freundin hat die Todesanzeige in der *Abc* gesehen und mich angerufen.«

»Und Onkel Manuel und Tante Sofía? Sie waren nicht einmal bei der Beerdigung. Wissen Sie, dass ich hier bin?«

»Ich habe ihnen nichts gesagt, aber wenn sie es erfahren, müssen sie wohl oder übel damit leben. Ab einem gewissen Alter hat man das Recht, zu tun, was man für richtig hält, ohne sich darum zu kümmern, was die anderen denken.«

»Ich weiß nicht, was ich sagen soll. Danke.«

»Nichts zu danken, Paulina. Das ist das Mindeste, was ich tun kann. Es ist mir sehr unangenehm, wie sie dich behandelt haben.«

Nach ihrer Ankunft in der Villa Manuela machen sich die Kinder gleich daran, den großen Garten voller Bananenstauden und Palmen zu erkunden. Sie staunen über die Farbe der Bougainvilleen und zählen die Geranientöpfe auf der Veranda. Paulina entdeckt im Garten etwas Neues: einen leeren, ovalen Pool. Mit in der grellen Frühlingssonne zugekniffenen Augen sieht sie Diego und Elisa nach, die über den Rasen zur Veranda laufen, von wo aus endlich das weite, spiegelglatte Meer zu sehen ist. Natürlich muss sie daran denken, wie sie es selbst an derselben Stelle zum ersten Mal gesehen hat. Es liegt eine eigentümliche Poesie darin, dass jetzt ihre Kinder angesichts dieser Schönheit für einen Augenblick ihre Verwirrung und ihr Leid vergessen können. Wenn sie älter werden und an diese schrecklichen Tage zurückdenken, werden sie immer die unschuldige Freude dieses Moments haben.

»Mama, Mama! Sieh nur, da ist das Meer!«, jubeln die beiden.

»Und der Pool?«, fragt Paulina.

»Die neueste Extravaganz deines Cousins.«

Manuela humpelt auf den Stock gestützt zu ihr und nimmt ihre Hand. Auf sie kann sie sich verlassen, so einfach und so wichtig.

»Das Leben geht weiter, Paulina.«

»Bist du sicher?«, fragt sie und wendet sich zu der alten Frau um.

In dieser Nacht schläft sie in ihrem alten Schlafzimmer im ersten Stock, dessen Fenster von Jasmin umrankt ist. Das Bett ist groß genug für die drei. Die Kleinen fallen erschöpft in den Schlaf. Paulina versenkt ihr Gesicht im Haar ihrer Kinder und atmet den süßen Duft ihrer Körper ein. Sie umarmt sie, als wäre es ihre letzte Nacht auf Erden, als trieben sie in dem Meer, das Diego und Elisa an diesem Tag zum ersten Mal gesehen haben.

Als sie am nächsten Morgen nach ein paar Stunden Schlaf durch das Licht geweckt wird, das durch die Fensterläden sickert, steigt ihr von der Veranda der Duft von frisch gebrühtem Kaffee in die Nase. Obwohl der Frühling gerade erst begonnen hat, ist es so sommerlich, dass man im Freien frühstücken kann. Sie weckt sanft ihre Kinder und denkt, dass sie vielleicht tatsächlich auch diesen Schlag überleben kann. Manuela hat recht, das Leben geht weiter.

Aber dann schlägt Elisa schlaftrunken die Augen auf und fragt:

»Kommt Papa heute?«

2

Der Strand von Malagueta ist nahezu menschenleer. Paulina und die Kinder haben sich an der gleichen Stelle wie an den Tagen zuvor niedergelassen, in der Nähe des imposanten Komplexes des Hotels Miramar, einem luxuriösen Gebäude, das während des Bürgerkriegs als Krankenhaus diente und heute reiche Touristen, europäische Aristokraten und sogar den einen oder anderen Hollywoodstar beherbergt. Der ganze Strand wird an dieser Stelle von dem großen, weißen Bau dominiert, über dessen Mauern Palmenspitzen ragen. Sie haben ein großes gestreiftes Handtuch und einen Bastkorb mit Spielsachen mitgebracht. Der kleine Diego läuft mit aufgekrempelten Hosenbeinen immer wieder zum Saum des Wassers, um seinen Eimer zu füllen.

Zum Baden ist es noch zu kalt, aber die warme Sonne auf der Haut tut gut, und die Meeresbrise hinterlässt auf Paulinas Gesicht einen ähnlich salzigen Geschmack wie ihr Weinen in den letzten Tagen. Jetzt, da sie keine Tränen mehr hat, empfindet sie es als tröstlich, im Sand zu sitzen und ihre Kinder zu beobachten, während sie ihren Gedanken an Carlos nachhängt.

Ein Stück weiter verstauen ein paar Fischer ihre Netze in den weiß- und blaulackierten Booten, nachdem sie den Fang des Tages auf dem Fischmarkt verkauft haben. Es sind schlichte Boote mit Frauennamen: Carmen, Rosario, Mercedes. Morgen müssen sie die Netze wieder hervorholen, um sich abermals einem Arbeitstag auf See zu stellen, genau wie Paulina aus dem Bett steigen muss, um weiterzumachen. Ganz gleich, wie schwierig es auch ist, ob keine Fische da sind oder nur Trauer bleibt, der Kampf muss weitergehen.

Die Kinder wirken glücklich, seit sie in Málaga sind. Natürlich weinen sie jeden Tag und vermissen ihren Vater, und diese Momente brechen Paulina das Herz, aber in der übrigen Zeit spielen sie fröhlich im Sand Fangen oder im Garten Verstecken. Die Kindheit besitzt die Macht, selbst die tiefsten Wunden schnell vernarben zu lassen, aber ganz heilen kann sie sie nicht: Meist brechen sie später wieder auf.

Sie haben in diesen Tagen eine Art Routine entwickelt, die ihnen durch die Trauer hilft. Den Morgen verbringen sie am Strand, den Nachmittag im Haus, ohne sich ums Kochen oder Waschen kümmern zu müssen. Paulina versucht, sich treiben zu lassen. Nach dem Mittagessen setzt sie sich, bei offenem Fenster, um die spielenden Kinder zwischen den Bougainvilleen und Geranien hören zu können, für eine Weile an den großen Packen Papier, den sie aus Madrid mitgebracht hat.

»Kannst du dich konzentrieren, meine Liebe?«, hat Manuela sie am Tag zuvor gefragt.

»Es fällt mir schwer, aber ich glaube, die Arbeit tut mir gut«, hat sie geantwortet, ohne zu gestehen, dass sie auf das Geld für die Übersetzung dringend angewiesen ist.

Aber die beschauliche Ruhe nimmt bald darauf ein jähes Ende.

Um kurz vor zwei Uhr nachmittags packt sie die Spielsachen und das gestreifte Handtuch in den Korb und macht sich mit den Kindern auf den Rückweg zur Villa Manuela. Das Haus liegt auf einem Hügel, und obwohl es nur zehn Minuten vom Strand entfernt ist, fällt ihr der Aufstieg schwer. Sie muss Elisa tragen, die nach dem stundenlangen Spielen und Rennen am Strand müde geworden ist. Paulina gibt ihr einen Kuss und streicht ihr die nassen Strähnen hinter die Ohren. An der Villa angekommen, klingeln sie, und das Dienstmädchen, das die Tür öffnet, sagt ihnen, das Essen sei in fünf Minuten bereit. Aus dem Wohnzimmer können sie Manuela in einem der Korbsessel auf der Veranda sitzen sehen. Sobald sie nur noch wenige Meter trennen, schaut sie ihnen angespannt entgegen.

Ob etwas passiert ist? Paulina geht schneller. Als sie sich nach dem Begrüßungskuss der alten Frau umdreht, kann sie einen Aufschrei nicht unterdrücken. Auf der Veranda steht, bis zu diesem Moment von einer Säule verborgen, der letzte Mensch, den sie jetzt sehen will.

»Ich habe ein paar Sitzungen in unserem Büro in Málaga. Ich wusste nicht, dass du hier bist«, sagt Manuel.

Ungläubig verzieht seine Großmutter das Gesicht.

»Ich habe das von Carlos eben erst gehört. Mein Beileid.«

Paulina würde am liebsten auf der Stelle tot umfallen.

Für ein paar Tage leben sie in El Limonar unter einem Dach. Manuel ist den ganzen Tag unterwegs und kehrt erst zurück, wenn sie bereits die Kinder ins Bett bringt. Paulina schützt Müdigkeit vor, um nicht zum Abendessen hinuntergehen zu müssen. Wer würde einer Frau, die gerade erst Witwe geworden ist, schon mangelnde Höflichkeit vorwerfen?

Eines Morgens frisiert Manuela nach dem Frühstück das Haar der kleinen Elisa, die ganz still auf einem der Esszimmerstühle sitzt und sich von der alten Frau Zöpfe flechten lässt. Es ist angenehm friedlich, während die Frauen ihre zweite Tasse Kaffee trinken. Der Tag wird wieder herrlich werden.

»Gibst du mir bitte mal den Metallspiegel?«, bittet die alte Frau und hält ihn dann so, dass das Mädchen seine Zöpfe sehen kann.

»Diesen Spiegel habe ich schon immer gemocht«, sagt Paulina.

»Du kannst ihn behalten«, erwidert Manuela. »Und da wir gerade bei Geschenken sind … Ich würde mich sehr freuen, wenn du dir und den Kindern etwas Schönes zum Anziehen kaufen würdest. Und drei Paar Sandalen. Mir ist aufgefallen, dass ihr immer in Winterschuhen an den Strand geht. Ich sage dem Chauffeur, er soll euch heute Nachmittag in die Stadt bringen. Ich würde mich euch gern anschließen, aber du weißt ja, wie schwierig es für mich ist, aus dem Haus zu gehen.«

»Aber, Manuela, das kann ich nicht annehmen. Du gibst so viel Geld für uns aus, ich weiß nicht, ob ich es zurückzahlen kann.«

»Ich hatte dich für eine intelligente Frau gehalten, Paulina! Du hast es schon schwer genug, da musst du es dir nicht vor lauter falschem Stolz noch schwerer machen. Es ist mir eine Freude. Du weißt doch, dass ich dich immer sehr gern gehabt habe, und außerdem …«

In diesem Moment kommt der kleine Diego ins Esszimmer gerannt und platzt in die Unterhaltung. Er imitiert das Traben und Wiehern eines Pferdes.

»Seid ihr endlich fertig? Ich will mit Elisa im Garten Cowboy und Indianer spielen!«

Das Mädchen rutscht vom Stuhl, um ihrem Bruder zu folgen, und er schenkt den beiden Frauen ein breites, triumphierendes Lächeln, die Art von Lächeln, mit dem er, sobald er älter ist, fast alles erreichen kann, was er will (vor allem, wenn es um Frauen geht). Es ist haargenau die gleiche schlitzohrige Miene, mit der Manuel vor weniger als einer halben Stunde vom Frühstückstisch aufgestanden ist. Das gleiche Funkeln in den schwarzen Augen, die gleichen Grübchen in den Wangen.

Manuela sieht Paulina mit festem Blick an.

»Mir scheint, dass du dich mit deinem Cousin unterhalten solltest. Er wird wohl erst wieder abreisen, wenn du mit ihm gesprochen hast«, sagt sie. »Und je früher er fährt, desto besser, das wissen wir beide.«

Paulina nickt. Sie könnte Manuela nicht dankbarer sein. Weil sie versteht, weil sie keine Fragen stellt und nicht urteilt.

An diesem Nachmittag besucht sie mit ihren Kindern einige

Geschäfte. Zwei Paar Sandalen für die Kinder und schlichte weiße Espadrilles für sich selbst, blaue Baumwollbadeanzüge für Diego und Elisa, die ersten ihres Lebens. Auch wenn sie weiß, dass Manuelas Großzügigkeit von Herzen kommt, achtet sie darauf, nicht zu viel auszugeben. Dann essen sie in der Casa Mira ein Eis und beobachten den Verkehr auf der Calle Larios.

Das muntere Treiben auf der Straße, das Lächeln der Kinder, der Geschmack der gezuckerten Milch, die Taschen, die an der Metallfront der Theke lehnen. Wenn Carlos jetzt bei ihnen wäre, könnte man sagen, dass sie glücklich sind.

Aber er ist nicht da.

3

An diesem Abend essen sie zum ersten Mal, seit Manuel in Málaga ist, alle gemeinsam. Es gibt Kroketten, eine der Spezialitäten von Manuelas ausgezeichneter Köchin. Die Kinder fallen darüber her. Mit einer Natürlichkeit, von der Paulina nicht weiß, ob sie von Selbstbeherrschung oder purer Gleichgültigkeit herrührt, scherzt ihr Cousin entspannt mit den beiden, besonders mit Diego, der ihm die Namen seiner Cowboyfiguren aus Plastik mit ihren Cowboyhüten und Sheriffsternen beibringt. Manuel spricht »Billy« absichtlich falsch aus, um den Kleinen zum Lachen zu bringen.

Dann geht sie nach oben in den ersten Stock, um die Kinder ins Bett zu bringen, und liest ihnen noch eine Weile lang eine Geschichte vor. Sie möchte Manuela Zeit geben, sich ebenfalls zurückzuziehen. Als sie wieder ins Wohnzimmer kommt, um mit ihrem Cousin zu reden, kann sie ihn nirgends entdecken. Sie geht auf die Veranda, aber auch da ist er nicht. Endlich entdeckt sie ihn am Rand des Pools, wo er auf das dunkle Wasser schaut. Sie geht die Stufen hinab und gesellt sich zu ihm.

»Ich habe gestern veranlasst, dass er gefüllt wird«, sagt er. »Ich freue mich darauf, ihn einzuweihen.«

Manuel hält ein fast leeres Glas Whisky in der Hand. Paulina hört an seiner Stimme, dass er ziemlich betrunken ist. Vermutlich ist es schon die zweite Runde, seit sie hoch ins Schlafzimmer gegangen ist. Und bei genauer Betrachtung war er womöglich schon beim Abendessen ein wenig beschwipst. Zu viele Lacher.

Sie beschließt, direkt zur Sache zu kommen.

»Warum bist du in Málaga, Manuel?«

»Ich hatte im hiesigen Büro Besprechungen, das habe ich doch gesagt.«

»Das glaube ich dir nicht.«

»Du hast recht«, gesteht er mit einem leisen Lächeln.

Paulina ist sprachlos. Wie kann er nur so dumm sein?

»Ich gebe zu, dass meine Mutter mir von der Sache mit Carlos erzählt hat. Ich weiß, sie haben sich außer Stande gesehen, dir ihr Beileid auszudrücken, aber ich hatte das Gefühl, dass ich mit dir reden sollte.«

»Dafür hättest du nicht extra aus Madrid kommen müssen.«

»Es war mir ganz recht, es mit meiner Arbeit kombinieren zu können«, sagt Manuel und setzt sich auf den Beckenrand. Ihm scheint von seinem Drink schwindelig geworden zu sein. »Außerdem wollte ich dich sehen. Wir haben nicht mehr miteinander gesprochen, seit …«

»Seit ich mit Carlos zusammenkam.«

»Ja, genau.«

»Weil du mich zur gleichen Zeit geschwängert hast wie das Dienstmädchen.«

»Bist du wirklich immer noch wütend, Paulina? Ist dein Zorn in all den Jahren kein bisschen verraucht? Wenn du mal genauer darüber nachdenkst, fällt dir sicher ein, dass du mir nie gesagt hast, dass du schwanger warst, und mir nie die Chance gegeben hast, mich um das Kind zu kümmern. Wer hier beleidigt sein sollte, bin ich.«

Sie kann nicht fassen, was sie da hört.

»Manuel, du hast mich betrogen! Du bist mit diesem armen Mädchen zur gleichen Zeit ins Bett gegangen wie mit mir! Du meine Güte, ich war gerade Waise geworden und stand mit siebzehn Jahren ganz allein auf der Welt da.«

»Ich gebe ja zu, dass das nicht in Ordnung war, Paulina. Beruhige dich, bitte.«

»Bittest du mich allen Ernstes, ich soll ruhig sein?« Sie wird immer ungehaltener.

Manuel richtet sich taumelnd auf.

»Ich bin hier, um die Sache ins Reine zu bringen. Ich nehme an, du weißt, dass ich in ein paar Monaten Isabel, die Tochter des Marqués von Magariño, heiraten werde.«

»Ja, das weiß ich. Was genau willst du hier ins Reine bringen?«

»Ich möchte mich um meinen Sohn kümmern.«

Paulina würde liebend gern Zweifel säen, ob es sich wirklich um seinen Sohn handelt, aber die Ähnlichkeit ist so frappierend, dass sie lieber den Mund hält. Es ist Pech, dass das Kind dem Vater wie aus dem Gesicht geschnitten ist.

»Er könnte bei Isabel und mir leben. Es ist nichts Ungewöhnliches, dass sich ein wohlhabender Verwandter um ein Kind kümmert, wenn die Mutter mittellos ist.«

Paulina spürt, wie Zorn, heiß wie Lava, in ihr aufsteigt.

»Wir würden ihn ins Colegio del Pilar gehen lassen, die beste Schule Madrids. Und natürlich könntest du ihn oft besuchen.«

Der Vulkan explodiert.

»Soll das dein Ernst sein, Manuel?«

»Verdammt! Ich hätte nicht gedacht, dass du dich so aufregen würdest.«

»Soll das heißen, dass du mir meinen Sohn wegnehmen willst?«, fragt Paulina und dämpft mühsam ihre Stimme, damit sie im Haus nicht zu hören ist.

»Na ja …«

»Wie ich dich verachte, Manuel. Mein Gott, wie sehr ich dich hasse!«

»Sachte, sachte. Du willst dich also nicht von ihm trennen. Das hätte ich mir eigentlich denken können.«

»Stimmt.«

»Die andere Möglichkeit wäre, dass du und ich Frieden

schließen. Ich würde dich gern einmal in dieser Bruchbude neben dem Retiro-Park besuchen, in der du, meiner Mutter zufolge, wohnst. Ich könnte dir helfen, du weißt schon …«, sagt er mit belegter Zunge, als er ein paar Schritte auf sie zumacht. »Du bist noch genauso hübsch wie immer, Paulina.«

Da wird ihr bewusst, dass er tatsächlich sehr betrunken ist. Auf einem Beistelltisch steht eine Flasche Whisky, und er hat sein Glas während des Streits mindestens zweimal nachgefüllt. Nicht einmal ein Kretin wie ihr Cousin könnte solche Dinge sagen, wenn er nicht so viel Alkohol intus hätte.

Aber es ist ihr egal. Das entschuldigt gar nichts. Eine Wut überkommt sie, wie sie sie nie zuvor empfunden hat. Sie hatte gehofft, sie würde die Kontrolle behalten, hat sie aber längst verloren.

Paulina geht auf ihn zu und versetzt ihm einen Stoß. Er taumelt ein paar Schritte zurück, um sein Gleichgewicht wiederzugewinnen.

»Du Schweinehund«, stößt sie keuchend hervor.

»Das Kind gehört mir«, stammelt er. »Du kannst dich aufregen, wie du willst, aber du kannst mich nicht davon abhalten, mich um ihn zu kümmern. Er ist mein Sohn.«

Die ganze Einsamkeit, der ganze Schmerz, all das verwandelt sich in eine enorme Wut auf Manuel, in einen Hass, der alles übertrifft.

»Ich werde morgen mit ihm reden. Ich werde ihm sagen, dass ich sein Vater bin«, sagt er und streckt eine Hand nach ihrer Taille aus. »Komm her, Paulina, sei nicht albern.«

Sie erwidert seinen glasigen Blick. Ihre Wut wird immer größer.

»Es ist doch jetzt wahrlich nicht leicht für dich, du kannst es ruhig zugeben.« Bei den letzten beiden Wörtern kommt Manuel ins Stottern. »Lass mich dir helfen …«

Er packt sie, stürzt sich geradezu auf sie. Und Paulina stößt ihn erneut, kräftiger als zuvor. Mit noch mehr Hass, noch mehr Verzweiflung. Und dieses Mal taumelt er nicht nur. Er stolpert über den Beckenrand, schlägt daran seitlich mit dem Kopf auf und fällt ins Wasser. Ein unvorhergesehener, nachgerade lächerlicher Sturz.

Da sieht sie ihn mit einem Mal im Wasser treiben. Beim Aufprall hat er das Bewusstsein verloren und im Fallen eine seltsame Drehung gemacht. Sein Gesicht ist unter Wasser. Paulina ist zur Salzsäule erstarrt.

Die Zeit vergeht kriechend langsam, Sekunde für Sekunde, während sie zusieht, wie Manuels Körper über dem dunkelblauen Grund schaukelt. Ihr Leben läuft vor Paulinas geistigem Auge ab, wie eine lange Reihe von Bildern.

Die Stimme ihres Vaters, der ihr Märchen über exotische Tiere und Prinzessinnen aus früheren Zeiten vorlas, bevor er für immer fortging. Der Tag, an dem sie erfuhr, dass ihre Freundin Anna nicht mehr zur Schule kommen würde und sie die vielen Weihnachtsplätzchen aß (das trübe Nachmittagslicht, das Geschirr mit dem blauen Dekor, das Schweigen ihrer Mutter). Ihr Bruder Otto, der sie in sein Bett schlüpfen ließ, wenn sie einen bösen Traum hatte. Das Lachen von Heinz, das mit vierzehn Jahren für immer verstummt war. Der feuchte Keller während der Luftangriffe, das unkontrollierbare Zittern. Die unheilvollen Umrisse der in Trümmer liegenden Häuser am Tag ihrer Flucht aus Berlin. Der Abschiedsbrief ihres Vaters, den sie in dem alten Fotoalbum aufbewahrt. Die sanfte Hand, die über ihr Haar strich, als sie ihrer Mutter ihre guten Noten zeigte. Der Verrat ihres Cousins, die feige Ächtung durch ihre Tante und ihren Onkel. Carlos' sinnloser Tod, der nur zwei Blocks von zu Hause entfernt überfahren wurde, während sie den Tisch für das Abendessen deckte. Die kleinen tränenüberströmten Gesichter von Diego und Elisa vor wenigen Tagen im Zug.

Paulina stürzt sich nicht ins Wasser, sie zieht Manuel nicht heraus, dreht ihn nicht um, damit er atmen kann. Die Minuten vergehen, während in ihrem Kopf drei Worte kreisen.

Er oder ich.

Er oder ich.

Er oder ich.

Er könnte ihr auch noch den Sohn wegnehmen. Aber sie hat schon zu viel verloren.

Dieses eine Mal hat das Schicksal nicht wie sonst zu einem Hieb ausgeholt, sondern lässt ihr die Wahl.

Er oder ich.

Da fasst Paulina den Entschluss, sich selbst zu retten.

Sie setzt sich auf den Beckenrand und schaut wieder ins Wasser. Der Mann, auf den sich noch vor wenigen Minuten ihre ganze Wut richtete, ist jetzt nur noch ein nasses Bündel.

Er ist tot.

Langsam steigt ihr ins Bewusstsein, was soeben passiert ist. Was sie nicht verhindert hat. In ihrem verwirrten Geist tauchen Fragen auf, auf die sie keine Antwort hat, eine erdrückender als die andere. Sollte ich jetzt einen Arzt oder die Polizei rufen? Was werde ich Manuela sagen? Werde ich des Mordes angeklagt? Wer kümmert sich um die Kinder, wenn ich ins Gefängnis komme?

Sie beginnt hysterisch zu schluchzen, während sie sich, zusammengekauert wie ein Kind im Mutterleib, auf dem Beckenrand wiegt, bis sie unwillkürlich innehält und sich umschaut, ob auch wirklich niemand außer ihr im Garten ist. Ja, sie ist allein. Niemand hat gesehen, was passiert ist.

Vielleicht sollte sie einfach gar nichts tun.

Sie atmet tief durch und wischt sich über das Gesicht. Dann kehrt sie ins Haus zurück, ein großer, schwarzer Schatten in der sternenlosen Finsternis. Sie gibt acht, keinen Lärm zu machen, geht ins Bett und sucht die warmen Körper ihrer Kinder. Die ganze Nacht macht sie kein Auge zu, sondern liegt reglos da, bis sie im Morgengrauen die Schreie hört.

Sie wird keinem Menschen jemals erzählen, was passiert ist.

DIE SCHULD

Berlin, August 2016

1

Alicia kehrt erst nach zwölf in die Wohnung zurück, als sie sicher sein kann, dass Iván bereits fort ist. Sie war im Hotel, um die Rechnung zu begleichen und ihre paar Sachen abzuholen, hat in einem Café gefrühstückt und für eine Weile in einer Buchhandlung gestöbert, in der sie für Jaime ein paar Bilderbücher gekauft hat. Alles, um die Zeit totzuschlagen. Nur um ihm bei ihrer Rückkehr nicht zu begegnen.

Es ist der erste Regentag seit ihrer Ankunft in Berlin. Durch die weit geöffneten Fenster strömt kühle, feuchte Luft in die Wohnung und vertreibt den schwachen Marihuana-Dunst und die Erinnerung an die letzte Nacht. Sie spült sorgfältig die beiden Weingläser, bringt die Flaschen nach unten in den Glascontainer und versenkt die Nase in den zerknitterten Laken, bevor sie sie in die Waschmaschine wirft.

Sie muss an den Todestag ihrer Oma Paulina vor ein paar Monaten denken. Ihr Vater Diego hatte sie gefunden, als er morgens mit ihr frühstücken wollte, bevor er in seine Praxis ging. Als Alicia zur Wohnung kam, rannte sie sofort ins Schlafzimmer ihrer Großmutter, legte sich neben sie und umfing sie so fest wie damals, als sie noch klein war und sie zusammen in diesem Bett schliefen. Ein allerletztes Mal noch wollte sie Trost und Geborgenheit bei ihrer Wärme suchen.

Aber Paulinas Körper war bereits kalt.

Im Grunde war es sogar nicht mal mehr ihr Körper. Nichts bereitet einen darauf vor, einen Menschen, den man von ganzem Herzen geliebt hat, zu berühren, wenn er bereits seine Wärme verloren hat. Es gibt nichts Trostloseres.

Sie blieben ein paar Stunden in der Wohnung, um die Formalitäten mit dem Bestattungsunternehmen zu klären und darauf zu warten, dass der Leichnam abgeholt wurde. Als ihre Tante Elisa kam, die den ersten Flieger von London genommen hatte, setzte sie sich mit Diego auf eines der Sofas, und die beiden fassten sich so still und hilflos an den Händen, als wären sie zwei gerade verwaiste Kinder und nicht ein Mann und eine Frau über sechzig. In Paulinas Vitalität und Stärke hatte etwas so Zeitloses, Beständiges gelegen, dass weder ihre Kinder noch ihre Enkelin sich die Welt bis zu diesem Tag ohne sie hatten vorstellen können.

Alicia stand auf, um Kaffee zu machen. Unmittelbar nach einem Todesfall erledigt man Dinge mechanisch, man spült schmutzige Tassen, stellt ein Buch ins Regal, bereitet einen Kaffee zu, den niemand trinken will. Als sie die Küche betrat, sah sie, dass die Waschmaschine lief. Es dauerte einige Sekunden, bis sie begriff, dass das, was sich wieder und wieder in der Trommel drehte, die Laken waren, in denen ihre Oma eben erst gestorben war.

Ein banales Waschmittel mit Kieferduft löschte ihren letzten Geruch, ihre letzten Spuren für immer aus.

Und jetzt, nur wenige Monate später, fühlt sich Alicia in dieser Wohnung, die ihre Oma Paulina ihr zugedacht hat, völlig verloren. Entsetzlich allein. Sie schreibt an Marcos und erhält als Antwort ein Foto von Jaime im Kinder-Autoscooter, wie er mit breitem Grinsen und einem Fleck (Erdbeereis?) auf dem T-Shirt beide Hände ans Lenkrad klammert. Es sieht aus wie auf dem Fest irgendeines Dorfes in den Bergen um Madrid. Sie beginnt zu weinen.

Warum muss ich mich allen gegenüber so mies verhalten?, denkt sie. Warum habe ich das Gefühl, nie am richtigen Ort zu sein? Nicht mal das Ibuprofen hat die furchtbaren Kopfschmerzen, mit denen sie aufgestanden ist, vertreiben können.

Armer Iván. Er war sicher sauer. Sie wäre es gewesen.

Es tut mir leid, dass ich heute Morgen so früh weg war. Es ist zwar nicht die beste Entschuldigung, aber das muss reichen. Sie fühlt sich nicht dazu imstande, eine wortreichere in ihr Handy zu tippen. Nicht bei diesem Kater und diesen Schuldgefühlen.

Sie hält das Handy noch einen Moment in der Hand, aber Iván antwortet nicht.

Dann nimmt sie eine lange Dusche, in der Hoffnung, das heiße Wasser würde ihr guttun. Die Waschmaschine beginnt zu piepen. Sie hängt die Laken in der Küche auf einen kleinen, klappbaren Wäscheständer.

Iván hat noch nicht geantwortet.

Sie hat ihre Ehe vor die Wand gefahren, ihr Sohn ist weit weg, und dann hat sie sich obendrein gegenüber einem so tollen Typen, dass sie noch immer nicht fassen kann, ihn überhaupt getroffen zu haben, wie die letzte Idiotin verhalten.

Sie öffnet die Kühlschranktür und schließt sie im nächsten Moment wieder. Im Grunde hat sie keinen Hunger. *Seit wann habe ich eigentlich so ein Talent dafür, alles, was schön ist, kaputtzumachen?* Langsam rinnt der Tag dahin, während der Regen leise gegen die Scheiben trommelt.

Draußen geht das Leben ohne sie weiter.

2

Um den Anfang der langen Reihe ihrer Fehler zu finden, müsste sie weit in der Zeit zurückgehen. Als Marcos und sie sich in der juristischen Fakultät kennenlernten, durchlebte sie gerade die verrückteste Zeit ihres Lebens. Und auch eine der besten, das kann sie jetzt zugeben.

Sie war unsterblich. Wie oft hatte sie zugesehen, wie sich der Himmel über der Gran Vía rosa färbte, wenn sie bei Tagesanbruch nach Hause kam, mit den Kopfhörern Musik hörte und noch eine letzte Zigarette rauchte. Gott, wie sie das vermisst.

Was hatte sie in diesen langen Nächten für einen Spaß, die immer in Malasaña begannen und wer weiß wo enden konnten. Sie liebte es, durch die schillernden, menschenleeren Straßen zu gehen und nach einer Bar Ausschau zu halten, in der sie einen Absacker trinken konnte, wenn die anderen Lokale bereits geschlossen hatten, um die magischen Stunden, in denen fast alles erlaubt war, noch ein bisschen zu verlängern. Bei Jungs hatte sie großen Erfolg, auch wenn sie sich nie die Mühe machte, sich groß herauszuputzen. Jeans und ein Paar abgetragene Turnschuhe reichten ihr völlig, um bei diesen nächtlichen Streifzügen mit dem Geschmack nach Rum mit Cola den Ton anzugeben.

Und wenn sie dann schließlich am frühen Morgen endlich in ihr Bett mit den sauberen, frischen Laken sank, wusste sie, dass trotz ihres Rauschs alles in Ordnung war, dass in ihrer kleinen Welt (die Uni, ihr Vater, ihre Oma) alles seinen Platz hatte.

Aber als ihre Freundinnen im letzten Studienjahr längst ruhiger waren, begann sie, sich schuldig zu fühlen, auch wenn es ihr jetzt absurd erscheint, dass sie mit dreiundzwanzig dachte, sie müsse langsam solide werden. Sie nahm sich vor, jeden Tag in die Uni zu gehen, anstatt nachts um die Häuser zu ziehen und dann bis mittags wie ein Murmeltier zu schlafen.

»Was ist los, hatten die Bars gestern zu?«, begrüßte ihr Vater sie am ersten Morgen, an dem sie ihren Wecker auf acht Uhr gestellt hatte. »Was für ein unverhofftes Vergnügen! Ich weiß schon nicht mehr, wann du das letzte Mal früh genug aufgestanden bist, um mit mir zu frühstücken.«

»Ich gehe jetzt jeden Tag in die Uni, Papa. Wenn ich nicht Gas gebe, schaffe ich dieses Jahr meinen Abschluss nicht. Kannst du mich mit dem Auto hinbringen?«

»Aber sicher, Liebes. Hier, trink erst mal was, du siehst furchtbar müde aus. Man merkt, dass du das frühe Aufstehen nicht gewohnt bist«, tadelte er scherzhaft in dem Ton, den er immer anschlug, wenn er auf ihr ungezügeltes Nachtleben zu sprechen kam, und schenkte ihr eine Tasse Kaffee ein.

Vater und Tochter verstanden sich blendend. Sie wohnten zu zweit in einer kleinen Wohnung an der Plaza Alonso Martínez. Seit sie älter war, ließen sie es sich beide in ihrem heillosen Chaos gut gehen. Er hatte jede Menge Freundinnen und kannte alle trendigen Restaurants. Ihr Kühlschrank konnte wochenlang nahezu leer bleiben. Doch ausnahmslos jeden Mittwoch gingen sie zusammen ins Kino. Sie verabredeten sich immer um zehn vor acht vor dem Eingang des Renoir oder des Verdi, um einen Film, den Alicia auswählte, im Original zu sehen. Dann gingen sie zum Abendessen nach Hause, sofern einer von ihnen daran gedacht hatte, einzukaufen, oder kehrten auf ein Stück Tortilla und ein Bier in einer der Kneipen in ihrem Viertel ein. Und sonntags lud Paulina Hoffmann sie in die Calle Velázquez zum Essen ein. Sie war eine grauenhafte Köchin, also kauften sie meist in der Pastelería Mallorca in der Calle Serrano etwas Fertiges. Wenn sie in Madrid war, kam auch ihre Tante Elisa dazu. Sie waren eine kleine, ein bisschen chaotische Familie, aber sie waren glücklich.

Zu jener Zeit waren Alicia und María, die sich am allerersten Tag in der Uni kennengelernt hatten, unzertrennlich. Sie verabredeten sich immer an der Metrostation Bilbao: morgens, um in die Uni, und abends, um auf die Rolle zu gehen. Es gab Tage, an denen sie praktisch ununterbrochen zusammen waren. In den Wochen vor den Prüfungen nisteten sie sich manchmal in der Calle Velázquez zum Lernen ein. Da die Wohnung so weiträumig war, konnten sie die ganze Nacht mit einer großen Kanne Kaffee und ein paar Schachteln Marlboro aufbleiben – sie rauchten damals wie die Schlote –, ohne darauf achten zu müssen, leise zu sein. Paulina schimpfte nie mit ihnen, auch wenn in dem verräucherten Wohnzimmer nachher ein wildes Durcheinander herrschte. Sie wurde nicht einmal wütend, als María einmal versehentlich ein Brandloch in dem großen Esstisch aus Mahagoni hinterließ.

»Kommt, wann immer ihr wollt. Ich finde es schön, beim Einschlafen eure Stimmen zu hören«, sagte sie zu ihnen. »Aber seid beim nächsten Mal ein bisschen vorsichtiger, bevor wir alle drei in Flammen aufgehen.« Sie grinste.

Eines Tages begegnete Alicia in einem Wahlfach einem gutaussehenden, ernsten, freundlichen Jungen, der ihr in den Gängen der Universität bereits aufgefallen war. Er schien die Sorte Mann zu sein, der in jeder Situation das Richtige zu sagen wusste. Zu Beginn des Seminars setzten sie sich zusammen. Er riss leise ein paar Witze, und sie lächelte.

»Hast du Lust, am Samstag zu mir zu kommen? Ich habe Geburtstag«, sagte sie, als sie sich erhoben, und gab ihm ihre Adresse.

Diego richtete es immer so ein, dass er das Wochenende, an dem sie Geburtstag hatte, außer Haus verbrachte, damit sie die ganze Wohnung für sich haben konnte, um mit ihren Freunden zu feiern. Sie liebte es, mit ihrem coolen Vater anzugeben.

Sie wollte sich gerade das zweite Glas einschenken, als es an der Tür klingelte. Sie war neugierig, ob der dunkelhaarige

Typ aus dem stinklangweiligen Handelsrechtsseminar tatsächlich kommen würde. Und das tat er, logisch. In seinem blauen Hemd mit den hochgekrempelten Ärmeln sah er ein bisschen yuppiemäßig, aber noch weitaus attraktiver aus, als sie in der Uni gedacht hatte. Ihre Freundinnen lachten, als sie ihn hereinkommen sahen, und brachten sie ein wenig in Verlegenheit. Als sie auf die Terrasse heraustraten – dem Prunkstück der Wohnung mit einer herrlichen Aussicht über die Plaza de Salesas –, dauerte es nicht lange, bis sie anfingen zu knutschen.

Marcos hatte nichts gemein mit ihrer finsteren Sammlung nachtaktiver Lover. Vorbei die Trinkgelage und leidenschaftlichen Nummern in Hauseingängen. Damals schien er ihr perfekt, auch wenn sie bald erkannte, dass er tatsächlich zu perfekt war.

Aus irgendeinem Grund hatte er sich in sie verliebt. Und er versuchte nie, sie zu ändern. Er, der nie auch nur einen Fluch losließ, lachte, wenn sie schimpfte wie ein Rohrspatz. Jeden Tag sagte er ihr, wie sehr er sie mochte und wie schön sie sei. Er brachte sie mit dem Auto bis zu ihrer Haustür und schimpfte nicht mit ihr, wenn sie – ziemlich oft – ein paar Drinks zu viel getrunken hatte.

Auch wenn sie diesen Schluss erst viele Jahre später ziehen konnte, war es gut möglich, dass der Schatten ihres immer verführerischen Vaters eine Menge damit zu tun hatte, dass ihre Wahl auf Marcos fiel. Diegos endlose Reihe an Eroberungen, von denen manche deutlich zu jung waren und die nie lange genug hielten, um Teil ihres Alltags zu werden. María, Julia, Elena, Maica oder die Letzte, Pilar. Ein Teil in ihr suchte Stabilität und plante insgeheim, eine konventionellere Familie zu gründen. Und dieser Teil wusste, dass sie den Richtigen gefunden hatte. Keine Frau, die bei klarem Verstand war, hätte einem so soliden Verehrer wie Marcos einen Korb gegeben.

Das Problem war der andere Teil in Alicia, der die alkoholschwangeren, einsamen Streifzüge durch die Straßen Madrids vermisste, den schnellen Sex auf dem Klo einer Bar und das unwiderstehliche Gefühl, die Kontrolle zu verlieren. Das war der Teil in ihr, der sich auf der Stelle zu langweilen begann.

Ein paar Jahre vergingen. Sie hatten eine Wohnung, die sie nie wirklich mochte, mit Schwimmbad, Abstellraum und zwei Stellplätzen. Zwei gute Jobs. Reisen, Restaurants, jeden Abend ein Film. Nur selten Streit. Ruhigen, aber befriedigenden Sex. Einen starken Körper – natürlich war er sehr sportlich – neben sich im Bett. Sich an so eine Routine zu gewöhnen war leicht. Manchmal fantasierte Alicia von einem Seitensprung oder einer radikalen Veränderung in ihrem Leben, aber tief im Inneren wusste sie, dass sie so etwas dem süßen, vernünftigen, so geduldigen und überaus perfekten Marcos niemals antun würde.

Schon bald stürzte sie sich mit Haut und Haar in ihre Arbeit in der Kanzlei. Eine armselige Flucht und im Grunde nur ein weiterer Weg, die Kontrolle zu verlieren. Und damit begannen die Probleme.

Er konnte nicht verstehen, warum Alicia jeden Tag so spät nach Hause kommen musste. Genau genommen hätte sie es selbst nicht sagen können. Ehrgeiz war es nicht, obwohl sie versuchte, sich das einzureden. Es ging eher darum, etwas zu haben, worüber sie dringend nachdenken musste, eine Ablenkung, ein Ziel, um sich keine Fragen stellen zu müssen, die sie nicht beantworten konnte. Jedes Wochenende telefonierte sie stundenlang mit Klienten. Immer meldete sie sich für die kniffligsten Fälle. Ihre Chefs waren zufrieden – logisch –, aber ihr Vater und ihre Oma, die Menschen, die sie am besten kannten, machten sich Sorgen. Damals schnupften ein paar ihrer Kollegen in der Kanzlei Kokain, um die unendlichen Arbeitstage durchzustehen. Manchmal machte sie mit, und wenn sie dann in einem Zustand der Euphorie die Arbeit beendeten, ging sie mit ihnen einen trinken.

Es war wahrlich nicht leicht, mit Marcos zu streiten, aber Alicia überspannte den Bogen so sehr, dass er ein paar Mal aus der Haut fuhr. Sie schaffte es, den Weltmeister der Selbstbeherrschung dazu zu bringen, dass er die Fassung verlor. Es gab lange Gesichter, Vorwürfe, mit Magnet an den Kühlschrank gepinnte fiese Botschaften. Doch obwohl sie es bis zum Äußersten getrieben hatte, war sie nicht in der Lage, diese Beziehung, die nie funktionieren konnte, zu beenden, wie es richtig gewesen wäre. Zu groß war ihre Angst, allein zu sein.

Also heiratete sie ihn, um die Sache in Ordnung zu bringen. Und aus dem gleichen Grund wurde sie schwanger. Aber natürlich wurde die Sache dadurch nicht besser. Sie wurde sogar noch schlimmer.

3

Alicia überlegt, dass ihre Ehe genau in dem Moment den Bach runterging, als sie eines Abends nach einem Streit nicht mehr das Bedürfnis verspürte, mit Marcos Frieden zu schließen, bevor sie schlafen gingen. Als sie die Schlafzimmertür schloss, die Nachttischlampe einschaltete und sich in ihr Buch vertiefen konnte, obwohl sie erst fünf Minuten zuvor im Wohnzimmer herumgeschrien hatte, ging etwas unwiederbringlich entzwei. Auch wenn man sich natürlich fragen könnte, ob es überhaupt möglich war, etwas kaputtzumachen, was nie funktioniert hatte.

Mit einem Mal piept ihr Handy. Eine Nachricht. Von Iván. Endlich.

Es geht dir nicht gut.

Na ja, um die Wahrheit zu sagen, nein, es geht mir nicht gut, denkt Alicia. Und wählt seine Nummer.

»Ich wollte mich für gestern entschuldigen. Es tut mir leid, dass ich mich so davongeschlichen habe, bevor du wach warst. Du hast dich sicher gewundert, als du gemerkt hast, dass du allein bist. Du bist sauer, oder?«

»Da liegst du richtig. Ich habe mich gewundert, und ich bin sauer.«

Es gibt ein paar Dinge, die man im Laufe der Jahre lernt, nachdem man viele Streitereien mit vielen Leuten vergeigt hat. Sich jetzt am Telefon zu streiten wäre ein Fehler. Wenn sie die Sache in Ordnung bringen will, muss sie dafür sorgen, dass sie sich treffen. Dem anderen fällt es immer leichter, aufzulegen als zu gehen.

»Sollen wir heute Abend essen gehen? Dann können wir reden.«

»Okay.«

Alicia lächelt. Wenn er sie sehen könnte, würde sie versuchen, ernst zu bleiben.

»Alles klar, ich hole dich in einer halben Stunde ab«, sagt Iván.

Doch sie gehen natürlich nicht zum Abendessen aus. Fünfundzwanzig Minuten später klingelt er in der Kastanienallee.

»Ich hole mir nur eben eine Jacke, dann können wir los.«

Iván folgt ihr, als Alicia langsam zum Schlafzimmer geht. Er kommt ihr immer näher, sie kann seinen Atem schon beinahe im Nacken spüren, als sie das Zimmer betreten. Zwischen ihnen hat sich eine schwer erklärliche Spannung aufgebaut, etwas rein Körperliches, und mit einem Mal liegen sie auf dem Bett, Iváns Hände verfangen sich in ihrem Haar, ihre Hände gleiten unter den Bund seiner Jeans und streichen über seine schlanken, männlichen Hüften. Schritt für Schritt wiederholen sie den gleichen Ablauf wie in der Nacht zuvor. Als sie fertig sind, lehnen sie sich für einen Moment zurück.

»Es geht dir nicht gut«, wiederholt er.

Sie kämmt mit den Fingern durch ihr zerzaustes Haar, um Zeit zu gewinnen und sich eine gute Antwort zurechtzulegen, aber sie findet keine. Also bleibt nur die Wahrheit.

»Nein, das tut es nicht.«

»Ist es wegen deiner Oma? Wegen der Scheidung?«

»Ja, natürlich, aber auch aus anderen Gründen.« Nach einer kurzen Pause fährt sie fort: »Ich habe eine Menge falsch gemacht. Mein Sohn fehlt mir so sehr.«

»Aber du siehst ihn doch in ein paar Tagen wieder.«

»Ich muss mich nach meiner Rückkehr mächtig ins Zeug legen. Bisher war ich nicht gerade die beste Mutter der Welt.«

»Wieso sagst du das? Hör zu, wir hatten alle schon mal eine beschissene Zeit. Aber man muss irgendwie die Kurve kriegen. Es ist nicht gut, sich einzuigeln, das sage ich dir aus Erfahrung.«

»Ich weiß nicht mehr ein noch aus.«

Fragend zieht er die Augenbrauen hoch. Er sieht gut aus ohne Brille.

»Die letzten Tage waren ein bisschen surreal, Alicia. Du hast mich dazu gebracht, mit dir in die Wohnung zu gehen, weil du wegen dieser Sache mit dem Fotoalbum Angst hattest. Dann hast du mit mir geschlafen und bist weggelaufen, bevor ich aufgewacht bin. Ich weiß nicht, ich würde dich gerne weiterhin sehen, aber ich glaube, mit dir stimmt etwas nicht.«

Alicia schließt für einen Moment die Augen. Das hat gesessen.

»Es ging alles viel zu schnell für mich«, gibt sie zu. »Ich fühle mich … Ich weiß nicht, wie ich es dir erklären soll.«

»Bin ich der Erste, mit dem du seit deiner Scheidung geschlafen hast?«

»Ja.«

»Fühlst du dich schuldig, oder etwas in der Art?«

»Ja, das stimmt, ich fühle mich schuldig.«

Iváns Miene verhärtet sich.

»Ich verlange ja nicht, dass du mir gleich dein ganzes Leben erzählst, aber wenn du solche Schuldgefühle hast, glaube ich nicht, dass das von einem auf den anderen Tag vergeht.«

Frische, nach dem Regen vor ein paar Stunden noch saubere Luft strömt ins Zimmer. Fernes Gelächter ist zu hören, das Murmeln von Gesprächen, das dumpfe Brausen des Verkehrs. Beim letzten Mal haben sie auch so dagesessen, bei offenen Fenstern, die einen Hauch der Berliner Luft hereinließen. Iván steht auf und beginnt sich anzuziehen. Die Hose, das dunkelblaue Hemd. Er schaut sie ein letztes Mal an, bevor er das Zimmer verlässt.

»Sag mir Bescheid, wenn du mit dir im Reinen bist, Alicia. Sofern du das hinkriegst.«

Sie bleibt nackt im Bett liegen. Sie hat sich selten so zerbrechlich gefühlt wie jetzt. Und so dumm. Was, wenn es in ihr etwas gab, das nicht zuließ, dass sie glücklich war, und alle anderen verschreckte?

Es sind nur noch fünf Tage bis zu ihrem Rückflug nach Madrid.

DIE BIBLIOTHEK

Madrid, 1967

1

Paulina schließt die Tür zweimal ab und eilt nach unten. Sie war so sehr auf die Übersetzung eines Liebesromans konzentriert – eines ziemlich schlechten, aber sie muss die Arbeit bald abliefern –, dass sie nicht bemerkt hat, dass es fast zwei Uhr ist. Sie muss sich sputen, wenn sie nicht zu spät kommen will.

Es ist viel passiert, seit sie am Tag nach Manuels Tod aus Málaga geflüchtet ist. Zwölf Jahre sind seitdem vergangen, und sie wohnt jetzt mit ihren beiden halbwüchsigen Kindern in einer Wohnung in der Calle Pez. Sie hat sich an das Schweigegelübde gehalten, das sie sich selbst gegeben hat. Nicht einmal in ihren schwächsten Momenten hat sie dem Impuls nachgegeben, sich jemandem anzuvertrauen. Ihre Schuld geht nur sie etwas an, und ganz allmählich hat sie akzeptiert, dass es ihr nie gelingen wird, sich davon zu befreien.

Im Hausflur, in dem der Putz von den Wänden blättert und eine gelbliche Glühbirne nur trübes Licht von sich gibt, begegnet sie einer jungen Frau, die sich mit einer großen Einkaufstasche abmüht.

»Hallo, Charo! Ich bin in Eile, ich habe die Zeit vergessen, dabei habe ich in fünf Minuten einen Termin mit der Lehrerin meiner Tochter.«

»Komm, ich halte dir die Tür auf. Beeil dich! Diese Nonnen sind furchtbar. Wenn du zu spät kommst, zeigen sie dir, wo's langgeht!«, sagt die Frau und zwinkert ihr zu.

Ungeschminkt und in ihrem billigen Kleid unterscheidet sich Charo in nichts von den anderen jungen Frauen, die Tag für Tag in den heruntergekommenen Straßen ihres Viertels im Zentrum von Madrid Besorgungen machen, manche davon mit kleinen

Kindern an den Rockzipfeln. Und dennoch ist Paulina die Einzige im Haus, die mit ihr spricht.

Denn bei Sonnenuntergang verwandelt sich Charo in Susi und empfängt, nicht wiederzuerkennen mit einer blonden Marilyn-Perücke und knallroten Lippen, ihre zahlreiche Kundschaft im zweiten Stock, Wohnung C. Aber Paulina ist es egal, womit sie ihren Lebensunterhalt verdient. Als sie mehrere Tage mit einer heftigen Grippe im Bett lag, war Charo die Einzige, die sich die Mühe machte, an ihre Tür zu klopfen und zu fragen, ob sie Hilfe mit den Kindern brauche. Und ein Mensch, der die Einsamkeit kennt, weiß eine solche Geste zu schätzen.

Paulina hat es eilig.

Vor der Metzgerei, in der sie mit mehr als hundert Peseten in der Kreide steht, wechselt sie die Straßenseite. Von Weitem kann sie den Besitzer sehen, dessen grüne Schürze blutverschmiert ist. Sie war nicht zuletzt deshalb so sehr in die Übersetzung vertieft, weil sie so bald wie möglich ihr Honorar einstreichen will, um in mehreren Läden ihre Schulden zu begleichen. In dieser geschäftigen Gegend auf halbem Wege zwischen dem urtümlichen Madrid und der nahegelegenen hochmodernen Gran Vía haben Stammkunden zwar noch immer, wie seit jeher, Kredit, aber auch das hat seine Grenzen. Durch die Tür einer Taverne in der Calle Luna strömt der Geruch nach Eintopf. Es ist Mittwoch, der Tag, an dem viele Restaurants im Zentrum den klassischen Eintopf traditionell in drei Gängen servieren, zuerst die Brühe, dann Kartoffeln, Kichererbsen und Gemüse und zu guter Letzt das mitgekochte Fleisch.

Paulina erreicht das Colegio de las Mercedarias in der Calle Velarde just in dem Moment, als sich das Tor öffnet und die Mädchen in Schuluniform hinausströmen. Schon bald entdeckt sie Elisa, die ihre Schultasche im Arm hält und mit ein paar Freundinnen plaudert. Der karierte Rock ist noch derselbe wie im letzten Jahr und schon ein wenig eng, aber Paulina vertraut darauf, dass er noch bis zum Ende des Schuljahres halten wird.

Ihre Kinder werden größer, und die Ausgaben verschlingen immer mehr Geld, doch es gelingt ihr nicht, ihr Einkommen zu steigern. Dabei hat sie nun zusätzlich zu den Übersetzungen damit begonnen, zwei Brüdern Nachhilfestunden zu geben, die die Deutsche Schule besuchen. Dorthin hätte auch sie gern ihre Kinder geschickt, doch das Schulgeld liegt außerhalb ihrer Möglichkeiten. Sie hasst die Nachmittage, an denen sie den verzogenen Bengeln bei den Hausaufgaben helfen muss. Obendrein wohnen die in der Calle Velázquez. Jedes Mal, wenn sie an ihrer früheren Haustür vorüberkommt, muss sie fürchten, ihrem Onkel oder ihrer Tante zu begegnen.

Paulinas Verhältnis zum Geld ist kompliziert. Es hat sie nie glücklich gemacht, welches zu haben, aber nun ist sie schon seit so vielen Jahren knapp bei Kasse, dass sie längst nicht mehr denkt, es sei nicht wichtig. Tatsächlich rechnet sie jeden Tag lange hin und her, um über die Runden zu kommen. Für eine alleinstehende Frau ist es in den sechziger Jahren nicht leicht, ohne jede Hilfe eine Familie zu ernähren.

Elisa läuft auf sie zu und gibt ihr einen Kuss auf die Wange.

»Ich muss reingehen, deine Lehrerin erwartet mich. Kauf unterwegs Brot, wir sehen uns zu Hause«, verabschiedet sich Paulina.

Eine Weile später nehmen die beiden zu Hause an dem Tisch im kleinen, dunklen Esszimmer Platz. Paulina vermisst das Licht des Ateliers in der Calle Menorca, das sie kurz nach Carlos' Tod aufgab. Die Erinnerung an ihren Mann war zu präsent, und da sie die für einen Maler geeigneten Räume nicht mehr brauchten, konnte sie sich im Stadtzentrum eine günstigere Mietwohnung suchen. Sie behielt nur ihre zwei Lieblingsbilder, die Landschaft, die im winzigen Flur hängt, und ein Porträt ihrer Kinder, als Elisa gerade erst zur Welt gekommen war, das nun über ihrem Bett hängt.

»Wie war es bei Schwester Elena?«

»Sehr gut, mein Kind. Sie hat erneut darauf bestanden, dass du eine Kunstschule besuchen solltest. Sie sagt, sie hätte seit Jahren keine so begabte Schülerin mehr gehabt. Ich verspreche dir, sobald wir ein bisschen Geld zusammengespart haben, nimmst du Unterricht, einverstanden?«

»Keine Sorge, Mama. Vielleicht kann ich im Sommer eine Arbeit finden, um die Stunden selbst zu bezahlen. Aber, sag mal, kommt Diego nicht zum Essen?«

»Nein, dein Bruder hat mich gestern um Erlaubnis gebeten, wieder mit zu Pedro zu gehen.«

Paulina weiß genau, warum ihr Sohn, der sich am Cardenal-Cisneros-Gymnasium in der Nähe der Plaza de España aufs Abitur vorbereitet, die Nachmittage so oft bei seinem Freund verbringt. Nicht um gemeinsam zu lernen, sondern um in der herrlichen Bibliothek mit medizinischen Fachbüchern zu stöbern, die Pedros Vater, ein bekannter Neurologe, in seiner Praxis hat.

Paulina verbringt ihre ganze Zeit mit Übersetzen, Lesen oder mit ihren Kindern. Sie verlässt das Haus nur, um ihre Arbeit im Verlag abzugeben oder einkaufen zu gehen. Früher hat sie die Kinder zur Schule gebracht, aber seit sie älter sind, gibt es Tage, an denen sie nicht einen Fuß vor die Tür setzt. Manchmal ist sie überrascht, erst fünfunddreißig Jahre alt zu sein. Sie hatte natürlich ein paar Verehrer, aber die haben sie bloß wütend gemacht. Sie erinnert sich nur zu gut daran, wie ein Nachbar aus dem Viertel – ein hässlicher, vulgärer, kürzlich verwitweter Mann – sie vor weniger als einem Jahr mit einer gewissen Herablassung einlud, einmal mit ihm zum Abendessen auszugehen. Es war offensichtlich, dass er sich für eine gute Partie hielt, der einer armen Mutter ohne Mann das Leben erleichtern würde.

»Herr Martínez, wenn Sie Notar wären, würde ich vielleicht darüber nachdenken …«, hatte sie geantwortet, nur um sich an seiner beleidigten Miene zu erfreuen. »Aber wenn Sie mir lediglich das Gehalt eines kleinen Büroangestellten anbieten können, möchte ich mein Bett lieber für mich allein behalten.«

Was hatte sie mit Charo/Susi gelacht, als die ein paar Tage später an ihrer Tür klingelte, um vormittags mit ihr einen Kaffee zu trinken, wie sie es gewöhnlich zwei- oder dreimal in der Woche taten. Die Übersetzerin und die Hure sind gute Freundinnen, auch wenn Paulina dafür von den übrigen Nachbarinnen und Müttern an der Schule strafende Blicke erntet. Aber aus allem, was sie durchmachen musste, hat sie eins gelernt: Mit Leuten, an denen sie kein Interesse hat, will sie keine Zeit vergeuden.

Was zählt, ist das Lächeln ihrer Kinder, das Licht eines Sonnenuntergangs im Retiro-Park, das Vergnügen, den Schlaf zu opfern und allein für sich nächtelang all die Romane zu verschlingen, die sie aus der Bibliothek holt. Sie würde die Bücher, die sie liest, gern besitzen, aber sie hat weder Geld zum Kaufen noch Platz, um sie aufzubewahren, also begnügt sie sich damit, die Titel und Namen der Autoren in ein Notizbuch mit braunem Einband zu schreiben, das sie in ihrem Nachttisch aufbewahrt, zusammen mit dem Heft, in dem Carlos und sie sonntags in der Calle Menorca Kassensturz machten. Unter dem Strich sind es beides Wege, über ihr Leben Buch zu führen.

Ein paar Mal im Jahr, zum Geburtstag und zu Weihnachten, senden sie und Manuela sich Karten. Keine der beiden hat je wieder ihren Cousin erwähnt. Nachdem der Leichnam an jenem Morgen vor zwölf Jahren im Pool gefunden wurde, füllte sich das Haus im Nu mit Wehklagen und Polizisten. Eines der Dienstmädchen ging mit den Kindern an den Strand, um ihnen das Spektakel zu ersparen. Als das erste Durcheinander vorüber war, suchte die alte Frau Paulina in ihrem Zimmer auf. Auf den Stock gestützt, kam sie mit Trippelschritten zu ihr und wirkte unendlich zerbrechlich, traurig und müde.

»Ich habe mit der Polizei geredet«, sagte Manuela. »Sie haben die Spuren einer Frau am Beckenrand gefunden.«

Paulina war um eine Antwort verlegen.

»Du musst dir keine Sorgen machen. Ich habe ihnen gesagt, dass ihr euch eine Weile unterhalten habt, aber als ich später herausgeschaut habe, um Manuel gute Nacht zu sagen, hätte ich gesehen, dass du bereits ins Bett gegangen warst.«

»Manuela …«

»Ihr nehmt den ersten Zug. Pack eure Sachen, Paulina. Du wirst verstehen, dass es hier enden muss.«

Und so kehrte sie nach Madrid zurück und nahm die Aufgabe in Angriff, sich ein neues Leben aufzubauen. Viele Male dachte sie, sie würde es nicht schaffen, aber letzten Endes ist es ihr doch gelungen. In diesem Jahr hat Manuela ihr zum ersten Mal keine Weihnachtskarte geschrieben. Paulina vermutet, dass sie gestorben ist, aber sie hat nicht gewagt, sich mit einem Anruf davon zu überzeugen. Sie hätte es nicht ertragen, wenn ihr Onkel, dessen Stimme der von Manuel so ähnlich war, den Hörer abgenommen hätte.

Seit jener Nacht ist viel Zeit vergangen, doch noch immer hat Paulina häufig diesen entsetzlichen Albtraum. Die nächtliche Stille, der Duft von Jasmin, Otto und Heinz im Wasser, Hand in Hand in ihren braunen Uniformen … Dann stürzt sie sich ins Wasser, um sie zu retten, doch sie sind auf einmal fort. Plötzlich ist es Manuel, der leblos im Pool auf der dunklen Wasserfläche treibt.

Jedes Mal, wenn sie erschrocken aus diesem Traum hochfährt, raucht sie am kleinen Fenster ihres Schlafzimmers, das auf einen Innenhof voller Wäscheleinen hinausgeht. Irgendwie wirkt dieses Ritual auf sie beruhigend. Sie raucht nie in der Öffentlichkeit, nur wenn sie allein ist, eine der wenigen Schwächen, die sie sich erlaubt. Sie hat herausgefunden, dass die Garderobiere im Kino an der Ecke lose Zigaretten verkauft, und nimmt ihr jede Woche welche ab.

Welcher Mensch greift nicht zu kleinen Tricks, um zu überleben? Bei Paulina sind es die heimlichen Glimmstängel und die Bücher, in die sie sich jede Nacht mit einer solchen Gier versenkt, dass sie eine enge Freundin der Bibliothekarin geworden ist.

»Du bist vier Tage zu spät dran. Du hättest es am Montag zurückgeben müssen.«

»Es hat mehr als siebenhundert Seiten, Consuelo! Hab ein wenig Mitleid mit einer armen berufstätigen Mutter.«

Sie müssen beide lachen.

Doktor Schiwago von Boris Pasternak hat ihr wirklich gut gefallen. Zusammengerollt in ihrem Bett hat sie das Buch nur so verschlungen, während Diego und Elisa schliefen. Paulina findet, allein schon für diesen Roman habe der russische Autor den Nobelpreis verdient, der ihm neun Jahre zuvor verliehen wurde.

»Es gibt eine Warteliste für dieses Buch«, erklärt Consuelo. »Seit der Film in Soria gedreht wurde, ist es der begehrteste Roman aus unserem Bestand. Ich habe in der Zeitung gelesen, dass dieses Jahr viele Mädchen hier in Spanien auf den Namen Lara getauft werden, wie die Hauptfigur.«

»Kein Wunder, die Geschichte ist einfach fabelhaft. Unser Leben ist dagegen sterbenslangweilig.«

»Es könnte nicht schaden, wenn hier ein Omar Sharif vorbeischneien würde, oder?«, erwidert die Bibliothekarin, Witwe wie sie selbst, mit einem Augenzwinkern.

Paulina muss abermals lachen und bricht mit einem neuen Buch auf. *Letzte Tage mit Teresa* von Juan Marsé. Es wird in dieser Woche ihre Lektüre sein. So wie sie in den letzten Nächten ins Russland zu Beginn des Jahrhunderts gereist ist und mit dem Zug die endlose verschneite Steppe durchquert hat, wird sie sich heute, sobald ihre Kinder zu Abend gegessen haben, ins zwischen Bürgertum und Einwanderern aus dem Süden geteilte Barcelona begeben.

Sie hat immer schon gern gelesen, doch in den letzten Jahren wurden Bücher zu ihrer wichtigsten Zuflucht, ihrem Geheimrezept, um nicht in der Nacht den Verstand zu verlieren, sondern am nächsten Morgen weiter dafür kämpfen zu können, ihre Kinder durchzubringen. Alles in ihrem Leben dient einem ganz bestimmten Ziel: Sie will tun, was sie kann, damit die beiden glücklich heranwachsen können, ohne Luxus, aber auch ohne Entbehrungen, im Wissen, dass sie jederzeit auf ihre Mutter zählen können. Und nach all den Jahren ist sie inzwischen zu dem Schluss gekommen, dass ihr das gelungen ist.

Diego träumt davon, Arzt zu werden. Der Vater seines Freundes Pedro hat versprochen, beim Dekan der medizinischen Fakultät ein gutes Wort für ihn einzulegen, damit er vielleicht ein Stipendium bekommen kann. Abend für Abend wälzt er seine Bücher. Er hat immer ausgezeichnete Noten, genau wie Paulina, bevor sie ihr Studium abbrach. In ein paar Monaten macht er Abitur und könnte nach der Aufnahmeprüfung an der Universität mit seinem Studium beginnen. Ihm ist bewusst, dass er sich nach einer Arbeit am Wochenende umschauen muss, um seine Mutter zu unterstützen, aber er ist nicht der Typ, der Herausforderungen scheut. Diego ist ein geborener Gewinner, der das Beste von seinen beiden Vätern geerbt hat: Manuels Charisma und Carlos' Intelligenz.

Und Elisa ist der Inbegriff einer Künstlerin. Sensibel, ein bisschen introvertiert und enorm begabt. Sie liebt die Malerei so sehr, dass Paulina es oft bedauert, das lichtdurchflutete Atelier in der Calle Menorca für die dunkle Wohnung in der Calle Pez aufgegeben zu haben. Ihre Tochter setzt sich meist mit ihrem Aquarellblock oder der Leinwand ans Esszimmerfenster oder zieht bei gutem Wetter mit der Staffelei in den Retiro-Park. Oft bereiten sie sich an den Sonntagen zwei belegte Brote zu und verbringen den Tag gemeinsam im Park, die Tochter mit ihren Pinseln und die Mutter mit ihrem Roman. Wie sehr es ihrem Mann gefallen hätte, dabei zu sein, denkt Paulina immer wieder, bevor sie rasch ihre Tränen trocknet und sich zwingt, die Gegenwart zu genießen.

Sie hält sich selbst für eine glückliche Frau, auch wenn das Leben es ihr wahrlich nicht leicht gemacht hat. Letztlich stimmt es, was ihre Mutter in ihrem Abschiedsbrief geschrieben hat. Sie ist stark, und sie hat es geschafft. Das Bewusstsein, mit Zähnen und Klauen für ein Glück gekämpft, ohne auch nur das Geringste geschenkt bekommen zu haben, ist zutiefst befriedigend.

Aber Boris Pasternaks Roman hat sie in eine romantische Stimmung versetzt. In ihrem disziplinierten Alltag gab es in den letzten Jahren kaum Raum für anderes als ihre Kinder und ihre Bücher – denen, mit deren Übersetzung sie ihren Lebensunterhalt bestritten hat, und denen, die sie aus Freude gelesen hat. Nur ein einziges Mal ist sie davon abgewichen, und das war eine bittersüße Erfahrung, die tatsächlich eher bitter als süß war.

2

Vor einigen Jahren besuchte ein deutscher Schriftsteller, dessen Roman sie ins Spanische übersetzt hatte, Madrid aus geschäftlichen Gründen. Er nahm Kontakt zu seinen Verlegern auf und bestand darauf, sie kennenzulernen. Anscheinend sprach er Spanisch und war von ihrer Arbeit angetan. Schweren Herzens willigte Paulina in das Treffen ein, um ihren Auftraggebern einen Gefallen zu tun. Die viele Zeit, in der sie allein arbeitete und keinerlei gesellschaftliches Leben hatte – ihre einzigen Freundinnen waren die Bibliothekarin und die Prostituierte –, hatte ihre Menschenscheu genährt.

Sie waren im Café Manila an der Gran Via verabredet, und sobald sie ihn auf einem der Barhocker erblickte, verflog die Lustlosigkeit, mit der sie gekommen war. Markus war ein Mann mit einer geradezu magnetischen erotischen Ausstrahlung, zumindest für eine junge Frau, deren Bett in den letzten zwölf Jahren zu nichts anderem als zum Schlafen gedient hatte. Er war groß und kräftig, hatte etwas längeres, blondes Haar mit ersten grauen Strähnen, stahlblaue Augen mit tiefgründigem Blick und trug ein herrliches Tweed-Jackett. Diesen warmen, ein wenig rauen Stoff hatte Paulina schon immer gemocht.

»Ihr Roman hat mich sehr beeindruckt«, gestand Paulina, die sich noch gut an die Geschichte über die Freundschaft zweier Jungen im Deutschland der dreißiger Jahre erinnerte.

Mit einem Mal wurde ihr bewusst, dass ihre innere Ablehnung, sich auf dieses Treffen einzulassen, nicht nur auf ihr Einsiedlerleben zurückzuführen war, sondern auch darauf, wie oft sie bei der Übersetzung von Markus' Buch an Otto und Heinz hatte denken müssen.

Aber nun war es zu spät.

Schon seit vielen Jahren hatte Paulina niemanden mehr getroffen, der das Gleiche erlebt hatte wie sie als Kind. Sie hatte sich so sehr bemüht, diese Vergangenheit in den hintersten Winkel ihres Herzens zu verbannen, dass es sie erschreckte, wie schnell sie auf einmal präsent war, als sie dem Schriftsteller die Hand gab.

Otto, der in der Nacht, bevor er in seiner lachhaften Kindersoldatenuniform für immer von zu Hause fortging, mit zusammengekniffenen Augen zu schlafen vorgab. Heinz' letzter Blick, bevor er aus der Tür ging.

An diesem Abend unterhielten sie sich lange, zuerst an der Theke des Manila und später, schon mit einem Schwips, im Chicote. Er war ein paar Jahre älter als sie und erzählte, dass auch er für die Schlacht um Berlin eingezogen worden war, allerdings hatte die Sache in seinem Fall offensichtlich ein glücklicheres Ende genommen. Als sie sich mit Markus unterhielt, konnte sich Paulina zum ersten Mal vorstellen, was ihre Brüder in den letzten Tagen durchgemacht hatten.

Knapp vier Stunden später hatten Tränen und Alkohol eine eigentümliche Intimität zwischen ihnen hergestellt. Nach Verlassen der Bar suchte Paulina eine Telefonzelle und rief ihre Kinder an, um ihnen zu sagen, dass sie über Nacht nicht nach Hause kommen würde. Der halbwüchsige Diego war so taktvoll, seine Mutter nicht danach zu fragen, wo und mit wem sie zusammen war.

Was in jener Nacht mit Markus geschah, war unvermeidlich, wundervoll und doch bitter. Sie hatte schon so lange nicht mehr die Hitze forschender Hände an der Innenseite ihrer Oberschenkel gespürt, die Erinnerung an den Geruch der warmen Haut eines nackten Mannes lag so weit zurück. Der deutsche Schriftsteller, der innerlich ebenso gebrochen war wie sie selbst, bescherte ihr in seinem Zimmer im Hotel Rialto mehrere Höhepunkte.

»Meine Erinnerungen sind furchtbar, aber ich glaube, ihr Männer habt wesentlich Schlimmeres erlebt«, sagte Paulina, als sie in dem zerwühlten Bett eine Zigarette rauchten. »Immerhin müssen wir nicht mit uns herumtragen, was ihr an der Front gesehen habt.«

»Da muss ich dir widersprechen … Vergiss die Vergewaltigungen nicht. Wie alt warst du? Vielleicht warst du noch zu klein, um es zu verstehen.«

»Nein. Ich war dreizehn, als der Krieg aus war. Ich erinnere mich an die Gespräche der Frauen aus dem Viertel. Sie haben schreckliche Dinge erzählt. Eine Nachbarin von uns wurde von mehreren russischen Soldaten missbraucht. Sie hatten ihr Baby in einen Schrank gesperrt, damit es sie nicht störte … Dieses Bild werde ich nie vergessen. Wir liefen hinauf, um ihnen zu helfen, hörten den Kleinen aber nicht, bis ich ihn geknebelt im Kleiderschrank fand. Ich weiß noch, wie erleichtert ich war. Stell dir das vor, angesichts dieser Situation erleichtert zu sein.«

»Wart ihr allein, deine Mutter und du?«

»Ja.«

»Dann hattet ihr großes Glück. Deine Mutter, vermutlich noch eine junge Frau, und du, ein junges Mädchen … Ihr wart die perfekten Opfer. Du wohnst in Spanien und bekommst es nicht aus nächster Nähe mit, aber derzeit kommen ungeheuer viele Fälle ans Licht. Es ist von bis zu zwei Millionen die Rede. Offenbar haben es viele Frauen jahrelang verheimlicht. Manche von denen, die darüber gesprochen haben, sagen, sie hätten sich geschämt; sie hätten das Gefühl gehabt, es als Helfershelfer des Nationalsozialismus verdient zu haben.«

»Ja, wir hatten wirklich Glück. Wie furchtbar. Ich habe seit Jahren nicht mehr daran gedacht.«

Doch mit einem Mal verstand Paulina, warum sie keine Erinnerung mehr an etwas gehabt hatte, was eine unerhörte Wirkung bei ihr hinterlassen haben musste. Ein längst vergessener Name tauchte in ihrem Bewusstsein auf, als hätte sie ihn gerade erst gehört.

Butnitsky. Leutnant Butnitsky.

Julias festliches Kleid und ihre geheimnisumwitterten Feiern in einer Stadt, die in Trümmern lag. Der Soldat, der ein Paket mit Seidenstrümpfen und Schokolade vorbeibrachte. Die russischen Soldaten, denen sie am Tag ihrer Abreise aus Berlin begegnet waren. Als einer von ihnen Paulina mit einer obszönen Geste erschreckte, raunte sein Begleiter ihm etwas ins Ohr, das ihm sofort Einhalt gebot.

Hatte ihre Mutter sich einen Beschützer gesucht?

Sie vertraute Markus ihre Überlegungen an.

»Was du sagst, ergibt Sinn. Offenbar haben es manche Frauen angesichts der Geschehnisse um sie herum vorgezogen, die Geliebte eines Offiziers der Roten Armee zu werden, anstatt sich dem Risiko auszusetzen, von der Truppe brutal vergewaltigt zu werden. Das war der wirksamste Schutz. Es war sehr klug von deiner Mutter, so zu handeln, wenn sie es getan hat. Auf diese Weise hat sie dir etwas erspart, was dich ein Leben lang verfolgt hätte.«

Paulina dachte an Julias Selbstmord, daran, wie sie nach ihrer Ankunft in Madrid verloschen war. Sie hatte ihre Mission erfüllt, das einzige Kind, das noch am Leben war, ihre Tochter, in Sicherheit zu bringen.

»In Wahrheit wusste ich es wohl. Mir wird jetzt klar, dass ich genug Einzelheiten kannte, um es zu wissen, aber bis heute habe ich es nicht sehen wollen«, gestand sie Markus. »Vielleicht war es das, woran sie zugrunde ging. Und sie hat es für mich getan.«

Als am nächsten Morgen die Sonne aufging, besudelt von

einer Vergangenheit, die nicht auszulöschen war, verabschiedeten sie sich mit einem traurigen Blick voneinander. Keiner der beiden wusste etwas zu sagen, obwohl doch beide ihren Lebensunterhalt mit Worten verdienten.

3

Und nun, zwei Jahre nach dieser Nacht, geht sie mit Marsés Roman in der Handtasche nach Hause und bleibt für einen Moment vor der Fensterfront des Café Manila stehen. Sie sieht sich selbst, in diesem Rollkragenpullover, den sie seither kaum noch getragen hat, auf einem der Barhocker sitzen, in ein angeregtes Gespräch mit einem interessanten blonden Mann vertieft. Vielleicht ist diese Paulina ja für immer tot. Sie ist sich sicher, dass sie sich nie wieder verlieben kann.

Mit ihrem Cousin Manuel hatte sie sich von ihren Sinnen forttragen lassen, bis sie um ein Haar ihr ganzes Leben ruiniert hätte. Mit Carlos hatte sie bei ihren stillen Zusammenkünften in der Calle Menorca, im Schutz des Wandschirms und darauf bedacht, die Kinder nicht zu wecken, wahre Wonnen genossen. Doch seit sie weiß, welches Opfer ihre Mutter auf sich genommen hat, kann sie nicht mehr auf dieselbe Weise an Sex denken.

Julia hatte ihr das Trauma vieler deutscher Frauen ihrer Generation erspart. Wäre sie im Alter von dreizehn Jahren von einer Handvoll betrunkener Russen vergewaltigt worden, wäre ihr Leben ganz sicher anders verlaufen. Nun erst, als erwachsene Frau, hat sie die Wahrheit erfahren und bekommt seither das Bild ihrer Mutter, ihrer armen Mutter, nicht mehr aus dem Kopf, die aus einer alten Schachtel ihr elegantestes Kleid hervorholte und die Reste eines vertrockneten Lippenstiftes zusammenkratzte, um auf Leutnant Butnitsky begehrenswert zu wirken.

Sie hat lange darüber nachgedacht, was Julia dabei empfunden haben mag, bis ihr klar wurde, dass sie, wenn nötig, das Gleiche für Diego oder Elisa tun würde. Die Liebe zu ihren Kindern kann gewöhnliche Menschen zu Helden machen, und das allein genügt, um manchem Leben einen Sinn zu geben. Sie ist der Antrieb, sich allem zu stellen, und die Rechtfertigung für jedes Vergehen. Unter allem, was die Welt in Gang hält, gibt es keine mächtigere Kraft.

Paulina lässt die hektische Gran Vía hinter sich und erreicht bald darauf die Calle Pez. Die Kinder sind sicher schon eine Weile da und lernen. Sie wird bald das Abendessen zubereiten müssen. Bevor sie nach oben geht, öffnet sie mechanisch den Briefkasten und zieht zwei oder drei Briefe heraus. Kaum in der Wohnung, wirft sie im Esszimmer ihren Mantel über einen Stuhl und stützt sich auf den Tisch. Einer der Umschläge trägt das elegante Logo eines Notariats in der Calle José Ortega y Gasset. Sie entnimmt ihm ein paar Blätter und liest. Sie schreit auf. Die Papiere fallen zu Boden.

»Ist alles in Ordnung, Mama?«, ruft Elisa erschreckt. »Was ist los?«

Paulina ist blass geworden und stumm. Es fällt ihr schwer, Worte zu formulieren.

»Ist etwas Schlimmes passiert?«, will Diego wissen. Er erhebt sich von dem Tisch, auf dem er seine Notizen ausgebreitet hat.

»Nein … Oder ja, eigentlich schon.«

Ihr wäre im Leben nicht in den Sinn gekommen, dass es dazu kommen könnte.

4

Nach einer unruhigen Nacht geht sie am nächsten Morgen in die nächstgelegene Bar, in der die Kellner sie beim Vornamen kennen und die Nachbarn beim Milchkaffee den neuesten Klatsch austauschen. Von dort aus ruft sie die Nummer auf dem Briefkopf an und wird für Punkt zwölf Uhr mittags zu einer Adresse im Salamanca-Viertel einbestellt. Am Vorabend hat sie ihre Kinder gebeten, sie zu begleiten. Auch wenn sie sonst immer streng darauf bedacht ist, dass Diego und Elisa keinesfalls den Unterricht versäumen, ist dieser Termin wichtig genug, dass sie alle drei hingehen. Dieses Mal braucht sie die beiden an ihrer Seite.

An der Station Lista verlassen sie die Metro. Unterwegs hüllen sie sich in angespanntes Schweigen. Die jungen Leute, die heute ihre förmlichste Kleidung tragen, wissen nicht genug, um wirklich zu verstehen, was los ist. Ihre Mutter hat nie viel über ihr früheres Leben, vor den Kindern, erzählt, und da Diego und Elisa spüren, dass die Erinnerung für sie schmerzhaft ist, respektieren sie ihr Schweigen. (Ihnen ist nur bekannt, dass ihr Großvater und ihre Onkel im Zweiten Weltkrieg gestorben sind und ihre deutsche Großmutter kurz darauf in Madrid.) Liebe heißt manchmal, nicht alles ganz genau wissen zu müssen.

Paulina versucht, das abgewetzte Revers ihres einzigen Mantels unter einem modischen, bunten Schal zu verbergen. Die Aufregung, die ihr mit eiserner Faust den Magen zusammendrückt, ist jedoch bedeutend schwerer zu überspielen.

Nachdem sie einige Minuten in einem kleinen, mit erlesenen Antiquitäten ausgestatteten Raum warten mussten, empfängt der Notar sie in einem Konferenzraum.

»Sind Sie Paulina Hoffmann, die Nichte von Sophie, der verstorbenen Señora Montero?«

»Ja, das bin ich. Bis gestern wusste ich nicht, dass mein Onkel und meine Tante tot sind.«

»Ihr Onkel hatte vor ein paar Monaten einen Herzinfarkt. Der Nachruf stand in sämtlichen Zeitungen.«

»Das ist mir entgangen. Und vermutlich hat mich aufgrund unserer unterschiedlichen Nachnamen niemand darauf angesprochen. Er hieß Montero, ich Hoffmann.«

»Nun, wenn Sie es auch von Ihrer Tante nicht erfahren haben, schließe ich daraus, dass Sie mit ihr keinen Umgang hatten.«

»Ja, das stimmt. Wir haben seit mehr als siebzehn Jahren kein Wort mehr miteinander gewechselt.«

»Wie eigenartig.«

»Bitte seien Sie so gut und erklären Sie mir, was Sie im Brief bereits angedeutet haben.«

»Sie ist am vergangenen Dienstag verstorben. Ich kannte die beiden schon mein Leben lang, wir haben in unserer Kanzlei viele Angelegenheiten der Familie betreut. Sophie litt nach dem schrecklichen Unfall ihres Sohnes Manuel lange unter einer Depression, und der Tod ihres Gatten hat ihr den letzten Schlag versetzt. Sie verlor zusehends ihren Lebensmut, und niemand konnte ihr helfen.«

Schweigend versucht Paulina die Worte des Notars zu verarbeiten. Für sie existierten ihr Onkel und ihre Tante schon seit vielen Jahren nicht mehr, doch nun sind sie tatsächlich tot.

»Ihr Onkel Manuel Montero war Einzelkind, sodass das gesamte Familienvermögen ihm gehörte. In Ermangelung von Nachkommen wurde seine Gattin zu seiner Alleinerbin.«

»Soll das heißen, Tante Sophie hat die Häuser, Firmen und das Geld …?«

»Ja, alles. Aber eigenartigerweise kam sie schon kurz, nachdem sie zur Witwe geworden war, her, um ihr Testament ändern zu lassen. Ich weiß noch, wie sie zu mir sagte: ›Manuel hätte das nie geduldet.‹.«

»Ich habe seit etlichen Jahren nicht mehr mit meinem Onkel oder meiner Tante gesprochen, sie haben sich mir gegenüber nicht gerade nobel verhalten. Das Ganze kommt daher sehr überraschend für mich.«

Unsicher, wie sie sich verhalten sollen, rutschen Diego und Elisa auf zwei altmodischen, unbequemen Stühlen hin und her. Hinter ihnen hängt ein ziemlich hässliches Gemälde, eine in Brauntönen gehaltene Jagdszene. Wenn Paulina später an diesen Tag zurückdenkt, werden ihr die linkischen Pinselstriche des Malers, der von Hunden gehetzte Hirsch und die ernsten Mienen ihrer Kinder in den Sinn kommen. Ohne sie hätte sie nie die nötige Kraft gefunden, den weiten Weg von jener fernen Nacht am Pool der Villa Manuela bis in dieses Büro in der Calle Ortega y Gasset zurückzulegen. Sie hat ihnen alles zu verdanken.

»Ihre Tante Sophie hat Sie zur Alleinerbin ihres Besitzes eingesetzt. Nach Unterzeichnung dieser Papiere werden Sie Eigentümerin einer Wohnung in der Calle Velázquez mitsamt ihrer Einrichtung, einer prozentualen Beteiligung an einem halben Dutzend Unternehmen, einem gut bestückten Aktienportfolio, einem Haus in El Limonar …«

»Das Haus in Málaga!«, stößt Paulina hervor.

»Ja, und allem Übrigen. Ab dem heutigen Tag sind Sie eine reiche, eine sehr reiche Frau. Da Sie die nächste Angehörige sind, ist das absolut rechtmäßig. Es gibt in der Familie Montero ein paar Verwandte zweiten Grades, die einige Aktien der Familienunternehmen erben, aber der Großteil geht auf Sie über.«

Paulina sieht ihre Kinder an. Elisa lacht nervös auf.

»Nehmen Sie das Erbe an?«, fragt der Notar. »Sie müssen es ausdrücklich bestätigen.«

»Ich glaube schon … Ja, natürlich!«

»Dann werde ich mit der Testamentseröffnung fortfahren.«

Nach der Unterzeichnung der Dokumente notiert sich Paulina den Namen eines Anwalts, der ihr bei den vielen Formalitäten helfen kann, die sie nun vor sich hat, und verabschiedet sich. Ihre Kinder warten bereits im Eingangsbereich auf sie. Als sie ihren Mantel mit dem abgewetzten Revers überzieht, kommt ihr der Gedanke, dass ihr Leben ab dem Moment, in dem sie auf die Straße tritt, zwar nicht unbedingt besser, jedoch bedeutend einfacher sein wird.

»Sie sind ungewöhnlich gefasst«, sagt der Notar. »Wenn die Erbschaft für Sie tatsächlich unerwartet kommt, ist es ganz erstaunlich, wie sehr Sie die Ruhe bewahrt haben. Es ist eine Menge Geld.«

»Ich bin ein einziges Nervenbündel.«

»Andere an Ihrer Stelle hätten geweint oder geschrien … Irgendwas.«

»Wer sagt Ihnen denn, dass ich nicht laut losschreie, sobald ich durch diese Tür getreten bin?«, antwortet Paulina. Ihre Lippen umspielt das erste Lächeln, seit sie das Büro betrat. Es lässt sie schlagartig jünger aussehen. »Wie auch immer, ich verstehe trotzdem nicht ganz, wieso …«

»Als ihre Tante hier war, um das Testament zu ändern, hat sie noch etwas gesagt … Vielleicht geht es mich ja nichts an, aber ich hielt es nicht für klug, es vor Ihren Kindern zu erwähnen.«

»Was hat sie gesagt?«

Ganz gleich, wie ruhig sie auf den Notar wirken mag, es ist Paulina, als wollte ihr jeden Moment das Herz aus der Brust springen.

»Sie sagte: ›Das ist das Mindeste, was ich für meinen Enkel tun kann.‹ Sonderbar, nicht wahr? Ihr Enkel? Ich habe mich darüber gewundert, da ihr einziger Sohn ohne Nachkommen gestorben war, doch als ich sie danach fragte, antwortete sie nur: ›Paulina wird es schon verstehen.‹«

Beider Blick fällt auf den großen, gutaussehenden jungen

Mann mit schwarzen Locken und Grübchen in den Wangen, der im Flur wartet.

»Haben Sie vielen Dank für Ihre Diskretion«, sagt Paulina zum Abschied. »Er braucht von alldem nie etwas zu erfahren.«

Der Notar reicht ihr die Hand.

Schweigend fahren sie mit dem Mahagoni-Aufzug nach unten und stehen im nächsten Moment auf der Straße. Es ist ein strahlender, kalter Tag, mit dem typischen Licht, das es nur im Madrider Winter gibt. Paulina nimmt Diego an die eine Hand und Elisa an die andere, wie damals als Kinder.

»Ist euch klar, was das bedeutet?«

»Ziehen wir um?«, fragt Diego.

»Natürlich! Und du kannst Medizin studieren, ob du nun ein Stipendium bekommst oder nicht, und brauchst an den Wochenenden nicht zu arbeiten. Und du, Elisa, bekommst ein Zimmer zum Malen und kannst Privatstunden nehmen, um dich auf die Aufnahmeprüfung an der Akademie für Bildende Kunst vorzubereiten.«

»Und du kannst dir einen anderen Mantel kaufen«, wirft Elisa ein.

Die drei müssen lachen.

»Habt ihr schon einmal Austern gegessen? Ich führe euch ins Lieblingsrestaurant meiner Tante aus. Das wird unsere Art sein, ihr zu danken.«

Sie hebt die Hand, um ein Taxi anzuhalten, und nennt eine Adresse, die sie schon fast vergessen hatte.

Ein paar Stunden später, nach einem Festmahl aus Austern von Sorlut, Artischocken mit Foie gras und einem Filet Wellington, gepaart mit einer Flasche guten französischen Champagners, hört Paulina vom Alkohol benebelt zu, wie ihre Kinder planen, was sie jetzt, da sie reich sind, tun werden. Selbst wenn sie nicht mehr klein sind, ist das alles für sie wie ein Spiel.

Sie muss daran denken, wie sie selbst mit siebzehn Jahren, dem Alter, in dem Diego jetzt ist, in diesem Lokal ein und aus ging. »Wenn die Geschäfte gut laufen, geh einmal in der Woche ins Jockey, aber wenn sie schlecht laufen, geh zweimal«, pflegte ihr Onkel Manuel zu sagen. Es ist schon eigenartig, in dieser kurzen Zeit wirkten sie tatsächlich wie eine glückliche Familie: das distinguierte Ehepaar mit seinem sympathischen Sohn und seiner hübschen Nichte aus Deutschland. Fast zwanzig Jahre später ist hier alles unverändert, das Dekor im englischen Stil ebenso wie die elitäre Atmosphäre, in der sie sich nie heimisch gefühlt hatte.

Sie denkt daran, wie leicht es ihrem Onkel und ihrer Tante gefallen ist, sie zur Seite zu schieben und aus ihrem Leben zu verstoßen. Ihre Tante Sophie wusste, dass sie niemanden sonst auf der Welt hatte, aber das schien ihr nicht viel auszumachen. Ohne Carlos wäre sie damals untergegangen.

Dann erinnert sie sich an das arme Dienstmädchen, das mit einem Bündel Geldscheine und seinem Pappkoffer fortging. Obwohl sie damals furchtbar eifersüchtig und wütend war, weiß sie heute doch, dass auch Milagros nur ein Opfer war, sogar noch mehr als sie selbst. Zwei oder drei Monate nach ihrer Entlassung begegnete Paulina ihr im Viertel. Das Mädchen trug eine Dienstmädchentracht mit Häubchen und schleppte eine Einkaufstasche. Von einer Schwangerschaft war nichts zu sehen. Das Geld ihrer Tante hatte wohl gereicht, um das Problem heimlich aus der Welt zu schaffen. Letzten Endes war der Unterschied zwischen ihnen doch nicht so groß. Jede hatte auf ihre Weise eine Lösung gefunden.

Ob es wohl irgendwo in der Stadt noch weitere Kinder von Manuel gab? Sie würde es nie erfahren. Er war die Sorte Mann gewesen, der davon überzeugt war, dass ihm alles zustand; das Produkt einer zu duldsamen Erziehung und eines amoralischen Charakters.

Sie hat Sophie gehasst, die sie in all den Jahren nicht ein Mal angerufen hatte, selbst nicht in den schwärzesten Momenten, aber nun tut ihr die Schwester ihrer Mutter plötzlich leid. Sie war eine jener Frauen gewesen, die ihrem Mann nie widersprachen, und es war ihr sicher nicht leichtgefallen, das Testament nur wenige Tage nach seinem Tod zu ändern. Doch ihr Enkel war das Einzige, was von ihrem Sohn Manuel geblieben war. Sie musste darunter gelitten haben, dass sie ihn nicht kannte, und vielleicht sogar unter ihrem schäbigen Verhalten Paulina gegenüber.

Arme Tante Sophie. Ihr ganzes Leben lang hatte sie versucht, sich hinter ihrem Dasein als Dame der besseren Gesellschaft vor der Realität zu verschanzen, doch am Ende hatte sie sie eingeholt.

5

Am nächsten Morgen begibt sich Paulina in ein Möbelhaus, um verschiedene Regalmodelle zu vergleichen. Sie entscheidet sich für ein schlichtes aus dunklem Holz und vereinbart mit dem Schreiner für die nächste Woche einen Termin in der Wohnung in der Calle Velázquez. Sie hat beschlossen, im Wohnzimmer eine riesige Bibliothek einzurichten.

Sie geht zur Casa del Libro in der Gran Vía und bleibt vor dem Schaufenster stehen, in dem Bücher mit ihren farbigen Einbänden um die Aufmerksamkeit der Passanten buhlen. Dann betritt sie den Laden und lässt den Blick über die endlosen Reihen von Romanen, Gedichtbänden, Essays und Kinderbüchern schweifen. Das ganze Universum passt in eine Buchhandlung.

Sie hatte immer gedacht, dies sei das Erste, was sie tun würde, wenn sie jemals zu Geld käme, und nun setzt sie es in die Tat um. Sie holt das Notizbuch mit dem braunen Einband aus der Tasche, das sie sonst in der Nachttischschublade aufbewahrt und in das sie seit mehr als zehn Jahren die Titel und Autoren sämtlicher Bücher geschrieben hat, die sie gelesen hat. Die Liste ist allein ihren Vorlieben des jeweiligen Moments geschuldet: Dickens, Dumas, Steinbeck, Highsmith, Delibes, Harper Lee, Agatha Christie, Chandler, Lorca, Marsé, Pasternak …

Sie geht zu einem Verkäufer.

»Guten Morgen, ich möchte diese Bücher bestellen«, sagt sie und reicht ihm ihr Notizbuch.

»Verzeihung, Señora, ich verstehe nicht …«

»Ich möchte alle Bücher auf dieser Liste.«

»Alle?«, fragt der Buchhändler und blättert die Seiten um. »Das sind doch sicher mindestens dreihundert!«

»Könnten Sie sie mir innerhalb von zwei Wochen an eine Adresse hier in Madrid liefern?«

»Ich glaube schon, zumindest den Großteil.«

Sie vereinbaren alles Nötige bezüglich der Bezahlung und Lieferung, dann begibt sich Paulina zum Ausgang. Doch bevor sie hinaus auf die hektische Straße tritt, dreht sie sich noch einmal um und sagt zu dem Angestellten:

»Es sind genau fünfhundertsechzehn.«

DIE LÜGE

Berlin, August 2016

1

»Blöd« ist ein tolles Wort. Es geht Alicia wunderbar leicht von der Zunge, wenn sie es leise und voller Verachtung wiederholt: »Ich bin so blöd, so unendlich blöd.« Der Zorn auf sich selbst lässt ihre Lippen bei dem »b« geradezu explodieren. »Blöd!«

Seit Iván fort ist (»Sag mir Bescheid, wenn du mit dir im Reinen bist«, hat er gesagt, bevor er hinausgerauscht ist), ist sie unterwegs. Es ist gleich zehn Uhr abends, und die Straßencafés in Prenzlauer Berg beginnen sich zu leeren. Vor dem Café Blume fegen die Kellner den Bürgersteig und stellen die Stühle auf die Tische, bevor sie schließen.

Sie musste raus aus der Wohnung, ins Freie, durchatmen. Sie kann sich selbst nicht ertragen.

Sie muss daran denken, wie sie schwanger wurde, schon kurz nachdem Marcos und sie sich für ein Kind entschieden hatten, weil sie hofften, es käme dann alles in Ordnung. Ihr Vater kümmerte sich in der Klinik um alles, sagte aber, er wolle bei der Geburt lieber nicht dabei sein.

»Ich bin mir nicht sicher, ob ich mich professionell verhalten kann, wenn ich dich schreiend und blutend mit gespreizten Beinen vor mir habe«, bekannte Diego Blanco, als er ein mikrofonähnliches Instrument über ihren wie eine Trommel gespannten und mit einer gallertartigen Substanz bedeckten Bauch gleiten ließ. Es war am Tag ihres ersten Ultraschalls.

»Tolles Bild, danke. Dann habe ich ja genug Material für meine Albträume in den nächsten neun Monaten«, antwortete sie. »Aber mal im Ernst, mir ist es auch lieber so. Dann kann ich den Geburtshelfer nach Lust und Laune beschimpfen, wenn die Periduralanästhesie nicht schnell genug anschlägt.«

»Sieh mal, Alicia, kannst du den Fötus erkennen?« Diego zeigte auf eine bohnenförmige Gestalt, die verschwommen auf dem Bildschirm zu sehen war. »Ein hübsches Kerlchen. Das Kind kommt eindeutig nach seinem Opa, also mir.«

»Papa! Es ist doch erst acht Wochen alt! Wir wissen noch nicht mal, ob es ein Junge oder ein Mädchen wird.«

Diego lächelte.

»Hör mal sein Herz, Alicia.«

Auch wenn sie natürlich längst von ihrer Schwangerschaft wusste, wurde ihr erst in diesem Moment bewusst, dass in ihr ein neues Leben heranwuchs. Nie zuvor hatte sie sich so mächtig gefühlt.

»Warum ist Marcos nicht mitgekommen? Hätte er sich nicht darüber gefreut?«, fragte ihr Vater.

»Er konnte es nicht einrichten«, log sie. »Ich zeige ihm das Ultraschallbild heute Abend. Druckst du es für mich aus?«

Heute schämt sie sich dafür, aber sie hatte den Termin bewusst auf einen Tag gelegt, an dem ihr Mann auf Reisen war. Damals war sie allerdings noch nicht so gnadenlos ehrlich zu sich selbst und schob Ausreden vor wie »Ich wusste nicht mehr genau, wann die Reise war« oder »Es ist doch nicht so schlimm, dann kommt er halt beim nächsten Mal mit«.

Die Nacht ist herrlich frisch, obwohl es Mitte August ist. Alicia ist froh, dass sie ihre Lederjacke mitgenommen hat. Sie geht die gesamte Karl-Liebknecht-Straße hinunter, vorbei am Fernsehturm, dem Wahrzeichen Ostberlins während der Teilung und der Ort mit der angeblich besten Aussicht auf die Stadt. Sie hätte große Lust, sich vor ihrer Rückkehr nach Madrid selbst davon zu überzeugen. Kaum zu glauben, dass ihr Rückflug schon in fünf Tagen geht. Mir ist die Zeit zwischen den Fingern zerronnen, ohne etwas zu erreichen, denkt sie. Ich hatte gehofft, ich könnte mir hier über einiges klar werden, und jetzt bin ich noch verwirrter als bei meiner Ankunft.

Sie spaziert eine knappe Stunde, bis sie das Ufer der Spree erreicht, und versucht unterwegs, ihre Gefühle zu ordnen. Es gelingt ihr nicht, logisch. Vom Ufer der Museumsinsel legen Ausflugsboote für nächtliche Rundfahrten ab. Es ist sicher romantisch, in einer lauen Nacht wie dieser auf dem stillen Fluss unter den Brücken hindurchzuschippern. Berlin rühmt sich, sogar mehr Brücken zu besitzen als Venedig, fast tausend, darunter so schöne wie die Monbijou-Brücke mit ihrem französischen Touch oder die Oberbaumbrücke mit ihrer unverwechselbaren neugotischen Anmutung.

Sie denkt an das Gespräch zurück, das sie mit Marcos über die Ultraschalluntersuchung hatte.

»War der Termin nicht morgen?«, protestierte er am Abend zu Hause.

»Mein Vater hatte eine Lücke und hat mich daher gebeten, heute zu kommen.«

»Ihr geht mir auf den Sack, du und dein Vater.«

Wenn Marcos eine so vulgäre Beleidigung benutzte, dann war er kurz davor zu explodieren.

»Jetzt reicht es aber, Marcos! Die Tochter eines Arztes zu sein hat nun einmal Vor- und Nachteile. Das Wichtigste ist doch, dass es dem Baby gut geht. Sieh mal, er hat mir das Ultraschallbild ausgedruckt, damit du das Kleine sehen kannst. Es ist alles in Ordnung.«

»Da kann man aber nichts erkennen«, sagte er, schon milder gestimmt.

»Bald kann man sogar das Gesichtchen sehen, und dann bist du dabei.«

»Was meinst du? Gehen wir morgen die Wiege aussuchen?«

»Wollten wir das morgen machen?«

»Ja, so war der Plan.«

»Das geht nicht. Mist! Habe ich total vergessen! Ich habe um sechs ein megawichtiges Meeting.«

Türenschlagend verzog sich Marcos ins Schlafzimmer. Und sie saß da, allein auf dem Sofa in dieser sündhaft teuren, lichtdurchfluteten Wohnung mit Garten und Gemeinschaftspool, die ihr noch immer nicht gefiel. Unzählige Male fragte sie sich morgens beim Aufwachen, was sie eigentlich dort machte.

Aber nun in Berlin, bei einem Spaziergang unter den vom Licht der Straßenlaternen angestrahlten Bäumen auf dem Boulevard Unter den Linden, bereut Alicia, dass sie so gemein zu Marcos war. Das hatte er nicht verdient. In den letzten Monaten der Schwangerschaft war ihre Beziehung nichts anderes mehr als eine Flucht nach vorn. Ihr Bauchumfang wuchs, und sie fühlte sich zunehmend wie eine dicke, dumme Fliege, die aus freien Stücken in ein Spinnennetz geflogen ist. Es schnürte ihr die Luft ab.

An dem Morgen, an dem sie nach der Geburt nach Hause zurückkehrte, war es extrem kalt. Als sie aus dem Auto stieg, tat ihr der eisige Regen, der sich bald darauf in Hagel verwandelte, schon körperlich weh. Der Himmel war grau und feindselig. Marcos lief mit dem in eine schützende, blaue Decke gehüllten Jaime zur Haustür. Alicia folgte ihnen mechanisch. Die Geburt hatte sie verändert. Sie fühlte sich matt, kraftlos und gebunden an ein unverständliches kleines Wesen, das unendlich viel Aufmerksamkeit forderte.

Noch vor Ablauf der viermonatigen Mutterschutzzeit kehrte sie an ihren Arbeitsplatz zurück und gab vor, sie wolle die noch verbliebenen Wochen lieber im nächsten Sommer nehmen. Natürlich glaubte ihr niemand ein Wort. Das Büro war ihr Zufluchtsort, und sie übernahm immer die vertracktesten, zeitaufwendigsten Fälle. Es war nichts anderes als eine feige Flucht vor etwas, das offensichtlich nicht so lief, wie es sollte, weder in ihrer Ehe noch in ihrem Kopf.

In der Kanzlei zur Partnerin ernannt zu werden schien inzwischen realistisch, und sie arbeitete geradezu zwanghaft auf dieses Ziel hin, wandte den Blick von ihren übrigen Problemen ab. Letztlich versuchte sie einzig und allein, sich vorzumachen, dass sie alles unter Kontrolle hatte. Nachts schaute sie zu, wie Marcos das Baby in seiner Wiege in den Schlaf lullte.

Er verbrachte bedeutend mehr Zeit mit Jaime als sie. Manchmal musste Alicia ihren weinenden Sohn nach ein paar Minuten an Marcos abgeben, bei dem sich der Kleine sofort beruhigte. Sie fühlte sich immer abwesender, immer entbehrlicher. An den Wochenenden spazierten sie durch Madrid und versuchten, sich einen Anschein von Normalität zu geben. Der Retiro, der Paseo del Prado, das Austrias-Viertel im sanften Spätwinterlicht. Marcos spielte mit Jaime, brachte ihn zum Lachen und machte Tausende Fotos von ihm.

Heute, als sie fast drei Jahre später durch das nächtliche Berlin spaziert, ist sich Alicia bewusst, dass ihre damalige Haltung etwas Masochistisches hatte. Wenn ein Mensch sich selbst nicht mag, tut er oft unerklärliche Dinge, die ihm selbst schaden und nichts mit seinen wahren Gefühlen zu tun haben.

Die Monate zogen ins Land. Der erste Brei, das erste Spielzeug, das erste Wort, »Papa« natürlich. Der erste Geburtstag: ein Kuchen mit nur einer Kerze, Ballons, lächelnde Gesichter, und mitten drin sie, wie eine miese Schauspielerin in einer Aufführung, in der sie nichts zu suchen hatte.

»Du solltest einen Psychologen aufsuchen, Alicia. Du wirkst traurig und im Umgang mit dem Kleinen verkrampft. Dir geht es nicht gut, stimmt's?«, sagte ihr Vater einmal zu ihr. »Du hast deine Mutter kaum gekannt, es ist völlig normal, dass du Schwierigkeiten hast, dich in deine neue Rolle einzugewöhnen.«

Aber sie war nicht bereit, sich der abstoßenden Armseligkeit in ihrem Inneren zu stellen. Sie vermied den Blick in den Spiegel, sie erkannte sich ja selbst nicht. Auch ihrer Großmutter ging sie aus dem Weg. Es beschämte sie, über ihre Beklommenheit mit einer Frau zu reden, die schwanger geworden war, als sie selbst noch fast ein Kind war, und es geschafft hatte, mit Mitte zwanzig allein zwei Kinder großzuziehen. Noch dazu war ihre Oma Paulina die Einzige gewesen, die den Mut gehabt hatte, sie zu warnen, die Heirat mit Marcos könne ein Fehler sein. Und es ist nicht einfach, einen solchen Fehler einzugestehen.

Jaime lernte bald zu laufen und trippelte jedes Mal mit ungelenken Schritten zur Wohnungstür, wenn Alicia, meist spätabends, von der Arbeit heimkehrte. Beim Anblick seines unschuldigen Lächelns fühlte sie sich, als würde sie mit nackten Füßen über Glasscherben laufen. Mehr und mehr verstrickte sie sich in ihrem Spinnennetz.

Seit damals ist viel passiert. Heute, in dieser langen, einsamen Sommernacht, nimmt sie sich vor: Ich muss unbedingt im Herbst mit Jaime nach Berlin kommen. Wir gehen in den Zoo und sehen uns die Löwen und Giraffen an, mieten eines der Fahrräder mit Anhänger und essen Bratwurst und Apfelstrudel. Sie müssen eine schöne, gemeinsame Zeit erleben. Ganz, ganz dringend.

Am Ende der Allee sind bereits die Umrisse des Brandenburger Tors zu erkennen. Der große, graue Sandsteinbau wird von der bronzenen Quadriga der Göttin Victoria gekrönt, die Napoleon als Kriegstrophäe nach Paris mitnahm. Von ihrem Standort aus kann Alicia die Göttin, die die Zügel der vier galoppierenden Pferde in den Händen hält, nur von hinten sehen. Bei Hitlers Ernennung zum Reichskanzler marschierten hier die SA und die SS in großen Fackelzügen entlang. Viele Jahre später verwandelte dann die Mauer, die die Stadt teilte, das Monument in eine Art Niemandsland, zu dem nur Grenzbeamte Zugang hatten. Es ist ein Ort, von dem eine nahezu elektrisierende Energie ausgeht, faszinierend und erschreckend zugleich.

Alicia geht auf den breiten Vorplatz, um das Tor von vorn zu sehen. Die Pferde bäumen sich drohend auf, und für einen Moment ist ihr, als ob die Göttin zu ihr spräche. Sie raunt ihr zu, sie sei nichts Besonderes, sie unterscheide sich nicht von den übrigen Menschen, die die Göttin in all der langen Zeit zu ihren Füßen habe vorüberziehen sehen. Ihre Probleme seien nicht anders oder schlimmer, es seien einfach nur ihre. Auch vor ihr habe es schon Frauen und Männer gegeben, die mit aller Macht ihre Ziele erreichen wollten und sich, wann immer möglich, gegen das Schicksal auflehnten, und auch sie hätten sich trotz ihrer Bedeutungslosigkeit oft schuldig gefühlt, genau wie Alicia jetzt.

Das Leben ist nur ein absurdes Spiel, das immer auf die gleiche Weise endet: mit einem Haufen Knochen in einem tiefen Grab, einem verschwommenen Gesicht, über das niemand mehr viel weiß, einem alten Porträt in einem granatroten, ledernen Fotoalbum.

2

Ohne ersichtlichen Grund überfiel sie plötzlich ein intensives Gefühl der Hilflosigkeit. Eine große Angst. Der schwindelerregende Eindruck, am Rande eines Abgrundes zu stehen, kurz davor, sich trudelnd in die Tiefe zu stürzen. Und niemand ist da, der ihr kleines Kinderhändchen hält, niemand, der sie vor dem Nichts rettet.

Seit Alicia schon mit vier Jahren ihre Mutter verloren hatte, wuchs sie mit der Furcht heran, ihr Vater und ihre Oma könnten ebenso tragisch und unvermittelt verschwinden. Es waren erst einige Besuche beim Psychoanalytiker nötig, als sie längst erwachsen war, damit sie den Ursprung dieser panischen Angst erkennen konnte.

Als kleines Mädchen rief sie nachmittags oft mehrmals nacheinander unter den aberwitzigsten Vorwänden in Diegos Praxis an. Bei den Hausaufgaben oder beim Fernsehen bekam sie plötzlich einfach so Herzrasen. Und sie beruhigte sich erst, wenn sie die Stimme ihres Vaters am anderen Ende der Telefonleitung hörte.

Alles war gut. Sie war nicht allein.

Diese Panik verblasste, verschwand aber nie ganz. Tief in ihrem Inneren lauerte sie. Vor allem in den letzten Jahren dachte Alicia jedes Mal, wenn sie sich nach einem Besuch von ihrer Oma Paulina verabschiedete, sie habe sie vielleicht zum letzten Mal gesehen. Wenn die Gestalt ihrer Großmutter (mit ihrem unverwechselbaren Duft, dem weichen deutschen Akzent) hinter der dicken Tür verschwand und sie das vertraute Klacken des Schlosses hörte, stürzte Alicia in den altbekannten Abgrund, wie als kleines Mädchen. Die Beklommenheit war so stark, dass sie oft im Aufzug in Tränen ausbrach. Es war absurd, aber sie konnte nicht anders. Natürlich sprach sie nie mit ihrem Vater oder ihrer Oma darüber, welcher Schwindel sie überkam.

Genau genommen ist die Zahl der Ängste, die uns ein Leben lang begleiten, gar nicht so groß, doch gerade deshalb ist es so schwierig, uns von ihnen zu befreien. Alicias Angst, verlassen zu werden, plötzlich allein zu sein, hatte viel damit zu tun, dass sie sich nicht von Marcos trennen konnte, als sie es hätte tun sollen. Sie hatte im Grunde mit allem zu tun.

3

Alicia schlägt die Augen auf und starrt an die stuckverzierte, weiße Decke ihres Schlafzimmers in der Kastanienallee. Die Zierleisten aus Gips sind trotz ihrer klassischen Anmutung höchstwahrscheinlich neueren Datums. Sollte es schon früher welche gegeben haben, bezweifelt sie stark, dass diese die Luftangriffe im Krieg und den Mangel im kommunistischen Teil der Stadt überstanden hätten, als es in Prenzlauer Berg nicht wie heute zahllose teure Boutiquen und moderne Cafés gab.

Der Spaziergang am Tag zuvor hat sie erschöpft. Sie war gegen zehn Uhr abends aufgebrochen und erst gegen zwei Uhr morgens zurückgekehrt, obwohl ihr die Lust am Flanieren verging, als sie vor dem Brandenburger Tor das heulende Elend überkam. Für den Rückweg nahm sie ein Taxi. Sie hat mehr als neun Stunden am Stück geschlafen.

Marcos hat ihr ein neues Foto von Jaime geschickt, im Wohnzimmer ihrer ehemaligen Schwiegereltern inmitten der Gleise und Waggons seiner Holzeisenbahn. Auf seinem Schlafanzugoberteil grinst Marshall, Jaimes Lieblingshund aus der Serie *PAW Patrol*.

Sie muss an den Morgen vor zwei Jahren denken, als ein Taxi sie vor einem flachen Gebäude in der Calle Arturo Soria absetzte. Im Eingangsbereich begegnete sie einem weinenden jungen Mädchen, das von einer missmutigen Frau, vermutlich seiner Mutter, gestützt wurde. Für einen Moment war Alicia neidisch auf das Mädchen, trotz der Tränen in seinen noch kindlichen Augen. Sie selbst hatte keine Schulter, an die sie sich lehnen konnte. Sie hatte keine andere Wahl, sie musste es allein durchziehen.

Es hatte ihr Sorge bereitet, ihr in Medizinerkreisen gut vernetzter Vater könnte davon erfahren, doch der Arzt hatte ihr absolute Diskretion versprochen. Ihre Beziehung zu Marcos verschlechterte sich damals zusehends, und das verlockende Ziel der Partnerschaft in der Kanzlei war zum Greifen nah … Wie hatte sie in jener Nacht so unvorsichtig sein können, als sie sich nach einer besonders bitteren Auseinandersetzung mit ihrem Mann auf die allereinfachste Weise versöhnt hatte, im Bett? Nun blieb ihr keine andere Wahl, als diesen jüngsten Fehler auf ihrer Liste zu korrigieren.

Beherzt betrat sie die Klinik. Als sie, benommen von den Beruhigungsmitteln, auf eine Liege gebettet wurde, war ihr, als gehörte dieser Körper nicht ihr. Als beobachtete sie die Szene aus einer Ecke des Operationssaals, als wäre diese Frau, die mit gespreizten Beinen dalag, eine andere. Als hätte die blutige Masse, die der Gynäkologe mit einem Schlauch absaugte, nichts mit ihr zu tun.

»Wird es wehtun?«, fragte sie.

»Jetzt nicht«, antwortete der Arzt.

Sie ruhte sich ein paar Stunden in einem Zimmer aus und ging, trotz des Rates der Krankenschwester, sich lieber von jemandem abholen zu lassen, so allein wieder fort, wie sie gekommen war. Ihr Alibi hatte sie gründlich vorbereitet: Im Büro hielt man sie für grippekrank, und Marcos dachte, sie sei nach London geflogen, um einen Klienten zu treffen. Sie hatte in einem nahegelegenen Hotel ein Zimmer reserviert, um sich über Nacht zu erholen, und wollte am nächsten Morgen in ihren Alltag zurückkehren, als wäre nichts passiert.

Sie nahm sich fest vor, niemals jemandem zu erzählen, was sie getan hatte.

Aber danach war nichts mehr wie vorher. Es war, als wäre sie ins Auge eines dichten, dunklen Sturms geraten. Das Spinnennetz wurde immer klebriger. In den nächsten Tagen war sie kaum zu Hause und versuchte, Marcos' enttäuschten Blick und Jaimes Lächeln auszublenden. Ihr machte der Gedanke zu schaffen, sie könnten hinter ihr Geheimnis kommen. Vor allem Jaime, der süße, kleine Jaime.

Es war in diesen Wochen, als ihr nach fast zehn Jahren tatsächlich die Partnerschaft in der Kanzlei angetragen wurde. Die offizielle Ernennung würde wenige Monate später, im Januar, erfolgen. Sie hatte seit dem Ende ihres Studiums nie woanders gearbeitet und sich Abertausende von Stunden in den Räumen der Kanzlei vergraben. Umfangen von einer grauen Wolke, verspürte Alicia keinerlei Freude darüber, endlich das Ziel erreicht zu haben, auf das sie so sehr hingearbeitet hatte und das ihr so wichtig erschienen war. Doch jetzt bedeutete es ihr nichts. Absolut nichts.

In diesem Moment erkannte sie, wie viel Zeit sie vergeudet hatte. Wie viele gute Romane hatte sie nicht gelesen? Wie viele Küsse waren ihr entgangen, wie viel Lachen? Niemand würde ihr je all diese Abende zurückgeben können, an denen sie nicht rechtzeitig zu Hause gewesen war, um Jaime zu baden oder ihm Lieder vorzusingen.

Ihre Chefs fragten nicht einmal, ob sie die Beförderung annahm. Die Partner der Kanzlei strichen eine saftige Gewinnbeteiligung ein. Wer würde dazu schon Nein sagen? Doch nicht Alicia, die sich so beharrlich dafür eingesetzt hatte, diese Stellung zu erreichen.

Einen Schlussstrich unter ihre Arbeit zu ziehen fiel ihr erstaunlich leicht. Von einem Tag auf den anderen hatte sie erkannt, dass es in Wahrheit auf andere Dinge ankam und nur geschah, was geschehen musste, mehr nicht. Die Sache mit Marcos war nicht ganz so einfach. Doch auch wenn er sie jetzt hasst, hat sie wenigstens das Gefühl, endlich ehrlich gewesen zu sein.

4

Eines Tages, kurz nach ihrem Besuch in der Klinik in der Calle Arturo Soria, wurde Jaime krank. Er bekam sehr hohes Fieber, musste sich stundenlang übergeben, und da zunächst kein Medikament anschlug, musste er in die Niño-Jesús-Kinderklinik eingeliefert werden. Alicia blieb über Nacht bei ihm. In der Station war es unruhig. Die Schritte der Schwestern hallten durch den Flur, und überall waren leise Geräusche zu hören. Mal öffnete sich eine Tür, mal schnarchte im Zimmer nebenan ein Vater, dem es gelungen war, einzuschlafen.

Alicia wand sich auf dem äußerst unbequemen Liegesessel für Besucher, obwohl sie von zu Hause ein Kissen und eine Decke mitgebracht hatte. In einem Bettchen aus transparentem Kunststoff wälzte sich der Kleine neben ihr unruhig im Schlaf. Er war noch nicht in der Lage mitzuteilen, was los war oder was ihm wehtat. Mit etwas über einem Jahr ließ ihm sein begrenzter Wortschatz keine andere Wahl, als zu weinen, und das hatte er den ganzen Nachmittag über mit nach und nach schwindenden Kräften getan.

Der Kinderarzt hatte zwar gesagt, es handele sich wahrscheinlich um eine harmlose Virusinfektion, doch jede Mutter, die schon einmal ein so kleines Kind derart krank und hilflos erlebt hat, weiß, dass es Momente gibt, in denen keine noch so beruhigende Nachricht ankommt. Jaime hatte in den letzten zwei Tagen kaum etwas gegessen und nicht ein Mal gelächelt. In der zarten Haut seines Ärmchens steckte die spitze Nadel einer Infusion.

Die Tür des Krankenzimmers öffnete sich. Die Schwester war jung genug, dass die anstrengenden Schichten, in denen sie sich

Nacht für Nacht um Dutzende von kranken Kindern kümmern musste, ihrer Anmut noch nichts hatten anhaben können.

Alicia erhob sich von ihrem Sessel und strich Jaime vorsichtig, um ihn nicht zu wecken, eine Strähne von der schweißgebadeten Stirn. Sie betrachtete seine zarten, geschlossenen Äuglein und seinen winzigen Körper in dem kleinen, blauen Klinikhemdchen. So große Sorgen hatte sie sich noch nie um einen anderen Menschen gemacht. Nur zu gern wäre sie selbst krank gewesen und hätte mit ihrem Erwachsenenkörper das medikamentenresistente Virus übernommen, wenn es dafür ihr armes kleines Kind verschont hätte.

»Anscheinend ist sein Fieber endlich gesunken«, flüsterte die Krankenschwester.

»Heißt das, dieses Medikament wirkt?«

»Darüber sollten Sie morgen besser mit dem Kinderarzt reden, aber ich finde, er sieht um einiges besser aus als noch vor ein paar Stunden«, antwortete die junge Frau, bevor sie mit vorsichtigen Schritten, damit ihre weißen Clogs auf dem Linoleumboden nicht quietschten, das Zimmer wieder verließ.

Alicia war erneut mit Jaime allein und beobachtete, wie er schließlich in einen ruhigen, fieberfreien Schlaf sank. Aber in ihre Erleichterung mischten sich Schuldgefühle. Vor ihrem geistigen Auge tauchte immer wieder das Bild auf, wie sie selbst, in einem ähnlichen Klinikhemd wie es der Kleine in dieser Nacht trug, auf einer Liege gelegen und erschreckend teilnahmslos an dem, was sie tat, die Leuchtstoffröhren an der Decke angestarrt hatte.

In diesem Zimmer der Kinderklinik erkannte sie den wahren Grund für ihren Kummer. Sie fühlte sich nicht schlecht, weil sie die noch so junge Schwangerschaft beendet hatte. Doch es war grundverkehrt, dass sie es vor Marcos vertuscht hatte. Und dass sie sich in die Arbeit geflüchtet und Jaime vernachlässigt hatte, um nicht zugeben zu müssen, dass ihre Ehe niemals funktionieren würde. Lüge und Feigheit waren ihre wahren Sünden, das verstand sie endlich.

Als ihr Mann am nächsten Morgen kam, um sie abzulösen, ging es Jaime schon viel besser. Er saß auf seinen Kissen und verspeiste zum Frühstück einen Joghurt. Vor der Kliniktür auf der Avenida Menéndez Pelayo hielt Alicia ein Taxi an, um nach Majadahonda zu fahren und zu Hause zu duschen und für ein paar Stunden auszuruhen. Doch stattdessen sagte sie zum Taxifahrer:

»Calle Velázquez, Ecke Calle Jorge Juan, bitte.«

Wo hätte sie auch sonst hinfahren sollen?

Als Paulina Hoffmann die Tür öffnete und das verstörte Gesicht ihrer Enkelin sah, war ihr auf Anhieb klar, dass sie die Frage, was los war, besser noch aufschieben sollte, so wie früher, wenn Alicia als Kind missmutig aus der Schule kam. Jaime war im Krankenhaus, sicher, aber Alicia hatte ihrem Vater und ihrer Oma schon am frühen Morgen geschrieben, dass es dem Kleinen besser ging. Da war also offensichtlich noch etwas anderes.

Paulina nickte nur, als Alicia eine Ausrede murmelte, warum sie so früh unangekündigt hereingeschneit war. Sie führte ihre Enkelin ins vom hellen Morgenlicht durchflutete Wohnzimmer, wo sich diese in einen Sessel vor der großen Bücherwand kauerte.

»Ich glaube, ich mache mir eine heiße Schokolade, wie in alten Zeiten. Möchtest du auch eine Tasse? Wir haben uns etwas Besonderes zum Frühstück verdient, findest du nicht?«

Alicia nickte still und ließ ihren Tränen freien Lauf. Ihre Absicht, nichts zu sagen, hatte sich soeben in Luft aufgelöst. Einmal mehr suchte sie an diesem Tag Zuflucht in den Armen ihrer Oma. Paulinas Hände strichen ihr sanft über das Haar, wie sie es so oft getan hatten, wenn Alicia zu ihr gekommen war, damit jemand Tacheles mit ihr redete oder ihr einen Rat gab.

»Vergeude dein Leben nicht länger, mein Schatz. Es ist kürzer, als es scheint.«

5

Die Stunden vergehen unerträglich langsam. Nervös wie eine eingesperrte Katze tigert Alicia in T-Shirt und Unterwäsche durch die Wohnung in der Kastanienallee. Seit dem Mittag hat sie mehr als eine halbe Flasche weißen Rheinwein getrunken. Wenn sie in dem Tempo weitermacht, hat sie den Weinvorrat ihrer Oma noch vor ihrer Rückkehr nach Madrid geleert. Allein, angetrunken und mit dunklen Augenringen fühlt sie sich wie in jener Szene eines schlechten Films, in der auch noch der letzte Zuschauer erkennt, dass die Hauptfigur den Tiefpunkt erreicht hat.

Auf ihrem Handy werden zwei verpasste Anrufe angezeigt, einer von ihrem Vater und einer von ihrer Freundin María, aber sie hat keine Lust, aufs Geratewohl Lügengeschichten zu erzählen, um die Sorge des einen zu zerstreuen oder herauszufinden, ob die andere über ihr verkorkstes Abenteuer mit Iván Bescheid weiß. Sie werden sich eine Weile gedulden müssen.

Sie sehnt sich wie verrückt danach, Jaime in die Arme zu schließen und die bedingungslose Kinderliebe zu spüren, von der sie so oft geglaubt hatte, sie nicht zu verdienen. Sobald sie wieder zusammen sind, werden sie mit dem Hochgeschwindigkeitszug nach Málaga fahren, wo Diego sie erwartet. Sie hat bereits die Tickets gekauft. Dort, in dem Garten am Meer, der schon immer eine wohltuende Wirkung auf sie gehabt hat, in dem Haus, in dem sie wieder in ihrem alten Zimmer schlafen wird, können sie zusammen sein und zu dritt zu einer gewissen Normalität zurückfinden.

Allerdings sind es nur noch zwei Tage, bis sie ein Taxi zum Flughafen nehmen muss, und in denen kann sie auf keinen Fall weiterhin so verschreckt in diesen vier Wänden hocken bleiben. Für einen Moment verspürt sie Aversionen gegen die Wohnung.

»Was soll ich eigentlich hier, Oma?«, murmelt sie.

Sie zieht sich eine Jeans und Sneaker an, um draußen eine Runde zu drehen. Es wird ihr guttun, nach dem Wein wieder einen klaren Kopf zu bekommen. Sie überlegt, dass sie noch einmal zum Fernsehturm laufen könnte, um sich selbst davon zu überzeugen, ob die Aussicht wirklich so atemberaubend ist, wie es heißt. Nicht, dass der Plan sie vom Hocker haut, aber irgendetwas muss sie ja tun.

In dem Moment, als sie ihr Handy und ihre Schlüssel in die Tasche steckt, um zu gehen, klingelt es an der Tür. Wer kann das jetzt sein? Iván womöglich? Nervös eilt sie zur Tür. Doch bevor sie öffnet, schaut sie durch den Spion und sieht, dass auf der anderen Seite der Tür nicht Iván steht, sondern eine Frau, die sie noch nie gesehen hat.

Sie öffnet die Tür. Auf dem Treppenabsatz steht eine alte Frau, das Haar pechschwarz gefärbt und in der Hand den silbernen Griff eines Stocks, mit dem sie auf den Boden trommelt. Sie mustert Alicia sekundenlang mit einem durchdringenden Blick aus ihren wachen Augen, die so viel jünger wirken als ihre sonstige Erscheinung.

»Mein Gott, du siehst genauso aus wie sie«, sagt die Fremde bloß.

Sie schaut Alicia an, als wäre sie erstaunt, sie hier zu sehen, als wäre ihr Anblick, ungekämmt und in knittrigen Jeans, nicht weniger als ein Wunder.

»Die gleichen Augen, die gleiche Haut.«

Alicia erwacht aus ihrer momentanen Verblüffung.

»Verzeihung, wer sind Sie?«

»Oh ja, natürlich, entschuldige bitte … Mein Benehmen muss dir reichlich seltsam vorkommen, nicht wahr?«, erwidert die alte Frau mit dem Anflug eines Lächelns. »Ich bin eine alte Freundin deiner Großmutter.«

»Von meiner Oma?«, fragt Alicia verständnislos.

»Darf ich eintreten? Das Stehen ermüdet mich«, erklärt die Frau und deutet auf den Stock.

»Ja, natürlich, bitte entschuldigen Sie, dass ich Sie nicht früher hereingebeten habe.«

Alicia führt die Fremde ins Esszimmer, wo sie einander gegenüber Platz nehmen.

»Möchten Sie eine Tasse Kaffee?«

»Lieber ein Glas Wein. Das werden wir brauchen, glaub mir.«

Mit wachsender Verwirrung holt Alicia aus der Küche die noch halbvolle Flasche Weißwein und zwei Gläser. Es wäre ihr nie in den Sinn gekommen, einer so alten Dame am Nachmittag Alkohol anzubieten.

»Also gut«, sagt sie. »Dann erzählen Sie mal.«

»Mein Name ist Anna Löwe.«

Der Name sagt Alicia etwas, aber sie kann ihn nicht einordnen.

»Es kann gut sein, dass deine Großmutter dir von mir erzählt hat.«

»Ihr Name kommt mir jedenfalls bekannt vor.«

»Als Erstes möchte ich mich entschuldigen. Ich habe dir sicher einen Schrecken eingejagt.«

»Einen Schrecken, wieso?«

»Als ich das Fotoalbum hier auf den Tisch gelegt habe. Hast du dich nicht gewundert, als du es gefunden hast?«

DIE FREUNDIN

Berlin, 1938

1

Am Bahnhof Friedrichstraße verabschiedet sich ein sechsjähriges Mädchen mit zwei glänzend schwarzen Zöpfen von seinen Eltern. Seit sie von zu Hause aufgebrochen ist, hält sie ihre Hände. Ohne einander loszulassen, sind sie durch die stillen, dunklen Straßen Berlins gegangen. Es ist eine der kältesten Nächte des Winters, doch diese Züge fahren immer im Morgengrauen ab, wohl, damit sie so wenig Aufmerksamkeit erwecken wie möglich.

Es ist den Eltern nicht gestattet, ihre Kinder zum Bahnsteig zu begleiten, daher umarmen sich die Familien in der Bahnhofshalle mit der dunklen Vorahnung, es könne das letzte Mal sein. In den Gesichtern der Erwachsenen zeigt sich das verzweifelte Bemühen, die Ruhe zu bewahren. Man hat ihnen geraten, nicht zu weinen, damit die Kinder ruhig in den Zug steigen. Von Zeit zu Zeit ist sogar ein Kinderlachen zu hören, das in seiner Arglosigkeit die Nachtluft zerreißt.

Es ist nicht leicht, die richtigen Worte zu finden, um sich von einem Kind zu verabschieden. »Du kannst dort reiten«, sagt eine Stimme betont optimistisch. »Wir holen dich bald wieder ab«, verspricht eine andere. Ein paar Mütter schließen sorgsam Mäntel und Schals. Wer soll sich um ihre Kinder kümmern, wenn sie sich während der Reise erkälten? Andere Eltern legen die Hände auf die Schultern ihrer bereits halbwüchsigen Sprösslinge und wählen mit Bedacht, was sie ihnen mit auf den Weg geben.

Ab dem Moment, in dem sie in den Zug steigen, sind die Kinder auf sich gestellt. Die Kleinsten sind fast noch Babys.

Es sind viele Kinder im selben Waggon, einerseits verängstigt und andererseits aufgekratzt angesichts des Abenteuers, über das Meer in ein anderes Land zu fahren. Sie sind unterwegs zu einem Hafen in Holland, von wo aus es mit dem Schiff weitergeht nach England. Natürlich wissen sie nicht, dass die meisten von ihnen ihre Familien nie wiedersehen werden. Doch die Angst davor, dass das Schlupfloch sich jederzeit schließen könnte, treibt alle zur Eile an. Insgesamt werden in den Jahren 1938 bis 1939 fast zehntausend meist jüdische Kinder nach England evakuiert.

Als sich der Zug in Bewegung setzt, drückt das Mädchen mit den schwarzen Zöpfen sein Gesicht ans Fenster, um seine Eltern ein letztes Mal zu sehen, und beginnt zu schluchzen.

»Beruhige dich«, bittet sie eine Frau, die den Transport begleitet. »Wir wollen doch nicht, dass die Kleinen dich so sehen, oder?«

Das Mädchen gehorcht, aber schon wenige Minuten nach der Abfahrt beginnen viele, verzweifelt nach ihren Müttern zu rufen. Über den sorgsam noch zu Hause zugeknöpften Jacken hängt am Hals eines jeden Kindes an zwei Schnüren ein kleines Schild mit der ihm zugewiesenen Nummer. Die Nummer des Mädchens ist 182.

Es wird langsam hell. Hinter den Fenstern gleitet die Landschaft schnell vorüber. Morgennebel hängt über endlosen, schneebedeckten Feldern. Die kahlen Bäume recken sich grau und geisterhaft in den Himmel. Sie weiß nur, was ihre Eltern ihr erzählt haben, als sie ihren kleinen Koffer packten (sie muss ihn selbst tragen können, also hat sie nur ein paar Garnituren saubere Unterwäsche, ihre Lieblingspuppe und ein Bild von Mutti und Vati dabei). Sie haben gesagt, sie werde für ein paar Monate bei sehr netten Leuten bleiben, bis sie ihr nachfolgen könnten.

Vom langen Sitzen in der gleichen Haltung tun ihr die Beine weh. Während der ganzen Fahrt hält sie ihre Puppe im Arm. Als sie die deutsche Grenze überqueren und in Holland einreisen, erklingen Jubelrufe der älteren Kinder, die verstehen, dass sie damit die erste Hürde genommen haben. Sie sind der Sicherheit einen Schritt näher, glauben sie.

Viele Stunden später endet ihre Zugfahrt. Sie sind an dem Ort angekommen, an dem sie am nächsten Tag ein Schiff nehmen sollen, aber die Erwachsenen sagen ihnen, sie müssten noch eine Nacht in den Waggons verbringen. Zum ersten Mal hört das Mädchen das Wort »Flüchtlinge«. Sie versteht zwar nicht ganz, was es bedeutet, aber es macht sie traurig. Doch dann hört sie eine freudige Stimme:

»Schaut mal da, auf der rechten Seite!«

Am anderen Ende des Bahnsteigs reicht eine Gruppe von Frauen heiße Schokolade und Zwieback durch die Fenster. Als sie schließlich ihr Abteil erreichen und die Kleine das süße heiße Getränk am Gaumen spürt, denkt sie an den Satz, den ihre Mutter in letzter Zeit so oft wiederholt hat: »Trotz alledem sind die meisten Menschen gut.«

Bald darauf wird ihr dieser Glaube für immer genommen.

Am nächsten Tag besteigen die Kinder das Schiff. Die Überfahrt ist schwierig, das Meer ist rau. Dem Mädchen wird schlecht, und es muss sich mehrmals übergeben. Als sie im Hafen von Harwich ankommen, werden sie in ein Ferienlager gebracht, dessen Baracken eigentlich für den Sommer gedacht sind. So verbringen sie den ganzen Tag in den Gemeinschaftsräumen, den einzigen, die etwas beheizt sind. Viele werden krank. Die Kleine übersteht dort mehr schlecht als recht ein paar Wochen, bis man sie zu einem Ehepaar in einem Dorf in der Grafschaft Dorset bringt. Sie spricht kein Wort Englisch. Fremdheit und Einsamkeit sind so unerträglich, dass sie selbst die Tage der Reise vermisst, an denen sie wenigstens mit anderen Kindern in der gleichen Lage zusammen war. Sie muss bei der Feldarbeit helfen und mit ihren vor Kälte schmerzenden Händen die Kühe melken. Sie verbringt viel Zeit damit, mit dem Hund der Bauern zu spielen, dem sie immer wieder einen alten Ball zuwirft. Der

Hund kehrt jedes Mal damit zurück. Auch sie würde gern zurückkehren.

Ein paar Monate später muss sie erneut ihren Koffer packen, diesmal geht es nach London. Dort findet sie Zuflucht bei einer Familie mit zwei kleinen Kindern, die im Laufe der Jahre so etwas wie ihre Geschwister werden. Letzten Endes kann Anna dem Ungeheuer entkommen, wenn auch nicht seinem langen, unvermeidlichen Schatten.

Als der Krieg einige Jahre später aus ist und sie alt genug ist, um es zu verstehen, wird sie erfahren, dass ihre Eltern in Auschwitz umgekommen sind. Aber für sie werden die beiden immer die lächelnden Gesichter auf dem einzigen Foto sein, das sie von ihnen besitzt, dem Foto, das sie ihr bei ihrem Abschied in Berlin mit in den kleinen Koffer gesteckt haben.

DER KREIS

Berlin, 2011

1

Niemand in ihrer Familie weiß, dass sie in Berlin ist, weder ihre Kinder noch ihre Enkelin. Sie sind in Madrid und haben keine Ahnung von ihrem Entschluss, der ein bisschen mit Wahnwitz und viel mit Heimweh zu tun hat. Paulina Hoffmann hat am Vortag in Madrid-Barajas ein Flugzeug genommen und in einem Hotel in Prenzlauer Berg übernachtet. Im Moment ist es ihr lieber, nichts erklären zu müssen. Sollten sie anrufen, wird sie vielleicht lügen, sie sei in Málaga.

Und nun steht sie vor einem vanillefarbenen Haus mit großen Fenstern. Alles sieht ganz anders aus, als sie es in Erinnerung hat. Da, wo sich jetzt die bunten Stühle und Tische vor dem Café Blume befinden, gab es früher nur Angst, Hunger und Trümmer. Die Zerstörung existiert nur noch im Gedächtnis der Menschen, denen es, wie ihr, nicht gelungen ist, das Erlebte zu vergessen.

Die Erinnerung an jenen düsteren, feuchten Keller, in dem sie sich während der Luftangriffe so viele Nächte lang an ihre Mutter drückte, hat sie ihr Leben lang begleitet. Noch heute ist ihr jedes Detail gegenwärtig, wenn sie nur für einen Moment die Augen schließt: der Geruch der schimmeligen Decken, das unkontrollierbare Zittern, das weinende Baby ihrer Nachbarin. Das Sirren der fallenden Bomben, der Knall der Explosionen. Es gibt Schrecken, die man nie vergisst, auch wenn sie in unseren geheimsten Winkeln verborgen sind.

Seither sind fast siebzig Jahre vergangen. Es ist so lange her, dass ihre Rückkehr an den gleichen Ort geradezu unglaublich erscheint. Aus dem verängstigten Backfisch von einst ist eine alte Frau geworden. Hierher zurückzukommen ist, als hätte sie einen nicht enden wollenden Albtraum gehabt und stellte nun, wenn sie die Augen öffnet, verwundert fest, dass das Grauen vorbei ist.

»Endlich«, seufzt sie.

Der junge, zerstreut wirkende Immobilienmakler wartet vor der Haustür auf sie. Als er den Schlüssel ins Schloss steckt, muss sie sich an der Hauswand abstützen. Sie vertraut darauf, dass er ihre Schwäche auf ihr Alter zurückführt und ihre Nervosität nicht bemerkt.

Als der junge Mann die Tür öffnet, schließt sie für einen Moment die Augen.

Kastanienallee 14, erster Stock links.

Hier hat sie bis zu ihrem fünfzehnten Lebensjahr gewohnt, hier war sie mit ihren Eltern und Brüdern glücklich, bis alle fortgingen und nur ihre Mutter und sie zurückblieben, vom Schmerz zermalmt und von den Bomben in Panik versetzt. Sie steht an der gleichen Stelle, an der ihre Brüder spielten, an der ihr Vater morgens zu seiner Praxis eilte, an der ihre Mutter im Winter eine rotgrüne Decke ausbreitete, damit Anna und sie mit ihren Puppen spielen konnten. Sie ist zu dem Ort zurückgekehrt, an dem alles begann, dem Ort, an dem alles endete.

Sie ist wieder zu Hause.

Sie hat schon seit Jahren versucht, die Wohnung zu kaufen, und jetzt ist es so weit. Die Entscheidung ist gefallen. Endlich kann sie den Kreis ihres Lebens schließen. Als sie früher mit der kleinen Alicia nachmittags die alten Fotos im Album betrachtete, war dies der Beginn einer langen, nun endenden Reise zurück in ihre Vergangenheit.

Die Wohnung hat sich stark verändert. Die Kinder des Eigentümers haben sie gründlich renovieren lassen, um sie, so vermutet Paulina, zu einem höheren Preis verkaufen zu können. Das kleine Esszimmer und das Schlafzimmer von Otto und Heinz sind nun verbunden und bilden ein helles, geräumiges Wohnzimmer mit drei Balkonen zur Straße hinaus. Der Kohleherd ihrer Mutter wurde durch eine geschmackvolle, moderne Einbauküche ersetzt. Paulina empfindet eine absurde Enttäuschung, als hätte sie erwartet, alles noch so vorzufinden, wie sie es verlassen hat, eingefroren in den 1940er-Jahren.

»Ich finde sie ein wenig teuer. Ich glaube, wenn Sie ein paar Monate warten, haben Sie gute Aussichten, dass die Verkäufer mit dem Preis runtergehen. Bei Erbschaftsfällen ist es immer dasselbe«, erklärt der Mitarbeiter des Maklerbüros mit sachkundiger Miene.

Paulina geht durch die Räume und versucht, sich zu erinnern, wo sich jedes Möbelstück befand und wo die Bilder hingen, aber alles ist leer. Doch dann entdeckt sie an einem der Fenster einen vertrauten Gegenstand. Es ist ein uraltes Thermometer aus Holz und Messing, mit Zahlen und dem Wort *Thermometer* in gotischen Lettern. Es hat an der Stelle, an der es ihre Eltern sogar noch vor ihrer Geburt befestigt haben, all die Jahrzehnte überdauert. So versteckt und unbedeutend, dass sich niemand je die Mühe gemacht hat, es zu entfernen.

»Das ist mir egal. Ich zahle den vollen Preis. Aber ich will sie so bald wie möglich übernehmen. Glauben Sie, es wäre möglich, den Kauf noch diese Woche abzuwickeln?«, fragt sie den jungen Mann.

»Verstehe. Ich glaube nicht, dass es ein Problem gibt, die Verkäufer werden davon angetan sein«, erwidert er, bevor er mit unerwartetem Feingefühl hinzufügt: »Vielleicht möchten Sie sich für ein paar Minuten in Ruhe umschauen, Frau Hoffmann. Ich warte an der Haustür auf Sie.«

Endlich allein, geht Paulina langsam durch die Wohnung. Sie hat tausend Mal von diesem Ort geträumt, von dieser Straße, von diesen vier Wänden. Obwohl sie nun schon seit mehr als vierzig Jahren in der Calle Velázquez wohnt, und so sehr sie Carlos und ihre Kinder in dem nach Farbe riechenden Atelier auch geliebt hat: In Wahrheit war immer hier ihr einziges Zuhause.

Sie erinnert sich an die Worte, die ihr Vater vor seinem Tod geschrieben hat, krank und angewidert vom Grauen in den Schützengräben an der Ostfront. An den Abschiedsbrief ihrer Mutter Julia, bevor diese sich mit der Scheibe des Bilderrahmens um das Foto von Otto und Heinz in ihren braunen Uniformen die Pulsadern aufgeschnitten hat. Zweimal die gleiche Botschaft: Denk daran, dass du glücklich warst; vergiss nie, was einst gut gewesen ist.

Sie denkt zurück an ihre Kindheit, noch vor dem Krieg, als sie durch den Flur dieser Wohnung lief. Ein Mädchen, das in einer sanften, freundlichen Welt aufwuchs, im Wissen, dass ihre Eltern sie liebten, und im Glauben, dass ihr nichts Schlimmes zustoßen konnte. Und sie erkennt, dass nichts, was danach kam, weder Schrecken noch Verrat, weder Verlust noch Einsamkeit, ihr jemals diese tiefe, innige Wärme rauben konnte, die einzige Quelle ihrer Kraft.

Das erste Glück wird nie ausgelöscht.

2

Paulina stützt sich auf die Balkonbrüstung. Ihr Blick wandert über die Straßencafés in der Kastanienallee, in denen die zahlreichen Gäste die schüchterne Vormittagssonne genießen, während sie einen langen Zug an ihrer Zigarette nimmt. Ihr Arzt hat längst aufgegeben, ihr das Rauchen zu verbieten.

Was spielt das in ihrem Alter noch für eine Rolle?

Heute hat sie den Kaufvertrag der Wohnung unterschrieben, hat die Schlüssel bekommen und ist, getrieben von ihrer Ungeduld, direkt von der Kanzlei des Notars hergekommen.

Die Wohnung ist ein Geschenk an sich selbst, weil es ihr geglückt ist, lebendig und nach allem doch einigermaßen unbeschadet am Ende ihrer Geschichte anzulangen, die alles andere als einfach war. Wie oft hat sie gedacht, sie könne nicht mehr, und hat doch immer wieder die Kraft gefunden, weiterzukämpfen. Deshalb empfindet sie jetzt eine tiefe Genugtuung, als sie dem Rauch ihrer Zigarette nachsieht, der in den fast frühlingshaften blauen Himmel aufsteigt.

Ihr Blick wandert über die cremefarbenen Wände, die Decke mit Gipsprofilen, die prächtigen Kirschholztüren. Vor ihrem geistigen Auge schiebt sich vor dieses Bild ein anderes, das nie ganz ausgelöscht wurde: die grauen, rissigen Mauern, die Panik und die Trauer.

Sie muss an ihre Enkelin denken. Unten auf der Straße bummeln Frauen, mit Taschen beladen, an den Modeboutiquen des Prenzlauer Bergs vorüber. Andere sind in Eile und kleben an ihren Handys. Jede von ihnen könnte Alicia sein. Sie versteht nicht ganz, warum sich ihre Enkelin in letzter Zeit so verhält. Ein so intelligentes und liebevolles Mädchen, vermeintlich so hart und doch im tiefsten Inneren so zerbrechlich, wie Paulina sehr wohl weiß, die sie aus nächster Nähe hat aufwachsen sehen, Tag für Tag, Jahr für Jahr. Diese absurde Besessenheit, mit der Alicia sich ihrer Arbeit in der Anwaltskanzlei widmet, und dann diese Ehe, die eindeutig zum Scheitern verurteilt ist. Marcos scheint ein netter Kerl zu sein, aber es dauerte keine fünf Minuten, bis Paulina klar war, dass das nie und nimmer funktionieren kann. Warum macht Alicia solch einen Fehler? Sie muss einen Weg finden, wie sie ihrer Enkelin helfen kann.

Sie drückt ihre Zigarette aus und betrachtet noch einen Moment von ihrem Balkon aus versonnen das bunte Treiben auf der Straße.

3

Zwei Augen starren auf das Haus an der Kastanienallee 14. Es sind die Augen eines Menschen, der manche der Dinge, die er erlebt hat, nie vergessen wird. Eines Menschen, für den die Entdeckung eines Lebenszeichens in der Wohnung gegenüber in gewisser Weise eine Wiederbegegnung mit Reinheit und Unschuld ist.

Anna Adams hat die Angewohnheit, beim Kaffeetrinken aus dem Küchenfenster zu schauen, hinüber auf die andere Straßenseite, wo die Balkontüren im ersten Stock für einige Monate geschlossen waren. Sie vermutet, dass der frühere Besitzer ein mürrisch dreinblickender Herr war; einmal hat sie mit ihm in der Bäckerei ein paar Worte gewechselt. Ansonsten kannte sie ihn nicht, so wie sie fast keinen der Anwohner in diesem Viertel kennt, in dem sie ihre Kindheit verbracht hat und in das sie nach dem Tod ihres Mannes vor nunmehr fünfzehn Jahren aus London zurückkehrte.

Fast ein ganzes Leben ist seit ihrer Flucht vergangen, als sie noch ein so kleines Mädchen war, dass ihre Erinnerungen an jene Zeit, über die sie sich mit niemandem austauschen kann, wie schwache Lichtpunkte sind, scheue Blitze, die kaum durch den Nebel ihres ersten Erinnerungsvermögens brechen.

Sie schaut neugierig zu der Wohnung und versucht, einen Blick ins Innere zu erhaschen, als eine Frau auf den Balkon tritt und ihre Hände energisch auf das Geländer stützt. Ihre Miene ist nachdenklich, besorgt. Sie fingert eine Schachtel Zigaretten aus der Hosentasche und zündet sich eine Zigarette an. Ihr weißes Haar ist zum Dutt hochgesteckt, und sie trägt einen schwarzen Rollkragenpullover und Cordhosen.

Wäre sie ihr auf der Straße begegnet oder hätten sie zufällig in einem Restaurant oder beim Arzt im Wartezimmer einander gegenüber Platz genommen, hätte Anna Paulina nie im Leben erkannt. Aber als sie sie am Fenster ihrer alten Wohnung sieht, fast wie damals, als sie beide fünf oder sechs Jahre alt waren und sich hinter der Scheibe winkend bis zum nächsten Tag verabschiedeten, ist es offensichtlich. Alles passt: das Alter, die schlanke Gestalt, der helle Teint. Sie muss es sein.

Ihre letzte Begegnung ist zweiundsiebzig Jahre her. Anna ging die Kastanienallee entlang, als ihre Blicke sich trafen. Kaum bemerkten es ihre Eltern, zerrten sie die Mädchen auch schon in entgegengesetzte Richtungen davon. Sie erinnert sich noch an den traurigen, verwirrten Blick ihrer Freundin. Auch wenn sie es damals noch nicht wussten, hatten die Erwachsenen doch allen Grund, zu fürchten, die Mädchen könnten sich auf offener Straße um den Hals fallen. Doktor Hoffmann galt als verdächtig, da er früher gemeinsam mit Doktor Löwe eine Praxis betrieben hatte, und Löwe selbst wollte kein Aufsehen erregen, da er zu diesem Zeitpunkt alles daransetzte, seine Tochter in Sicherheit zu bringen. Er hatte sämtliche Fäden gezogen, damit die kleine Anna mit einem Kindertransport außer Landes geschafft werden konnte, und wollte wenige Wochen vor Abfahrt des Zuges keine Scherereien bekommen.

Es ist so lange her, dass es Anna nicht einmal wie ein Teil ihres eigenen Lebens vorkommt. Es ist wie ein Film, an den man sich nur halb erinnern kann, oder wie eine Geschichte, die man vor vielen Jahren erzählt bekam und die einem, bruchstückhaft und unwirklich, wieder in den Sinn kommt.

Schon hat sie die Straße überquert, das Haus betreten und steht nun vor der Wohnung, in der vor langer Zeit die Familie Hoffmann lebte. Sie will herausfinden, ob die Frau auf dem Balkon tatsächlich ihre Freundin aus Kindertagen ist, und wenn nicht, auf die Schnelle irgendeine Ausrede erfinden, bevor sie sich allzu lächerlich macht.

4

Paulina erwacht aus ihrer Versunkenheit, als sie auf dem Balkon die Türklingel läuten hört. *Ding, dong.* Sie geht zur Tür und öffnet sie, ohne nach dem Besucher zu fragen, im festen Glauben, es sei der Hausmeister (wer sollte es sonst sein?).

Die Frau vor ihr hat pechschwarz gefärbtes Haar und stützt sich beim Gehen auf einen Stock mit silbernem Griff. Sie wird etwa achtzig sein, genau wie sie. Auch wenn Paulina denkt, sie habe sie noch nie gesehen, ist ihr etwas an der Frau sehr vertraut. Vielleicht ist es die Art und Weise, wie sie ihre Augenbrauen hochzieht, als erwartete sie, dass sie etwas sagt.

»Guten Tag. Kann ich Ihnen helfen?«, fragt Paulina.

Für einen Moment herrscht eine unangenehme Stille.

»Bemüh dich nicht«, sagt die Fremde schließlich. »Ich hätte ohnehin nicht gedacht, dass du mich erkennst. Wenn ich dich nicht auf dem Balkon dieses Hauses gesehen hätte, wüsste ich auch nicht, dass du es bist.«

»Verzeihung?«

»Ich heiße Anna Adams, obwohl dir dieser Name nichts sagen wird.«

»Nein, das stimmt.«

»Vor meiner Heirat hieß ich Anna Löwe.«

Paulinas Herz macht vor Freude einen Satz, es pumpt das Blut wie verrückt durch ihre Adern, sie japst, ihre Lungen verlangen nachdrücklich nach Sauerstoff. Ihr ist, als würde sie im nächsten Moment ohnmächtig. Das ist doch unmöglich! Anna ist seit über siebzig Jahren tot! Als Kind hatte sie sich zwar oft ausgemalt, sie in London wiederzusehen (und gemeinsam mit ihr durch Läden, Museen und Konditoreien einer Stadt zu streifen, die in ihrer Vorstellung fast etwas Magisches besaß), doch als sie älter wurde, kam sie zu dem Schluss, dass sich ihre Eltern diese Geschichte wohl nur ausgedacht hatten, um die unerträgliche Wahrheit abzumildern. Und so setzte sie auch Annas Namen auf die Liste der geliebten Menschen, die verschwunden waren. Sie legte ihre Erinnerungen an die Freundin aus Kindertagen in der Schublade des unwiederbringlich Verlorenen ab.

Sie lehnt sich gegen den Türrahmen, um nicht zu stürzen. Ihre Knie werden weich.

»Anna? Bist du es wirklich?«

Da fangen beide an zu weinen und verharren in einer langen, sehr langen Umarmung. Einer Umarmung, die seit 1938, seit ihrer letzten Begegnung auf der Straße, überfällig ist.

Endlich lösen sie sich voneinander, mit feuchten Wangen und verknitterten Kleidern, und eilen Arm in Arm durch den Flur. Das blasse Nachmittagslicht fällt durch die gardinenlosen Fenster. Die Wohnung ist leer, bis auf einen abgewetzten Sessel im Eingangsbereich, auf dem ein schwarzer Stoffmantel, ein granatroter Schal und ein Exemplar von Jonathan Franzens *Die Korrekturen* liegt.

»Ich freue mich zu sehen, dass wir noch immer Gemeinsamkeiten haben«, sagt Anna und lehnt ihren Stock an die Wand.

Sie fassen sich bei den knöchrigen Händen mit der dünnen, spröden Haut. Aus ihnen sind zwei alte Damen geworden. Der Kreis hat sich geschlossen. Nun ist es Zeit, einander zu erzählen, was sie in all den Jahren erlebt haben.

»Komm, wir gehen zu mir«, sagt Anna. »Da haben wir es gemütlicher.«

Sie überqueren die Straße, in der sie als Kinder gespielt haben. Genau wie damals, Hand in Hand.

»Wie zwei verrückte Alte«, sagt Paulina, und beide müssen lachen.

Sie nehmen auf Annas bequemer Couch Platz. Ihre Wohnung riecht wie ein altes Buch. Auf dem Boden liegt ein abgenutzter Perserteppich, und an den Wänden hängen Aquarelle mit Szenen, die wie aus einem Roman von Jane Austen wirken. In den Regalen stehen viele Titel auf Englisch und manche auf Deutsch.

»Ich habe mich beinahe ruiniert, als ich diesen Berg an Büchern aus London mitgebracht habe, aber ich hätte es nicht übers Herz gebracht, sie zurückzulassen. Es wäre gewesen, als hätte man mich noch einmal von John getrennt.«

Anna erzählt davon, wie verängstigt sie auf jener Zugreise war, von ihrer Ankunft im Hafen von Harwich und von den ersten Monaten in einem Auffanglager, bis sie von einer englischen Familie adoptiert wurde. Davon, wie sie nach und nach erkannte, dass ihre Eltern sie nie wieder würden abholen können. Von den vielen Malen, bei denen sie das einzige Foto betrachtete, das sie von ihnen besitzt und noch heute in der Brieftasche trägt, das Foto, ohne das sie längst vergessen hätte, wie sie aussahen. Sie erzählt ihr auch, dass sie das Glück hatte, an die Universität gehen und Literaturwissenschaft studieren zu können, dass sie gemeinsam mit ihrem Gatten, John Adams, einem gutaussehenden, gebildeten Mann, in London eine Buchhandlung besessen habe, die sie an eine große Kette verkauften, als sie in den Ruhestand gingen. Sie hätten keine Kinder bekommen können, aber hätten inmitten des Geruchs von Büchern in den endlosen Regalen, voller wunderbarer Geschichten ringsumher, ein glückliches Leben gehabt.

Und als ihr Mann vor einigen Jahren verstorben sei, habe sie einen unwiderstehlichen Impuls verspürt und sei nach Berlin zurückgekehrt, obwohl sie immer dachte, das würde sie niemals tun. Das Haus, in dem sie aufgewachsen war, existierte nicht mehr, also sei sie in das daneben gezogen, direkt gegenüber von dort, wo in der Kindheit ihre beste Freundin gewohnt hatte.

Auch Paulina berichtet in allen Einzelheiten über ihr Leben.

Sie erzählt Anna, dass ihr Vater und ihre Brüder an der Front starben und ihre Mutter mit ihr nach Kriegsende nach Madrid fliehen konnte. Sie spricht über Manuel und über Carlos. Über Leidenschaft, Vertrauen, Bilder. Über ihren Sohn, der von beiden Vätern das Beste geerbt habe. Das Talent ihrer Tochter Elisa, die zu einer gefragten Künstlerin geworden sei. Und über ihre Enkelin Alicia, ihre letzte große Liebe. Sie verschweigt nur, was in dieser einen Nacht am Pool in El Limonar geschehen ist. Dieses Geheimnis wird sie mit ins Grab nehmen.

Als die Tränen versiegt sind, überkommt beide eine merkwürdige Ruhe. Zum ersten Mal seit vielen Jahren fühlen sie sich nicht mehr so allein. Es ist Abend geworden, und hinter den Fenstern liegt die Stadt im Dunkeln.

»Erinnerst du dich daran, wie ich das letzte Mal bei euch war, Anna? Meine Mutter war kurz zum Einkaufen im Laden, und bei der Gelegenheit bin ich ausgebüxt. Man hatte mir gesagt, du würdest nicht mehr zur Schule kommen, und ich habe dich so sehr vermisst. Als wir eben zusammen die Straße überquert haben, stand mir dieser Tag mit einer erstaunlichen Klarheit vor Augen. Wie fest wir uns umarmten und wie nervös wir waren, weil wir wussten, dass wir jeden Moment getrennt werden würden … Zumindest für mich ist an diesem Tag etwas kaputtgegangen. Würde es nicht so kitschig klingen, dann würde ich sagen, es war meine Unschuld. Ich war noch lange ein Kind, aber nicht mehr auf die gleiche Weise.«

»Du hast recht. Daran habe ich schon seit einer Ewigkeit nicht mehr gedacht. Ich glaube, ich habe einen heftigen Wutanfall bekommen, als deine Mutter dich abgeholt hat. Wie alt waren wir wohl, sechs Jahre?«

»Ja, du bist ein paar Monate später verschwunden.«

»Wie schnell sich alles änderte, Paulina. An diesem Tag dachte ich, die Welt würde untergehen, weil wir uns trennen mussten, und doch war das, was danach kam, viel schlimmer …«

»Weißt du noch, was deine letzten Worte waren, Anna? Ich erinnere mich genau, weil ich es eine Weile wie eine Art Eid auf die Rückseite von Zeichnungen oder die erste Seite meiner Hefte geschrieben habe.«

»Nein, was habe ich denn gesagt?«

»›Sie werden uns nie trennen.‹«

Anna verzieht den Mund zu einem bitteren Lächeln.

»Wie es aussieht, hatte ich unrecht.«

»Nein, das stimmt nicht. Immerhin sind wir jetzt hier, nicht wahr?«, widerspricht Paulina.

Für einen Moment hüllen sie sich in Schweigen, als hätten sie soeben das letzte Teil eines riesigen Puzzles an seinen Platz gelegt und wären erstaunt, dass es fertig ist, zugleich aber unsicher, was als Nächstes kommt. Auf einmal zuckt Paulina zusammen.

»Du meine Güte! Wir reden seit mehr als vier Stunden.«

»Und wir haben uns noch so viel zu erzählen«, ergänzt Anna. »Ich habe Hunger, du nicht auch? Gleich an der Ecke gibt es ein ziemlich gutes japanisches Restaurant. Wollen wir essen gehen?«

»Gute Idee. Ich habe aus Madrid eine ausgezeichnete Flasche Wein mitgebracht, um den Kauf der Wohnung zu feiern. Ich kann sie rasch holen. Glaubst du, wir dürfen sie dort aufmachen?«

Als sie im Restaurant sitzen, weicht die Rührung über ihr Wiedersehen einer innigen Verbundenheit. Lachend tauchen sie in ihre Erinnerungen an die Nachmittage mit Otto und Heinz ein, an die Lieder, die sie auf dem Schulhof beim Seilspringen sangen, an die Stimme von Fräulein Weber, die auch den langweiligsten Grammatikstunden etwas Angenehmes verleihen konnte.

»Am Ende bist also auch du zurückgekommen«, sagt Anna.

»Ja, ich habe heute die Schlüssel erhalten. Endlich konnte ich mein altes Zuhause kaufen. Ich lag dem Vorbesitzer seit Jahren damit in den Ohren, aber er wollte die Wohnung unter keinen

Umständen verkaufen. Es gab eine Zeit, in der ich ernsthaft überlegte, wer von uns beiden wohl zuerst sterben würde, er oder ich. Ich habe ihm oft erzählt, dass ich hier aufgewachsen bin und diese Wohnung alles ist, was von meiner Kindheit geblieben ist, aber es half nichts. Ich habe ihm sogar viel mehr Geld geboten, als angemessen war. Ich glaube, er war durch seine Erlebnisse ein verbitterter alter Mann geworden. Doch wie du siehst, ich mag alt sein, aber ich bin zäh. Und am Ende habe ich bekommen, was ich wollte.«

»Und du, haben dich deine Erlebnisse nicht bitter werden lassen?«, will Anna wissen.

Paulina schweigt für einen Moment, bevor sie antwortet.

»Ich war eine Überlebende.«

»Und da bist du, du überlebst auch heute noch.«

»So wie du.«

»Weißt du, Paulina? Vor vielen Jahren ist in London eine gute Freundin von mir gestorben«, erzählt Anna in ihrem mit britischem Akzent gefärbten Deutsch. »Ihr Sohn, den ich schon als Baby kannte, war am Boden zerstört. Sie war immer eine bewundernswert starke Frau gewesen, doch in ihrem Todeskampf hat sie mehr als zwei Stunden lang nach ihrer Mutter gerufen. Dann bekam sie eine große Morphium-Injektion und schwieg für immer. Ihre Mutter war bei einem Luftangriff während des Krieges gestorben, als sie klein war. Meine Freundin erinnerte sich kaum noch an sie, und trotzdem war ihr Gesicht das Letzte, was sie sah.«

Paulina nippt an ihrem Wein und hört ihrer Freundin aufmerksam zu.

»Ich weiß noch, wie mich diese Geschichte damals abgestoßen hat. Sie besudelte mein Bild von der Freundin, die ich bewunderte, weil sie all ihren Schmerz hinter sich gelassen hatte. Aber nun werde ich bald achtzig, und ich glaube, ich fange an, sie zu verstehen.«

Die beiden Freundinnen sehen sich an, und in ihren Augen zeigt sich das Funkeln der Mädchen, die immer dort waren. In ihren Blicken ist Traurigkeit, aber keine Niederlage.

In ihren Augen ist Leben.

DAS GESCHENK

Berlin – Málaga, August 2016

1

Alicia starrt die fremde Frau an, die nervös, fast ein wenig verlegen lächelt. Draußen vor dem Fenster wiegen sich die grünen Äste der großen Kastanie im Wind.

»Wie war das? Sie haben das Album auf den Tisch gelegt?«

»Ja, deine Großmutter hat es mir gezeigt, als sie das letzte Mal in Berlin war. Seit sie die Wohnung vor ein paar Jahren gekauft hat, haben wir uns häufig gesehen. Wenn wir uns zusammen die Fotos angeschaut haben, ist uns das ziemlich nahegegangen … Ehrlich gesagt, es ist uns wirklich sehr nahegegangen!«

»Moment, ich stehe ein bisschen neben mir. Mal sehen, ob ich das zusammenkriege«, antwortet Alicia. »Vor ein paar Tagen war ich mit einem Freund essen, und als ich zurückkam, habe ich das Album auf dem Tisch gefunden. Und Sie sagen jetzt, Sie haben es da hingelegt?«

»Ich denke, das liegt auf der Hand. An welchem Tag bist du angekommen?«

»Heute vor dreizehn Tagen.«

»Ja, eben … Das Datum stimmt.«

»Verzeihung, aber ich verstehe das nicht. Dann haben Sie einen Schlüssel zu dieser Wohnung?«

»Ja, deine Großmutter hat mir vor einiger Zeit einen Schlüsselbund gegeben, für alle Fälle. Sie kannte sonst niemanden in Berlin. Irgendwann, nachdem sie bei ihrem letzten Besuch nach Madrid zurückgekehrt war, fielen mir die Fotos ein, und ich bin in einem Anflug von Nostalgie hergekommen und habe mir das Album ausgeliehen. Ich hatte es bei mir zu Hause, und als ich es zurückbringen wollte, habe ich nicht bemerkt, dass die Wohnung bewohnt war. Aber vermutlich warst du da schon ein paar

Tage hier. Jedenfalls bin ich gleich ins Wohnzimmer gegangen, ohne einen Blick in die anderen Räume zu werfen. Deshalb habe ich vermutlich nicht gesehen, dass du hier eingezogen bist.«

»Dann habe ich mir das also nicht eingebildet …«

»Was?«

»Als das Album auf einmal da lag, bekam ich solche Angst, dass ich in einem Hotel übernachtet habe. Ich hatte keine Ahnung, wer in der Wohnung gewesen sein konnte. Letztlich kam ich dann zu der Überzeugung, dass das Album von Anfang an da gewesen sein musste und ich es nur nicht gesehen hätte … Eine andere Erklärung konnte ich mir nicht zusammenreimen.«

»Oh, das tut mir leid. Ich wohne gleich gegenüber und kann von meinem Fenster auf diese Balkone sehen. Ein paar Tage, nachdem ich das Album zurückgebracht hatte, habe ich dich beim Hinausschauen hier in der Wohnung gesehen. Deine Großmutter hat mir gesagt, dass du eines Tages herkommen würdest. Nun … Dann ist Paulina also tot, nehme ich an.«

»Wussten Sie das nicht, Anna?«

»Nein. Wer hätte mir Bescheid geben sollen? Sie hat mir erzählt, dass sie euch nichts von ihren Reisen nach Berlin gesagt hat.«

Alicia bemüht sich, zu verarbeiten, was Anna ihr erzählt.

»Warum hat sie uns eigentlich nichts davon erzählt?«, fragt sie.

»Vielleicht wollte sie von euch nicht für eine alte Melancholikerin gehalten werden. Oder sie wollte in ihre Vergangenheit eintauchen, ohne viel erklären zu müssen.«

»Das sähe ihr ähnlich.«

»Sie hat irgendwann einmal zu mir gesagt: ›Wenn du plötzlich nichts mehr von mir hörst, kannst du dir denken, was los ist. Ich werde die Wohnung meiner Enkelin hinterlassen, sie ist die Einzige, die es verstehen wird.‹ Das waren mehr oder weniger ihre Worte. Und sie hat gesagt, dass es mir Freude bereiten werde, dich kennenzulernen.«

Nachdenklich nimmt Alicia den Metallspiegel zur Hand. Für einen Moment meint sie, in ihrem Spiegelbild eine junge Paulina zu sehen. Es ist seltsam, sie hat gedacht, sie würde ihre Oma in- und auswendig kennen, doch allein in dieser kurzen Zeit nach ihrem Tod hat sie bereits eine Menge neuer Seiten an ihr entdeckt.

»Mit dem Spiegel habe ich immer gespielt, als ich klein war.«

»Das hat deine Großmutter mir erzählt. Er war ein Geschenk einer Dame aus Málaga, der Großmutter ihres Cousins Manuel, glaube ich, an die sie mit großer Zuneigung zurückdachte. Und das Fotoalbum hat sie von deiner Urgroßmutter hinterlassen bekommen, als die kurz nach ihrer Ankunft in Madrid Selbstmord beging.«

»Meine Urgroßmutter hat sich umgebracht? Das wusste ich nicht. Nur, dass der Vater und die Brüder meiner Oma im Zweiten Weltkrieg gefallen sind. Wie einsam sie gewesen sein muss.«

»Paulina war eine einsame, gequälte Seele, genau wie ich. Wir haben beide versucht, die Erinnerungen zu begraben, aber am Ende kehrt man doch immer zu ihnen zurück. Deshalb war es ihr ein Bedürfnis, die Wohnung zu kaufen, in der sie aufgewachsen ist.«

Plötzlich macht es bei Alicia Klick.

»Dann hat sie früher hier gewohnt!«

»Es war ihr Zuhause.«

»Sie hat mir oft von ihrer Kindheit erzählt, aber immer nur von den glücklichen Momenten.«

»Dann weißt du, warum sie wollte, dass du die Wohnung bekommst.«

Alicia schluchzt auf. Das also war der Grund. Natürlich, das Ganze passt perfekt ins Bild. So war Paulina.

»Deine Großmutter hat mich gebeten, mit dir zu reden, wenn du kommst. Ich fand, ich sei zu alt für eine so wichtige Aufgabe, und sagte zu ihr: ›Und wenn mir etwas zustößt, wer soll dann mit Alicia reden?‹ Also habe ich meinem Testament ein Schreiben beigefügt, in dem ich dir das Ganze erklärt habe. Tja, aber das ist jetzt ja nicht mehr nötig. Es ist eigenartig, Paulina war fest davon überzeugt, dass ich sie überleben würde. Und am Ende hat sie recht behalten … Sie sagte immer, sie habe ihren Kreis bereits geschlossen.«

»Sie … du erinnerst mich sehr an sie«, sagt Alicia.

»Und du siehst ihr wirklich ähnlich.«

Durch ihre Begegnung haben beide Frauen etwas gefunden, das sie schmerzlich vermisst haben. Die alte Dame ein Stück ihrer liebsten Freundin, von der sie nicht gedacht hätte, dass sie sie wiedersehen würde. Und die Enkelin ein Stück von Paulinas Leben, einen Schlüssel, um zu verstehen, wer diese Frau war, die ihr so nahestand und die zugleich so verschwiegen gewesen war.

In den kommenden Stunden erzählen sie einander ausführlich von der Paulina, die sie kannten: dem Mädchen, das in einem Berlin voller Bedrohungen aufgewachsen war, und der Frau, die der Umgang mit ihrer Enkelin dazu veranlasst hatte, zurückzublicken.

»Ich habe in all den Jahren nie wieder eine so gute Freundin gefunden wie sie«, sagt Anna seufzend. »Sie wiederzusehen, auch wenn wir uns nur getroffen haben, wenn sie in Berlin war, gehört zum Besten, was mir je passiert ist. Es war ein unverhofftes, ganz wunderbares Geschenk. Und es hat mich irgendwie mit meinem Leben versöhnt. Du verstehst das nicht, du bist noch jung, aber es ist furchtbar, alt zu werden, ohne mit der Vergangenheit Frieden geschlossen zu haben.«

Bevor Alicia sich zwei Tage später auf den Weg zum Flughafen macht, klingelt sie bei Anna, um sich zu verabschieden.

»Ich komme bald wieder«, verspricht sie der alten Dame.

Der Rückflug dauert eine gefühlte Ewigkeit. Alicia hat ihren Vater bewusst nicht angerufen, damit die Distanz am Telefon, dem, was sie zu erzählen hat, keinen Abbruch tut. Doch nun freut sie sich darauf, ihm in Málaga davon zu berichten, was sich in den letzten Tagen zugetragen hat. Sie weiß, dass es Diego schwerfällt, den Tod seiner Mutter zu verwinden. Sicher wird ihn das trösten.

Paulinas Geschichte war etwas Besonderes, doch ohne Annas unverhofftes Auftauchen wäre sie unvollendet geblieben. Alicia empfindet ein tiefes Gefühl der Befriedigung, als hätte sie hinter einen Satz den Punkt gesetzt. Oder mit spitzem Bleistift einen Kreis geschlossen.

2

»Aufstehen! Es ist schon nach halb zehn!«, ruft Diego an der Zimmertür. »Ich habe Brot mitgebracht – es ist noch warm.«

Alicia lächelt. Jaime neben ihr schläft noch, sein Lieblingskuscheltier im Arm. Er ist der hübscheste Junge der Welt. Durch die Schlitze der Rollläden kann sie das helle Licht eines neuen Tages und die leuchtenden Farben des Gartens der Villa Manuela sehen.

»Komm, kleiner Mann«, flüstert sie ihm ins Ohr. »Frühstücken, wir wollen doch zum Strand. Ich habe mir gedacht, wir nehmen deine Autos mit. Dann bauen wir im Sand eine Straße. Was hältst du davon?«

Jaime schlägt die Augen auf, springt aus dem Bett und flitzt in die Küche. Alicia wäscht sich das Gesicht, zieht ihre Pyjamahose an und folgt ihm nach unten. Bald darauf sitzen sie mit ihren großen Frühstückstassen und ein paar Scheiben frisch getoastetem Brot mit Olivenöl auf der Veranda.

»Anscheinend wird es heute wieder sehr heiß. Wenn ihr zum Strand wollt, solltet ihr besser bald gehen, sonst verbrennt ihr euch«, sagt Diego.

»Kommst du nicht mit?«

»Im Leben nicht. Ich bleibe lieber hier im Kühlen und genieße die Ruhe.«

Also zieht Alicia sich den roten Badeanzug an, den sie in Prenzlauer Berg gekauft hat, packt ein paar Handtücher und ein Arsenal an Spielsachen in eine große Stofftasche, nimmt Jaime an der Hand und geht mit ihm nach La Malagueta. Dort bleiben sie zwei, drei Stunden und spielen mit den Autos und den Wellen, werfen Steinchen ins Wasser und essen ein Eis.

Bei ihrer Rückkehr ist es schon Zeit für einen Aperitif. Nachdem Diego und Alicia eine Runde im Pool geschwommen sind, genießen sie auf der Liege einen Wermut. So muss ein Sommer sein! Jaime paddelt mit seinen Schwimmflügeln im Wasser und fischt die Spielsachen heraus, die Alicia ihm vom Beckenrand zuwirft. Sein kleiner Körper glitzert in der Sonne.

Nach dem Mittagessen legen sie sich für eine Weile hin. Der Kleine macht im Schlafzimmer ein Nickerchen. Das helle Sonnenlicht sickert in schmalen Streifen durch die dunklen hölzernen Fensterläden, und der Deckenventilator sirrt mit seinen Flügeln rhythmisch durch die Luft. Kann das Leben wirklich so angenehm und einfach sein, oder erscheint es einem nur in manchen Momenten so?

Alicia überlegt, dass sie eigentlich noch drei Wochen länger in Málaga bleiben könnte. Jetzt, da sie nicht mehr wie früher am 1. September zurück im Büro sein muss, kann sie die Zeit auskosten, bis für Jaime die Vorschule beginnt. Sein erstes Jahr. Der Herbst wird für alle ungewohnt werden mit dem neuen Alltag für Jaime und Alicia, die sich noch nicht entschieden hat, was sie tun wird. Sie weiß nur, dass sie nach dem Ende der zweijährigen Elternzeit, die sie nach der Scheidung von Marcos beantragt hat, nicht ins Büro zurückkehren wird. Und auch an die neue Wohnung müssen sie sich noch gewöhnen – ein herrlicher Altbau mit hohen Decken und unebenen Böden an der Plaza de Olavide, ohne Tiefgarage, Pool oder Tennisplatz. Gemietet hat sie sie bereits vor ein paar Monaten, aber bisher hatten sie noch kaum Gelegenheit, sich einzuleben.

Es ist schon eine Woche her, dass sie Jaime in El Escorial abgeholt hat. Sie hat sich mit Marcos im Miranda & Suizo getroffen, dem alteingesessenen Café in der Calle Floridablanca, um einer unliebsamen Begegnung mit ihren früheren Schwiegereltern aus dem Weg zu gehen. Sie saß bereits an einem der Tische am Fenster, als sie die beiden hereinkommen sah. Bei ihrem Anblick ließ der Kleine die Hand seines Vaters los und rannte auf sie zu. Es war die beste Umarmung ihres Lebens. Marcos war freundlich, ja geradezu liebenswürdig. Allmählich kommen die Dinge wieder ins rechte Lot, dachte Alicia.

Am nächsten Tag fuhren sie mit dem AVE nach Málaga. *Ich hole euch am Bahnhof ab, und dann fahren wir direkt an den Strand*, schrieb ihr Vater, als sie bereits im Zug saßen. Glücklich betrachtete Jaime aus dem Fenster die blitzschnell vorübergleitende Landschaft. Unterwegs schauten sie gemeinsam die Bilderbücher an, die Alicia dem Kleinen aus Berlin mitgebracht hat. Nur die Erinnerung an den Morgen in der Kinderbuchhandlung, als sie verstört aus der Wohnung gerannt war, bevor Iván aufwachte, trübte diesen Moment des fast perfekten Glücks.

Nun geht Alicia mit einer Tasse Kaffee auf die Veranda und legt sich auf eine der Korbliegen. Sie hat einen Roman in der Hand, kann sich aber nicht durchringen, das Buch aufzuschlagen. Einfach dazuliegen und versonnen ins Grün des Gartens zu blicken reicht ihr.

In diesem Moment kommt auch ihr Vater heraus, noch ganz verschlafen nach seiner Siesta. Er drückt Alicia einen Kuss auf die Stirn und nimmt in Paulinas früherem Lieblingssessel Platz.

»Vermisst du sie sehr?«, fragt sie.

»Ständig«, antwortet Diego.

Traurigkeit tut nur so, als löste sie sich auf. Wir machen uns weis, sie sei weg, aber dann, *zack!*, kommt sie aus ihrem Versteck hervor und holt uns wieder ein.

3

Es ist noch keine sieben Uhr, als Diego Alicia weckt. Mit dem heranbrechenden Tag verzieht sich der Dunst, und der Himmel über dem Meer klart langsam auf.

»Lass den Jungen weiterschlafen. Wir bleiben nicht lange weg. Zieh dir nur rasch eine Jeans über, ich warte unten auf dich.«

Alicia wäscht sich, zieht sich an und begibt sich zu ihrem Vater in die Küche.

»Mach dir keine Sorgen um Jaime, die Putzhilfe ist gerade gekommen, und ich habe sie gebeten, ein Auge auf ihn zu werfen«, sagt Diego.

»Was gibt es denn heute früh so Wichtiges? Wo gehen wir hin?«

»Die Asche«, antwortet er. »Ich habe sie mitgebracht.«

»Im Ernst? Und Tante Elisa?«

»Sie hat gesagt, ich solle mich darum kümmern. Du weißt doch, sie ist sehr empfindsam, sie möchte lieber nicht dabei sein.«

»Okay, und was machen wir jetzt?«

»Ich dachte, ich streue sie hier in der Nähe ins Meer. Als wir noch klein waren, gleich nach dem Tod meines Vaters, ging sie mit uns zum Spielen dort an den Strand. Damals war ich sehr traurig, das kannst du dir ja denken, aber ich wusste, auf sie konnte ich mich verlassen. So würde ich sie gern in Erinnerung behalten. Ich finde, das ergibt Sinn.«

»Aber natürlich, Papa, lass uns dorthin gehen.«

Auf dem Weg zum Strand hüllen sich Vater und Tochter in Schweigen. Diego trägt in den Händen eine schlichte Metallurne. Hinter dem Horizont geht die Sonne auf und strahlt immer heller. Es wird wieder ein heißer Tag werden, aber noch weht eine kühle Brise.

Am Saum des Meeres angekommen, blickt Diego Alicia an, und sie nickt. Da dreht der Vater den runden Deckel auf und verstreut mit einer ausholenden Bewegung die Asche über dem Wasser. Ein dunkelgrauer Staub vermischt sich mit der Gischt der sanften Dünung.

Schwer zu sagen, ob in diesen schwärzlichen Partikeln noch etwas von Paulina Hoffmann ist.

Die echte Paulina ist eines Nachts verschwunden. Ein letzter Schlag, und plötzlich stand ihr Herz still. Die echte Paulina saß an diesem Strand, im Schatten des weißen Hotels Miramar, das sich nun in Diegos und Alicias Rücken erhebt, und während sie zusah, wie ihr Sohn seinen kleinen Eimer wieder und wieder mit Salzwasser füllte, rannen ihr leise die Tränen herab.

Auch Alicia und ihr Vater weinen still, als sie schweigend am Saum des Wassers stehen. Die ersten Jogger tauchen auf, und bevor die Temperatur steigt, bauen frühe Angler ihre Ruten auf.

Nach einer Weile kehren Vater und Tochter ins Haus zurück, um mit Jaime zu frühstücken.

4

Ein paar Tage später sammelt Alicia gerade das Spielzeug auf, das Jaime am Abend zuvor überall auf der Veranda verstreut hat, während ihr Vater und sie sich ein Glas Gin Tonic genehmigten. Da hört sie plötzlich ihr Handy klingeln. Wer kann das in aller Herrgottsfrühe sein, noch dazu im August?

Die Nummer auf dem Display hat die Vorwahl von Deutschland. Ist es Anna Löwe oder vielleicht sogar Iván? Nein, Iván nicht. Das kann nicht sein. Ganz sicher nicht.

Neugierig nimmt sie das Gespräch entgegen.

»Frau Blanco? Ich bin's, Herr Mauer. Ich hoffe, ich störe Sie nicht zu früh.«

Es dauert einen Moment, bis sie auf Deutsch umgeschaltet hat und die Worte am anderen Ende der Leitung versteht. Es ist der Hausmeister der Kastanienallee, höflich und freundlich wie immer. Alicia hat ihm für alle Fälle ihre Nummer dagelassen. Daher nimmt sie an, dass etwas mit der Wohnung sein muss, vielleicht irgendein Schaden.

»Nein, keine Sorge, es ist nicht zu früh. Gibt es ein Problem?«

»Aber nein, überhaupt nicht. Es ist etwas Seltsames passiert.«

Seltsam? Dieser Anruf ist seltsam.

»Um was geht es denn, Herr Mauer? Ich mache mir langsam Sorgen.«

»Ich habe einen Brief für Sie gefunden.«

»Im Briefkasten?«

»Nein! Daran wäre ja nichts merkwürdig.«

»Wo denn dann?«

Herr Mauer druckst herum, als hätte er Alicias Nummer gewählt, bevor er sich seine Worte zurechtgelegt hat.

»Der Brief war im Aufzugsschacht.«

»Wie bitte?«

»Ja, es ist eigenartig. Vor Kurzem ist einem der Hausbewohner der Schlüsselbund in den Spalt zwischen Aufzug und Treppenabsatz gefallen. Ich musste den Lift außer Betrieb nehmen, damit ich in den Schacht klettern und ihn herausholen konnte.«

»Ja, und?«

»Als ich hinuntergestiegen bin, um die Schlüssel zu holen, habe ich unten einen verstaubten, schmutzigen Briefumschlag liegen sehen. Darauf steht »Alicia«. Ich nehme an, damit sind Sie gemeint, hier gibt es sonst niemanden, der so heißt.«

»Im Aufzugsschacht?«

»Genau. Wie er bloß dahingekommen ist?«

»Ich habe keine Ahnung. Am besten schicken Sie ihn mir. Haben Sie etwas zu schreiben? Dann gebe ich Ihnen die Anschrift durch. Ich bin zurzeit in Málaga.«

Nachdem sie aufgelegt hat, bleibt Alicia für einen Moment verwundert mit dem Handy in der Hand auf der Veranda stehen, bis sie in der Küche die Schritte ihres Vaters hört. Er ist gerade aufgestanden und will das Frühstück machen. Sie geht zu ihm. Während sie das Brot in den Toaster stecken und den Kaffee aufsetzen, erzählt sie ihm von dem eigenartigen Anruf von Herrn Mauer.

»Wenn einem der Hausbewohner die Schlüssel in den Spalt gefallen sind, ist Oma dasselbe höchstwahrscheinlich irgendwann auch mit dem Umschlag passiert. Oder vielleicht sogar dir. Versuch dich zu erinnern.«

»Ich bin nur selten mit dem Aufzug gefahren, die Wohnung ist ja im ersten Stock. Nur am ersten Tag mit den Koffern und …«

Plötzlich blitzt vor ihrem geistigen Auge ein Bild auf, das sich in irgendeinem Winkel ihres Gedächtnisses verborgen hat. An dem Tag, an dem sie das Album auf dem Esstisch fand, hat sie nach ihrer Flucht aus der Wohnung den Aufzug genommen. Er stand in ihrer Etage, und sie schlüpfte, ohne nachzudenken, hinein. Während sie mit rasendem Puls hektisch auf den Knopf fürs Erdgeschoss drückte, sah sie aus dem Augenwinkel etwas Weißes zu Boden flattern.

Ihr Gehirn war in diesem Moment mit weitaus dringenderen Fragen beschäftigt und schenkte diesem Umstand keine Beachtung, sondern legte ihn in jenem geheimnisvollen Versteck für solche Erinnerungen ab, deren Existenz wir nicht einmal ahnen. Aus diesem Grund können wir eine Unterhaltung Jahre später zum Teil Wort für Wort wiedergeben oder sehen ein Kleidungsstück, das wir auf einem alten Foto entdecken, plötzlich so klar vor Augen, als hätten wir es tatsächlich vor uns.

Es muss an diesem Tag passiert sein, natürlich. Sie hatte es so eilig, dass sie den Umschlag nicht bemerkte, der wohl zwischen den Seiten des Albums gesteckt hatte. Er muss herausgerutscht und in den Spalt gefallen sein.

»Ich hab's!«, ruft Alicia und teilt Diego ihre Vermutung mit.

Ihr Vater lächelt und legt ihr seine Hände auf die Schultern.

»Ich habe doch gesagt, dass Oma dir sicher irgendwo eine Nachricht hinterlassen hat.«

5

An den folgenden Abenden sitzen Alicia und ihr Vater auf der Veranda, wenn Jaime bereits im Bett ist, und stellen Mutmaßungen über den Inhalt des Briefes an. Vielleicht erklärt er, was es mit der Wohnung auf sich hat, allerdings würde das nach dem Gespräch mit Anna Löwe nicht sonderlich viel Sinn ergeben. Vielleicht ein Abschiedsbrief? Wer weiß? Sobald der Postbote ihn bringt, werden sie Bescheid wissen.

Jeden Tag flitzt Jaime gleich nach dem Aufwachen los, um nachzusehen, ob der Brief angekommen ist, über den er seine Mutter und seinen Opa hat sprechen hören. Für ihn ist es ein Abenteuer. Gibt es für ein Kind etwas Aufregenderes, als auf eine geheimnisvolle Nachricht zu warten? Alicia geht es nicht anders, doch sie versucht, die Ruhe zu bewahren. Sie muss sich zügeln, wenn Jaime mit seinen kleinen Händen ungeschickt den Briefkasten öffnet. Vor Ungeduld würde sie ihm am liebsten den Schlüssel wegnehmen und selbst nachsehen, aber sie reißt sich zusammen. Stück für Stück lernt sie, dass es solche Details sind, die eine Mutter ausmachen.

Am Morgen des achten Tages ist das Einschreiben endlich da.

In diesem Brief befindet sich ein kleiner Umschlag, auf dem in der sorgfältigen, aber schon etwas unregelmäßigen Handschrift ihrer Oma ihr Name steht.

Darin steckt ein einfaches, kleines A5-Blatt.

Und auf dem stehen nur fünf Worte.

Aber Alicia braucht nur diese Worte zu lesen. Und sie muss auf sie hören, denn es sind Paulina Hoffmanns letzte Worte.

Ihr Vermächtnis.

6

Alicia kauft zwei Tickets für den ersten Flieger Málaga–Berlin.

»Soll ich euch wirklich nicht begleiten?«, fragt ihr Vater.

»Nein, danke. Bitte versteh das nicht falsch, aber ich glaube, diese Reise müssen wir allein machen.«

Diego verabschiedet sich am Abflugterminal des Flughafens von ihnen. Jaime ist sehr aufgeregt; mit der einen Hand klammert er sich an seine Mutter und mit der anderen drückt er sein Lieblingskuscheltier an sich. Er fliegt zum ersten Mal, ein großes Abenteuer. Bis zur Boardingzeit klebt er mit der Nase an der großen Fensterscheibe und beobachtet staunend, wie die riesigen weißen Maschinen über die Startbahn rauschen.

»Habe ich in Berlin ein Zimmer?«, fragt er.

»Es gibt in der Wohnung mehrere leere Zimmer, du kannst dir das aussuchen, das dir am besten gefällt, und dann kaufen wir an einem Tag zusammen Möbel, um es einzurichten. Hast du darauf Lust?«

»Ja, Mama! Und wo schlafe ich heute Abend, wenn ich kein Bett habe?«

»Heute schläfst du bei mir, mein Herz.«

Als der Flieger abhebt, umklammert der Kleine fest sein Kuscheltier und beobachtet aus dem Fenster, wie die Erde sich entfernt, bis die Stadt und die Küste unter ihnen zu einer winzigen Spielzeugwelt werden.

Alicia muss an den Tag denken, an dem sie Anfang August allein nach Berlin geflogen ist. Den ganzen Flug spielte sie nervös mit den Schlüsseln der Wohnung und konnte sich nicht auf ihren Roman konzentrieren. Kaum zu glauben, dass seit jenem Tag, an dem sie einsam dem Unbekannten entgegenreiste, nicht einmal ein Monat vergangen ist. Diesmal blättern Mutter und Sohn stattdessen zusammen in einem Reiseführer, in dem Jaime mit einem roten Filzstift die Orte ankritzelt, die er besuchen möchte: ein großes Schwimmbad am Spreeufer, einen Park mit einem Piratenschiff zum Klettern, Schaukeln und einem Wasserspielplatz und den berühmten Zoo mit seinen Hunderten von exotischen Tieren.

Alicia lacht über die Kommentare ihres Sohnes, sie verwuschelt sein Haar und küsst vor der Landung seine unendlich zarten Wangen. Zum ersten Mal seit langer Zeit, vielleicht zum ersten Mal seit seiner Geburt, kann sie sich ganz auf ihre Liebe zu ihm einlassen, darauf, wie schön es ist, ihn an ihrer Seite zu haben, ohne dass der Moment durch Schuldgefühle oder Zweifel getrübt würde.

Als sie am Flughafen Schönefeld ankommen, wählt sie Anna Löwes Nummer.

»Weißt du noch, wie ich dir gesagt habe, ich käme bald zurück? Nun, da bin ich. Und ich habe meinen Sohn dabei, ich kann es kaum erwarten, dass du ihn kennenlernst.«

»Fantastisch. Habt ihr Lust, zum Essen vorbeizuschauen, nachdem ihr richtig angekommen seid?«

»Sehr gern, gib uns ein paar Stunden.«

Sie betreten den Hausflur und steigen in den ersten Stock hinauf. Alicia nimmt den Schlüsselbund mit dem P aus der Tasche und überschreitet mit ihrem Sohn neben sich abermals die Schwelle der Wohnungstür. Erst vor wenigen Tagen ist sie mit einem Knäuel wirrer, widerstreitender Gefühle von hier abgereist, aber jetzt ist alles anders. Wie ein Koch, der seinem Gericht eine entscheidende Zutat hinzufügt, oder ein Schriftsteller, der die Bedeutung der Schlüsselszene seiner Geschichte erkennt, spürt sie, dass die ungeordneten Puzzlestücke in ihrem Herzen und ihrem Verstand nun endlich den richtigen Platz gefunden haben.

Der Junge läuft den Flur hinunter und schaut in alle Räume, als wollte er ein neues Territorium, ein neu erobertes Königreich in Besitz nehmen. Einen Moment lang stehen beide im Wohnzimmer und betrachten die Blätter der Kastanie hinter den Balkonen im Sonnenlicht.

»Wir packen später aus, Jaime. Jetzt gehen wir zu meiner Freundin Anna.«

Die alte Dame begrüßt sie herzlich. Sie hat ein exquisites Roastbeef mit Ofenkartoffeln zubereitet.

»Das war das Lieblingsgericht meines Mannes.«

Während sie begeistert zulangen, erzählt Alicia, wie der Hausmeister den Brief im Aufzugsschacht gefunden hat.

»Möchtest du ihn lesen, Anna?«

»Wenn es dir nichts ausmacht …«

Die alte Frau wirft einen flüchtigen Blick auf die eine Zeile des Schreibens und lächelt.

»Was für eine kluge Frau. Ich kenne dich nicht gut genug, um zu wissen, worauf sie sich bezog, aber diesen Ratschlag sollten wir wohl alle irgendwann in unserem Leben beherzigen.«

»Das stimmt. Apropos, könntest du morgen für eine Weile auf Jaime aufpassen? Es gibt da jemanden, den ich allein sehen muss«, sagt Alicia und fügt mit einem Augenzwinkern hinzu: »Ich will tun, was meine Oma sagt.«

»Natürlich! Ich kann mir schon etwas denken. Bring deinen Sohn vorbei, wann es dir beliebt, ich bin den ganzen Tag hier.«

Ein paar Stunden später, wieder zu Hause, wählt Alicia Iváns Nummer, während sich Jaime auf dem iPad Zeichentrickfilme ansieht. Sie lauscht mit angehaltenem Atem, bis er antwortet. In seiner Stimme liegt Misstrauen, aber an ihren Worten erkennt er, dass sich etwas verändert hat.

Es hat sich tatsächlich alles verändert.

7

Wie schwer wir es uns manchmal selbst machen, dabei könnte alles viel einfacher sein. Als sie bei Iván eintrifft, erwartet er sie an der Wohnungstür. Er lebt in einer eher unpersönlichen Mietwohnung, die dank mehrerer Bücherstapel und Leseleuchten doch etwas Gemütliches hat. Auf dem Wohnzimmertisch steht eine Flasche Wein, die bereits entkorkt ist.

Sie bleiben den ganzen Nachmittag dort, reden und versöhnen sich, zuerst mit Kleidung, dann ohne. Es gibt nicht viele Dinge, die mehr verbinden als Sex und Aufrichtigkeit, und auch ihre Katharsis besteht daraus.

»Erzähl mir alles«, bittet er.

»Ich weiß nicht, wo ich anfangen soll.«

»Wie wäre es mit dem Anfang?«

Also berichtet sie ihm von schönen und bitteren Momenten, von Ängsten und Fehlern. Sie empfindet dabei eine enorme Erleichterung, als wäre es ihr gelungen, sich mit einem einzigen Tritt von der Last eines riesigen Steins zu befreien, unter dem sie sich selbst gefangen hatte.

Dann schaut Alicia auf die Uhr und überlegt, dass sie zu Jaime zurückgehen sollte. Anna ist schließlich bereits sehr alt und hat schon lange genug auf den Kleinen aufgepasst.

»Ich bringe dich nach Hause«, sagt Iván.

Gemeinsam verlassen sie das Haus und fallen spontan in einen harmonischen Gleichschritt. Es hat sich zum Abend hin abgekühlt. Iván legt seinen Arm um Alicias Schulter.

Sie gleitet mit der Hand in die Hosentasche und liebkost mit den Fingerspitzen ein klein gefaltetes Blatt Papier. Es ist die Botschaft ihrer Oma, auf der die magischen Worte stehen:

Vergib dir selbst, mein Schatz.

So schwierig, aber so einfach. So typisch Paulina.

Es ist dieser besondere Moment, in dem sich die Straßen allmählich leeren. Eine seltsame Schönheit wohnt ihm inne. Das Echo ihrer Schritte, die Straßen im Dämmerlicht, die Fenster in den Häusern noch nicht erleuchtet. Für einen Moment gehört die Stadt ihnen.

Und alles passt zusammen.

DANKSAGUNGEN

Ich möchte allen danken, die mich bei der Entstehung dieses Romans unterstützt haben. Es ist ein Luxus, von Menschen umgeben zu sein, die so intelligent und scharfsinnig sind und die Bücher so sehr lieben wie ihr.

Meinen Lektorinnen bei Planeta, Raquel Gisbert und Lola Gulias, für ihre Sensibilität und ihren Enthusiasmus. Danke, dass ihr ab dem ersten Moment an Paulina geglaubt und mir geholfen habt, ihre Geschichte zu verbessern. Es ist eine wahre Wonne, mit euch zu arbeiten.

Meinem Agenten, Bernat Fiol, meinen Dank dafür, dass er meinen Text gelesen, mir vertraut und mich an dem Tag, an dem das Buch Gestalt annahm, zu dem besten Glas Cava meines Lebens eingeladen hat.

Lucía Luengo für die vielen Stunden, in denen sie gelesen und mir zugehört hat, was bei einem Menschen, der sein Leben hinter Bergen von Manuskripten verbringt, besonders verdienstvoll ist. Auch wenn du sicher sagst, ich würde übertreiben, wenn du das liest, wissen wir beide, wie sehr du mir geholfen hast.

Ricardo Artola für seine unschätzbare Hilfe bei der historischen Dokumentation; Mikel Santiago dafür, dass er das Gerüst und das Herz einer Geschichte versteht; Antonio Gómez-Rufo für die Ermutigung, wenn ich sie nötig hatte; Pablo Álvarez, der mir eine Reihe sehr guter Ratschläge gab; Covadonga D'Lom und ihrem »wunderbaren Geist«. Und darüber hinaus auch Irati Herrero, Ainhoa Galán, Esther Aguado, Cristina de la Llana und Lola Romero: Es war ein Privileg, dass ich auf euch als meine ersten Leserinnen zählen durfte.

Meiner Oma, der humorvollsten, liebevollsten und mitfühlendsten Großmutter, die je ein Mädchen hatte. Ohne ihr Andenken hätte ich mir Paulina nie vorstellen können, und obwohl sie schon seit vier Jahren nicht mehr unter uns weilt, vergeht kein Tag, an dem sie mir nicht fehlt.

Meinem Vater, der mir bei diesem Projekt beigestanden hat, so wie er mir immer bei allem hilft. Der sich um meine Kinder gekümmert hat (es klingt einfacher, als es ist), damit ich in seinem Haus in Málaga schreiben und korrigieren konnte, und der mir das Manuskript mit so vielen intelligenten Kommentaren und Anmerkungen zurückgab.

Meinem Mann, der es akzeptierte, dass Paulina für eine Weile praktisch bei uns einzog, und sich die Zeit nahm, wieder und wieder die verschiedenen Versionen des Romans zu lesen. Und weil es, selbst wenn es wie ein Klischee klingt, etwas Wunderbares ist, einen Menschen an der Seite zu haben, der immer an das glaubt, was man tut.

Meinen Kindern, einfach weil sie das Beste auf der ganzen Welt sind.

Und euch, meinen Leser:innen, dass ihr in diese Seiten eingetaucht seid, um zu erfahren, was es mit der Geschichte von Paulina und Alicia auf sich hat.